JN011417

魔法使いと愉快な仲間たち
~モフモフから始めるリア充への道~
小鳥屋エム
Illust 戸部淑

ドドドと地面を揺るがす振動が
足下から伝わってくる。
同時に、魔獣に追われて走ってくる
小さな生き物の姿も見えた。
咄嗟にいつもの《鑑定》が発動する。
そこでようやく転生者の種族が判明した。
シウ
「きゃん！」
ロトス

「聖獣だったんだ……」

「にゃ?」
「ぎゃう……?」
「きゅい!」
クロ
ブランカ
フェレス

魔法使いと愉快な仲間たち

～モフモフから始めるリア充への道～

小鳥屋エム

Illust 戸部 淑

The Wizard and His Delightful Friends

Presented by Emu Kotoriya.
Illustration by Sunaho Tobe

The Wizard and His Delightful Friends

Contents

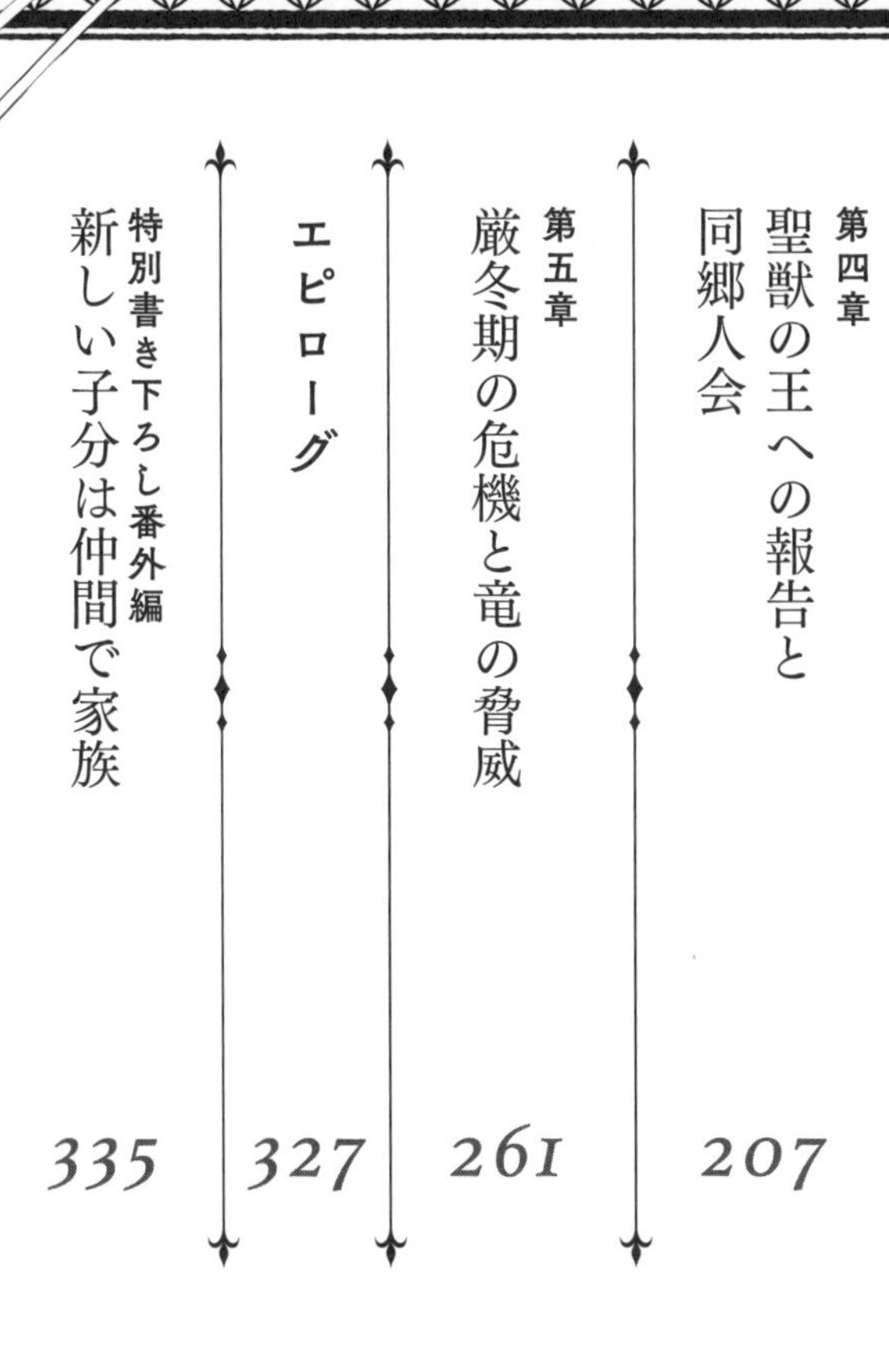

Character

主な登場人物

メインキャラクター

シウ＝アクィラ

異世界に転生した14歳の少年。元は愁太郎という、九十歳で大往生したお爺さんだったため、大人びた性格の持ち主。現在は冒険者として活動する傍ら、ラトリシア国のシーカー魔法学院に通っている。実はハイエルフの血を引いている。

フェレス

シウが拾った卵石から生まれた猫型騎獣（フェーレース）。天真爛漫でシウに甘えるのが大好き。飛行が得意で、そのスピードは他の騎獣顔負け。

ロトス

聖獣の赤ちゃん。日本からの転生者。

ブランカ

雪豹型騎獣（ニクスレオパルドス）の幼獣。ちょっとおばかで遊ぶのが大好きなおてんば娘。

クロ

九官鳥型希少獣（グラークルス）の幼獣。変異種のため全身が真っ黒。頭がよく控えめな性格の持ち主。

ヴァスタ

故人。赤子のシウを拾って育ててくれた樵の爺様。深い山奥でシウと二人で暮らし、生きていくための知恵を授けてくれた。

神様

何故か日本のサブカルチャーに詳しい、日本人形のような顔立ちの少女。シウに転生を勧めたり、人と積極的に交流するようにアドバイスをしてくれたりと、シウのことを気にかけてくれている。

ラトリシア国の人々

ヴィンセント＝エルヴェスタム＝ラトリシア

ラトリシア国の第一王子。冷静沈着な人物。

シュヴィークザーム

聖獣の王とも呼ばれる不死鳥（ポエニクス）。お菓子好きでよくシウに手作りお菓子を催促してくる。

ククールス

エルフの冒険者。シウとは仲がよく、時々一緒に依頼をこなしたりしている。

カスパル家

カスパル＝ブラード

伯爵家の子息でシウとはロワル魔法学校からの付き合い。現在はシーカー魔法学院へ共に進学し、屋敷にシウを住まわせている。

リュカ

獣人族と人族の間に生まれた少年。父を喪い孤児となったところをブラード家に引き取られる。

シーカー魔法学院の生徒

プルウィア

シウの同級生でエルフの美少女。その美貌のせいでよく男性から言い寄られているが、本人は相手にしていない。冒険者のククールスとは同じ里の出身。

アマリア＝ヴィクストレム

伯爵家の第二子。ゴーレムの研究をしており、人のために戦う騎士人形を作ることが目標。キリクの婚約者。

Character 主な登場人物

シュタイバーン国の人々

キリク＝オスカリウス

辺境伯。「隻眼の英雄」という二つ名を持つ。若い頃ヴァスタに助けられた恩があり、シウの後ろ盾となる。

スタン＝ベリウス

王都ロワルでシウが下宿していたベリウス道具屋の主人。シウのよき理解者であり、家族同然の関係。

エミナ＝ベリウス

スタン爺さんの孫娘。おしゃべり大好きな明るい女性。シウのことを家族のように大事にしてくれる。

リグドール＝アドリッド

ロワル魔法学校時代の同級生でシウの親友。大商人の子息ながら庶民派の性格。

アリス＝ベッソール

ロワル魔法学校時代の同級生。伯爵家の令嬢。鴉型希少獣（コルニクス）のコルと契約している。

その他

ガルエラド

薄褐色肌の大柄な竜人族の戦士。竜の大繁殖期による周辺の被害を抑えるために各地を旅してまわっている。

アウレア

白い肌と白い髪が特徴的なハイエルフの子供。純血派のハイエルフに見つからないようガルエラドに引き取られる。

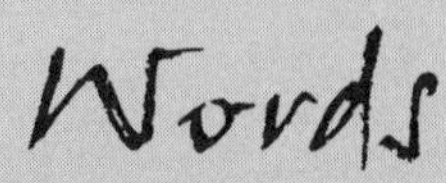

Words

用語集

卵石

いつの間にかどこかに落ちている「獣の入った卵」。希少獣や聖獣が生まれる。

希少獣

卵石から生まれる特別な獣たち。人を載せて飛べる大型の希少獣は騎獣と呼ばれる。

聖獣

希少獣の中でも上位種になる。神の遣いとも呼ばれる。個人所有が禁じられており、必ず王族やそれに連なるものが守護しなければならない。

魔獣

魔力を持つ凶暴な獣。聖獣や人間を好んで襲う性質を持つ。

魔獣のスタンピード

突然魔獣が大量発生すること。スタンピードが起こると甚大な被害が出るため、可能な限り早い対応が求められる。

シュタイバーン国

ロワイエ大陸の中央に位置する農業大国。シウは王都ロワルにあるロワル魔法学校へ一年間通っていた。

ラトリシア国

魔獣スタンピードによって王都が一日して滅んだという歴史があり、魔獣への対応に敏感。復興した際に力を振るったのが魔法使いたちであったことから、魔法使いの育成に力を入れている。魔法学校の数は他国の中で随一。

シーカー魔法学院

魔法使いが学ぶ学校の中でも最上位に位置する「大学校」。大陸一の蔵書数を誇るという大図書館がある。

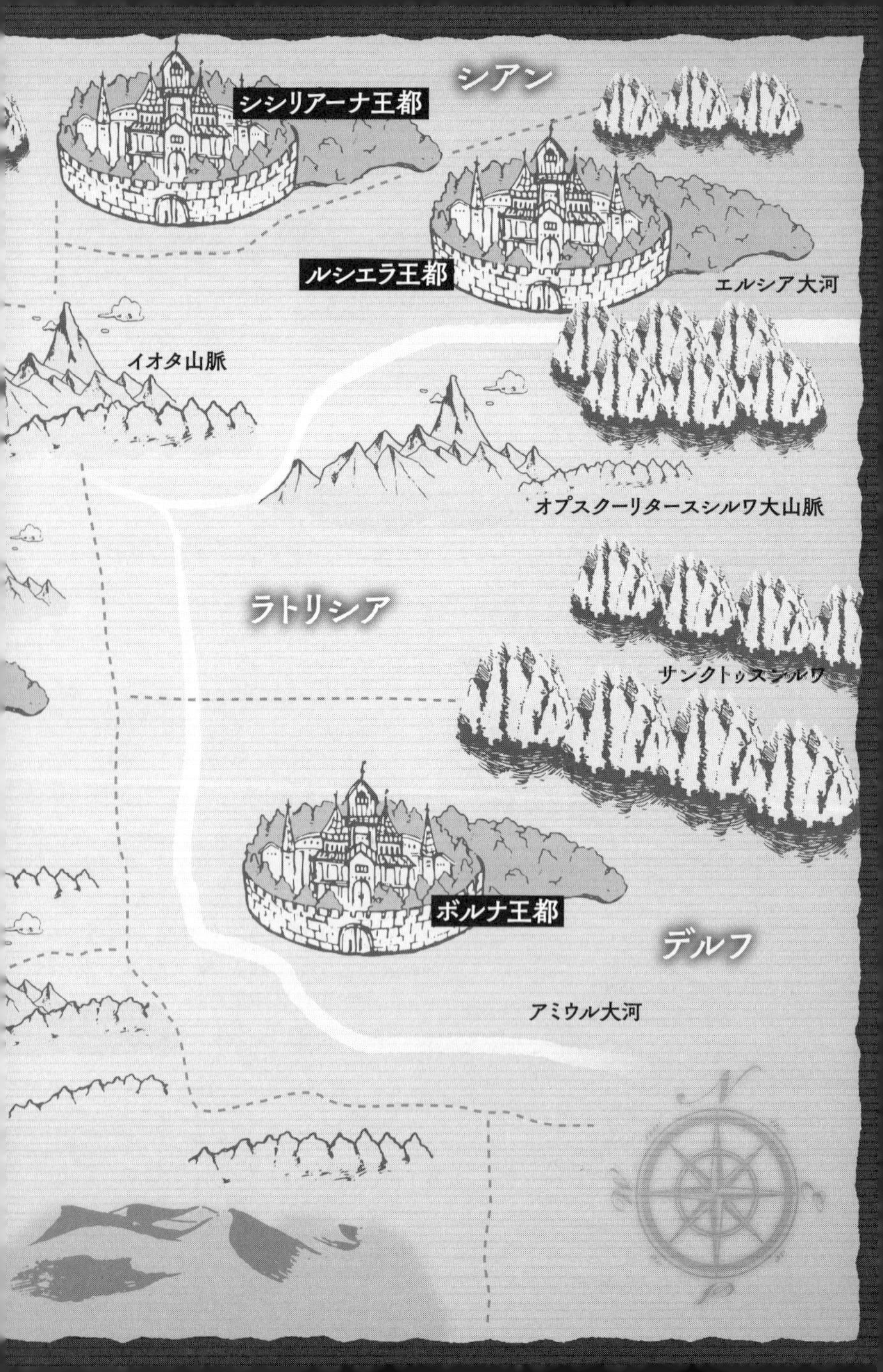

シアン
シシリアーナ王都
ルシエラ王都
エルシア大河
イオタ山脈
オプスクーリタースシルワ大山脈
ラトリシア
サンクトゥスシルワ
ボルナ王都
デルフ
アミウル大河

ヴィルゴーカルケル
（聖なる泉）
アドリアナ
シャワネ王都
シャイターン
空白地
アクリダ迷宮
アルウス迷宮
迷いの森
オスカリウス
辺境伯領
シュタイバーン
ロワイエ山
エルノワ山脈
ロワル王都
小国群
ハルハサン大河
シルラル湖
フェデラル
シュランゲ大河
フェルクス大河
ロキ
リア王都

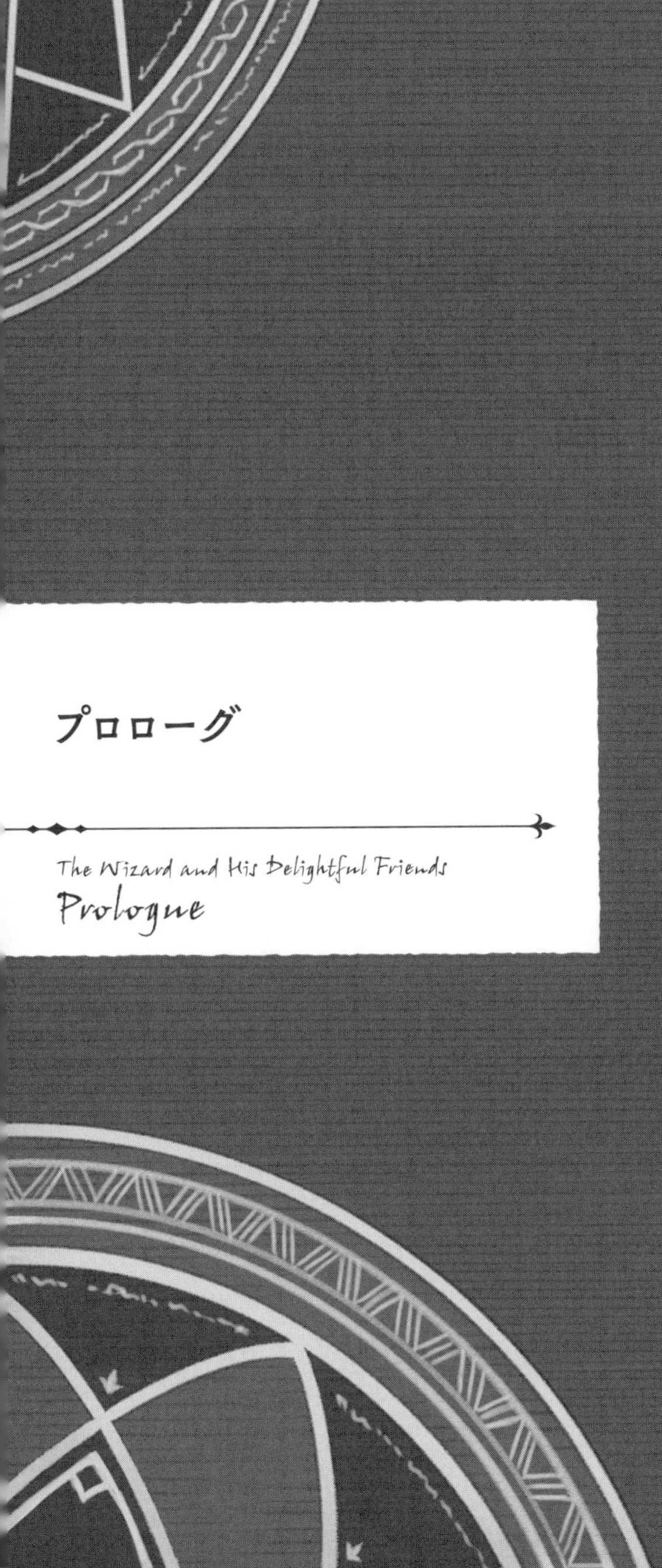

プロローグ

The Wizard and His Delightful Friends
Prologue

シウ＝アクィラは十四歳になったばかりの少年だ。冒険者として働きながら魔法学校に通っている。多くの人からの助けは得ているものの、学費や生活にかかる費用の大半は自分で稼いでいた。

本来なら親の庇護が得られる年齢だ。この世界では成人が十五歳で、そうでなくとも学校に通う間は親が面倒を見る。残念ながら、シウには両親がいなかった。赤子だったシウを拾って育ててくれたヴァスタ爺様が、当時の両親について教えてくれたので間違いない。

それに実は、神様にも両親が亡くなったシーンを観せられた。

神様とは、シウをこの世界に転生させてくれた女神のことだ。

シウには「愁太郎」として生きた前世の記憶があった。

愁太郎は元々体が弱かったにも拘らず、不思議なことに長く生きられた。思えば周りの人に恵まれていたのだろう。幼い頃は、お手伝いさんだった少女が親代わりに育ててくれた。実の姉のようでもあった。幼い愁太郎は彼女を「かや姉様」と呼んだ。寝込んで辛くとも、親の愛が得られずに孤独を感じようとも、かや姉様がいれば乗り越えられた。

それほど慕っていた少女は戦争により、若くして亡くなった。愁太郎も重い火傷を負った。当時は体の痛みよりも喪失感に苛まれた。

けれども、生きていかなくてはならない。戦後のごたごたはあったけれど、体が弱いなりに勉学を頑張ったためか仕事には困らなかった。その体のせいで結婚をしたいとは思えなかったけれど、一人で生きられたのは運が良かったのだろう。また、人にも恵まれた。

職場の誰かが、あるいは彼等の家族が、愁太郎を気に掛けてくれたのだ。そうでなければ一人では生きられなかった。

その幸せに、愁太郎は気付けずにいた。孤独を抱えたまま死んでしまった。

考え違いであったと気付いたのは神様のおかげだ。神様が魔法の使える異世界に愁太郎を転生させてくれた。新しい世界で、生きたいように生きればいいのだと背中を押してくれた。

そうして生きた十数年で、シウは多くの人と出会った。

前世の愁太郎のままであったなら、表面上の付き合いだけで終わっていただろう。

今生のシウは違う。出会えた人々との間に縁を感じた。助けられ、寄り添い、共に笑ってくれる。親しくなった彼等と、たとえ一時離れたとしても、シウはまた会えるだろうと思った。予感というよりも、それは「また会いたい」という希望でもあった。

そして気付いた。前世でもそう望んで良かったのだと。

孤独を覚え、壁を作っていたのは自分自身だった。ひどい火傷の痕（あと）があるからと言い訳した。病弱だから、いつ死ぬか分からないからと物を持たずに生きた。何も残さず、ただ生きただけだった。

後悔の念が押し寄せるも、当時の生き方を否定しては愁太郎が憐（あわ）れである。不器用ではあったが一生懸命に生きたのだ。愁太郎として生きた経験は今に生かせている。反省はしても否定はすまい。

そう思えた時、シウの世界は更に広がった。

シウを今生の世界にしっかり繋ぎ止めてくれたのは、育て親でもある爺様だ。シウが生まれた直後に両親は亡くなった。赤子のシウを拾い上げ、助けてくれたのが爺様だ。

爺様は元冒険者で、イオタ山脈という深い山の中で樵として生きていた。魔獣という危険な生き物が蔓延る山にたった一人で暮らしていたのだ。大変だったろうに、赤子のシウを育ててくれた。

前世の記憶がありながらも赤子の精神に引っ張られたシウは、夢と現実の狭間で苦しんだ。混乱し、火傷の痕が痛いのだと爺様に訴えた。

爺様はシウを育てるのに苦労しただろう。けれど、決して投げ出すことなく、大事に守り育ててくれた。彼の持つ冒険者としての知識も惜しみなく与えてくれた。病気で亡くなるまで、シウは彼の庇護下で温々と育った。


転生してからも山で暮らしていたシウは引きこもりに近かった。

それが一変したのは爺様が亡くなったからだ。麓の村で彼を看取った後、村人や神官らが王都行きを勧めた。器用で勉強も好きだったシウを思っての提案だった。

シウは背中を押され、一大決心で王都を目指した。

その道中にシウの運命を変える存在に出会った。

後にフェレスと名付けることになる「希少獣の卵石」を拾ったのだ。

卵石とは石のように硬い卵のことで、中には希少獣が入っている。

この世界には魔法があって、ギフトと呼ばれる特殊な能力も存在しているが、シウにとって一番気になるのは希少獣の存在だった。その名の通り、希少な生き物を指す。同じ姿を持つ獣の、突然変異に近いだろうか。獣との違いはそれだけではない。希少獣は魔法が使えた。また、同種の獣よりも体が大きく賢い。彼等は人間と意思の疎通ができた。

希少獣は大まかに「聖獣」と「騎獣」と「小型希少獣」とに分かれている。

シウが拾った卵石からは騎獣が生まれた。猫型騎獣という種類だ。そこから安直に「フェレス」と名付けたが、本獣もシウも気に入っている。

騎獣は人を乗せられるほど大きく、また魔力も多いため空を飛べた。だからこそ騎獣と呼ばれる。その機動力を当てに、騎士や冒険者などが騎獣を望む。

聖獣も空を飛べるが、こちらは国の管理下に置かれる。聖なる獣と名の付く通り、神々の眷属とされているからだ。庶民が持っていい存在ではない。

聖獣は人間よりも遥かに多い魔力を持つ。その魔力でもって人型にもなれた。獣型でも白く端麗であるのに、人型になっても真っ白いままの姿はあまりにも神々しい。人々は聖獣に畏敬の念を抱いた。何よりも聖獣は心根が善だった。嘘がつけず、人を傷付けず、心優しい。これは希少獣全般にも言えるが、より善意であろうとするのが聖獣だった。

シウはフェレスを育てて知ったが、希少獣も小さな嘘をつくことがあるし嫉妬もする。でもそれが愛おしい。人の子と同じだ。

フェレスに出会って、シウは本当の意味でこの世界に馴染んだと思っている。

子供らしい気持ちでフェレスの誕生を喜んだ。彼と共に成長した。

ずっと欲しかった。自分と共に生きてくれる存在が。

前世では容姿のせいで子供に怯(おび)えられ、結婚も子を持つことも諦めていた。生き物を飼うというのも、いつ死ぬかも分からぬ弱い体では無理だ。それでも、生き物を飼ってみたいとの憧れはあった。

そんなシウの下に、言葉の通じる生き物が来てくれた。

シウはフェレスと過ごすことで感情豊かになった。

彼がシウの世界を広げてくれた最初の存在だ。


神様は最初に、どう生きたいのかをシウに問うた。

できれば、今度こそ健康な体をと望んだ。そして戦争で全てを失った過去を思い、もう何も失いたくないと願った。最後に、子供や動物と触れ合えたら幸せだと考えた。

それらは神様の力で叶(かな)った。

健康な体は病気にもならず、怪我(けが)を負っても治りが早い。

空間庫という何でも入れておける特殊な魔法——ギフトと呼ばれる特殊な能力——はおろか、他にも魔力が尽きない容れ物——魔力庫——などを与えられた。

けれど、やはり一番嬉(うれ)しかったのは、多くの希少獣たちと出会えたことだ。たぶん、運をもらったのだろうとシウは思っている。

フェレスだけではない。多くの希少獣とも知り合えた。子供にだって怖がられなくなった。子供が可愛（かわい）くて、学校に通えば同年代だというのについつい過保護にもなったが構わない。しかも、彼等とは友人にもなれた。

　王都での下宿先にも恵まれ、家主のスタン爺さんとも友人になった。孫娘のエミナはシウに「あなたはわたしの弟で子供でもあるのよ」とまで言ってくれた。彼女の夫もだ。もうすぐ生まれる二人の子供の、兄として扱ってくれる。

　前世のシウが諦めていた家族を、彼等は与えてくれた。

　こんなにも幸せなことはない。

　更に、シウのところへ新しい家族がやってきた。希少獣たちだ。

九官鳥型希少獣（グラークルス）のクロと、雪豹型騎獣（ニクスレオパルドス）のブランカである。偶然出会って親しくなった鴉型希少獣（コルニクス）のコルに卵石を譲り受け、シウの手で孵（かえ）した。生まれて一年で成獣になるため、あと数ヶ月で二頭も成獣の仲間入りだ。

　フェレスは二頭に小さな嫉妬を覚えながらも、弟妹をシウと共に育ててくれた。

　家族や友人の応援もあった。手伝ってくれるし、相談にも乗ってくれる。

　前世での人付き合いの下手さを引きずってはいるものの、今生では良い関係を築けるようになってきた。

　明かせないこともある。まだまだ人付き合いが上手（じょうず）とも言えない。それでもシウは成長を続けている。

　学校にも通い、年相応の少年らしさも身に付いた。

　十四歳になって年が明け、友人たちと神殿に年始のお参りにも行った。徹夜して語り合うなど、若者がやるようなことをしたのだ。楽しい時間だった。

他国の大学校にも入学し、今は長期休暇で帰省の真っ最中だ。シウはフェレスたちとあちこちに行っては遊び回っていた。

その楽しかった一日の終わりに、神様から連絡が入る。滅多（めった）にない連絡だ。

彼女はいつもシウの夢の中に現れた。ある時は「ちゃんと魔法を使っている？」と、せっかく授けたスキルを使えとお説教するために。またある時は「恋愛もしてる？」と問いかける。どれも他愛（たわい）ない話だった。

この日は違った。

「以前、お願いしていた転生者の件よ――」

神様は危うい立場にある転生者を、シウに助けてほしいと頼んだ。

第一章
異世界からの転生者

The Wizard and His Delightful Friends
Chapter 1

神様がシウとコンタクトを取るのはいつも夢の中だ。

十年以上も連絡がなかったかと思えば、数年の間に何度も現れる。不思議に思っていたが、どうやらシウ以外にも気になる人間がいるらしい。たとえば神子だ。この世界に生まれたばかりの魂で、純真な心を持つ少女だという。時折、神託を与えているようだ。彼女には勇者や仲間が付いており、共に世界を巡っている。神様は、彼等を眺める合間にシウの人生を覗いているそうだ。

神様がシウにこだわるのは、異世界からの転生者だからだ。この世界で生まれた魂ではないからか、異世界の記憶を持つ転生者に興味があるという。これまでにも幾人かの異世界転生者を観てきた神様は、日本の文化にも精通していた。

そんな神様が、シウに「転生者を助けてあげて」と頼んでくる。

「――やっぱり行ってもらわなきゃダメみたい。生まれてから、まだそれほど経っていないの。死んだら可哀想でしょう？　お願いね」

大変な内容なのに神様の口調は軽い。優しげな少女の姿も相まって、まるで夢物語を語っているようだ。しかし、これは現実の話である。シウは冷静に問い返した。

「場所はどこですか？」

「小国群の中に、ウルティムスという国があるでしょう。その国の、今は森で彷徨っているところね」

そう言うと、神様は頰を押さえて「はあ」と溜息を漏らした。人間らしい仕草だ。あえて真似ているのだろう。シウは続きを待った。

第一章

異世界からの転生者

「その子ねぇ、黒の森に向かっているのよ」

「じゃあ、すぐに助けに行かないとダメじゃないですか。詳しく場所を教えてください。転移も万能じゃないんです。場所が特定できなければ辿り着くまで時間がかかります」

早口で告げると、神様はにっこりと微笑んでシウの手を取った。その流れで体が自然と引っ張られる。いつの間にか額同士が合わさっていた。さすがにビックリしたが理由はあるはずだ。シウはジッとされるままになった。ところが、

「えー、つまんない。驚かないのね」

などと言う。額を合わせたまま、シウは疑問を口にした。

「これ、何かの儀式ですか」

「何それ。儀式じゃないわよ。もういいから目を瞑って。映像を送るわ」

返事をする前に「場所」が鮮明に伝わってくる。

それはシウがよく使う「感覚転移」の魔法とは全く違った。感覚転移とは、視界や音を感じ取る魔法としてシウが編み出したものだ。体ごと転移させるのではなく、一部分だけを飛ばして読み取るものだ。特に視界を飛ばすことが多い。ドローン撮影に似ているだろうか。実際、感覚転移で視る世界はカメラレンズ越しのような感覚にしてある。そうでなければ、実際の目で見る視界と、感覚転移で視る視界を同時に処理できないと思ったからだ。慣れた今なら並列処理で耐えられるかもしれないが、当時は辛かった。そのため「レンズが一枚挟んであるような映像」として魔法のイメージを定着させた。

神様が見せてくれた映像は現実よりも現実的だった。ダイナミックで、ただの人間では

処理しきれない高解像度のデータを落とし込まれた気分だ。映画で観たＳＦ世界のようにも思える。酔いはしないが集中力が必要だった。余所事を考えられない。

「すごい、映像ですね」

「でしょう？　これでも神様ですからね」

胸を張る少女の姿にシウは少しだけ笑った。彼女は重々しくならないよう、わざと明るく演じている。人間らしい仕草を真似ているのもシウのためだ。彼女の神々しさに畏れを感じることがあったからだろう。

シウは目を伏せ、頷いた。

「おかげで場所が分かりました。目が覚めたら急いで転移します。あ、その子は子供なんですよね？」

神様の話しぶりでは赤子という可能性もあった。準備に何が要るだろうか。シウが頭の中で考えていると、神様がのんびり答えた。

「そうねぇ。まだ大人ではないわね」

シウはふと、神様の持って回った言い方を不審に思った。

「種族は何ですか？」

神様は人間だとも赤ん坊だとも言わなかった。先ほどの映像の中にも生き物は映っていなかった。シウの考えを神様は読んだ。

「あ、さっきの映像はその子の視界よ。わたしの目を通しては見せられなかったの。あなたには耐えられなかったと思うわ」

「そうですか」

「種族も、言えないのよね」

言わなかったのではなくて言えなかったらしい。制約があるのだろう。以前も似たような話をしていた。神様には神様のルールがある。シウは納得し「分かりました」と答えた。何より、早く話を終わらせて目覚めたい。

シウの失礼とも取れる考えに、神様は何も言わなかった。やはり軽い調子で「じゃあ、お願いね」と手を振って別れを告げる。シウは夢の中で「あ、目が覚めるな」と考えた。


今回も目覚めは悪い。まだ眠さの残る頭を振ると、シウは急いで行動を始めた。

まだ寝ぼけ眼のチビたちを起こして母屋に向かう。二頭は留守番だ。スタン爺さんには事前に「事情があって急に預けるかもしれない」とお願いしていた。

問題なのはブランカだ。クロは言い聞かせたら留守番を受け入れたが、ブランカはダメだった。離れるという言葉に反応し、なんでどうしてと、抗議の声で鳴く。

「みゃ、ぎにゃっ、ぎゃっ」

体がぐんと大きくなってきたため、鳴き声も成獣に近い。あどけなさの残る顔に大人の声だ。そのアンバランスさは可愛いが、今は困る。シウはブランカと目を合わせて説得を続けた。

「危険じゃないと分かったら連れていくから。それまでの留守番だよ。まずは僕が最初に安全かどうかを確認する。ブランカは子供だからね」

「みっ！」

ちがうもん、と鳴いて、太い前脚でダンッと床を踏み鳴らす。

「そうやって地団太踏んでいるところが子供なんだよ？」

「みぎゃ……」

「成獣になるってことは、ちゃんと聞き分けよく我慢もできないと。ブランカは本当に大人になれた？　まだだよね？　空も飛べない。僕の教えたルールも守れていない」

人の多い場所では鳴かない、突進や甘噛みであってもしてはいけない、というルールを彼女は時々忘れてしまう。厳しく調教しようと思いながらもまだできていないのは、普段は我が儘を言わないからだ。ブランカには悪気なんてなく、ただ甘えているに過ぎない。シウやフェレス、クロが好きだから思わずやってしまう。これまでは「幼獣だから」で流していたけれど、良い機会なので強く言い聞かせる。

「ブランカ、よく聞いて。僕は今から赤ちゃんを助けに行くんだ」

先ほど観た映像の視線は低い位置にあった。視野も狭い。神様は生まれたばかりの命だと話していた。普通に考えれば赤ん坊のはずだ。

「ひとりぼっちで寂しい思いをしていると思う。危険な状況なんだよ。そこにブランカを連れていきたくない。安全かどうかを確認してからでないとね。ブランカがルールを守れる大人だったら連れていけた。でも今のブランカは違うよね」

ブランカは耳をぺたりと倒した。長くて太い尻尾も力なく垂れる。見るからに、しょんぼりした様子だ。シウは苦笑した。

「クロも一緒に留守番しててもらう。二頭で仲良く待っててくれる？　大丈夫だと分かれば迎えに戻るから。ね？」

「み」

わかった、と落ち込みながらも了承する。

「ありがとう。お留守番も大事な仕事だよ。そうだ、もう一つ仕事をお願いしよう。僕が迎えに戻るまで元気でいること。分かった？」

「みぎゃ！」

「よしよし。さ、次はクロだ。おいで。クロはもうちょっと羽目を外してもいいぐらいだけど、それは僕が帰ってきてからだね。そうだ、クロにも仕事をしてもらおうかな。ブランカが張り切り過ぎたら途中で止めてあげて。クロだと冷静になれるみたいだからね」

「きゅぃ！」

わかった！　と元気良く返ってくる。賢い子だからシウの言葉を全部理解しているようだった。

「じゃあ、スタン爺さんのところに行こうか」

クロの頭を撫でると気持ちよさそうに頭を寄せた。ブランカはシウの足に纏わりつきながら後を付いてくる。

まだ早い時間だったが、スタン爺さんは何かを察したのかもう起きていた。シウが二頭を預けると「良い子じゃ」と慰めるように話し掛ける。二頭はちょっぴり寂しそうな顔をしたものの、シウに「いってらっしゃい」と言ってくれた。それは皆がよく使う言葉だ。

シウは手を振り、彼等の目の前で《転移》した。フェレスも一緒である。彼はシウの背中を預けられるパートナーだ。危険な場所にも連れて行ける。はたして。

転移した途端にフェレスが気を引き締める。

シウも同様に、まずは助けるべき子供を捜そうと辺りを見回した。

転生者がいるのは、ロワイエ大陸の西側に位置する小国群の一つ、ウルティムスだ。神様に映像を送り込まれた時にはもう場所は分かっていた。どうやら位置情報ごとシウの頭の中に叩き込んだようだった。

このウルティムスを含めた周辺の小国群について、ロワイエ大陸の中央にある国々ではあまり知られていない。戦争や紛争による吸収合併、独立がひっきりなしに起こるからだ。国境が変更になるのはもちろん、国名が変わることも多々ある。それゆえ「歴史が浅い」と、中央の国々は小国群を軽んじているようだった。そのためか、学校で教わる内容は薄っぺらい。

シウの情報源は図書館だ。旅行先でもなるべく寄るようにしている。と言っても、手に取って読むのではない。シウにはユニークスキルの「記録庫」がある。本を自動で複写してくれる魔法だ。おかげで得られた情報は多い。その全部を読むことは時間的に難しいが、検索機能を使えば調べ物は簡単だ。それをもってしても、小国群の情報は上辺しか分からない。

たとえば外交官クラスの人が書いた本ならば、その国について正しく理解できただろう。しかし、外交官は国に報告はしても「本」にはしない。誰もが知るような情報ならともかく、独自に調べた内容は秘匿しておいた方が諸外国に対して有利だ。外交カードとしても使える。国土がコロコロ変わる小国群なら尚更、諸外国も動向を気にするだろう。火の粉が掛からないようにするためにも情報収集は大事だ。

ともあれ、シウが「誰でも入れる図書館」で得られる情報の元は、どこかの冒険者や商人が書いたものになる。どの街が過ごしやすいか、売れるものは何かといった内容に終始した。つまり、分かる情報はごくごく狭く、国の成り立ちであったり風土だったりは不明のままだ。かろうじて、冒険者の行動や街で売れるものから当たりを付け「傭兵が多いのだな」と分かる程度であった。

それもあり、シウは不謹慎だと思いながらも「未知の国」に対して緊張と興味を抱いて転移した。「すぐに見付かるだろう」と楽観もしていたからだ。

なにしろ神様にピンポイントで場所を教わっていた。

ところが、見当たらない。

神様に教えられた場所に転移したつもりだった。実際、景色もほぼ変わりない。となれば、移動したのだろう。なるべく急いだつもりでも、幼獣二頭をスタン爺さんに預けるなどして時間が掛かってしまった。

シウは《全方位探索》を強化して探索範囲を広げた。これを森の中でやるのは大変だ。あらゆる生き物がレーダーに引っかかってしまう。せめて、対象の大きさや種族が分かっていれば選別も容易いのに。そう思っていたら、

「あれ？」

妙な動きに気付いた。

複数の魔獣が一塊になって動いているのだ。それぞれは小さな魔獣だった。単体であれば一般人でも倒せるような魔獣だ。

とはいえ、どれほど小さくとも魔獣は魔獣、気は抜けない。彼等は執拗に命を狙う。そこに慈悲はない。長い歴史の中でも人間は魔獣と相容れなかった。

善なる生き物と呼ばれる聖獣でさえも魔獣を許さない。聖獣が積極的に攻撃するのは魔獣だけだ。希少獣全般にも言える。彼等は魔獣を倒すために神が遣わした存在だと唱える学者もいるぐらいだ。

ようするに、魔獣は小さかろうと侮ってはいけないし、倒すべき存在でもあった。

シウには冒険者としての実績と、魔法でなんとかなるという自信もあるから恐れを感じないだけだ。

「やっぱりスタンピードかな。ある一点に向かっている気がする」

一塊とはいえバラバラだった動きが徐々に纏まっていく。魔獣は基本的に共闘しない生き物だ。多くが共に行動し、かつ一定方向を目指しているのなら「魔獣スタンピード」と

呼んでいい。スタンピードとは人間にも起こるパニック状態を指すが、大抵は魔獣に対して使われる。

「でも、スタンピードにしてはおかしい？」

魔獣が向かっているのは北だ。そこには黒の森がある。強い魔獣が潜む場所だ。結界を張っていなければすぐにでも飛び出てきて、多くの生き物に襲いかかる。通常ならば、魔獣は自分より弱い存在を狙う。小型魔獣たちも人里に向かうはずで、彼等より強い魔獣のいる黒の森を目指すとは思えない。

「もしかして――」

転生した子を追いかけているのかもしれない。シウは慌てて、魔獣の群れの先へと《転移》した。

ドドドと地面を揺るがす振動が足下から伝わってくる。

同時に、魔獣に追われて走ってくる小さな生き物の姿も見えた。咄嗟にいつもの《鑑定》が発動する。そこでようやく転生者の種族が判明した。

「聖獣だったんだ……」

ロワイエ大陸では「聖獣は王に献上するもの」とされている。小国群にも通用するルールなのかは不明だが、少なくとも聖獣は「神の下僕」や「神の遣い」と呼ばれる尊い存在であることは有名だ。個人で所有できるものではない。だからこそ、その国のトップが保護し、管理する。それは聖獣を守る意味でもあり、国を守る行為でもあった。聖獣に対する無体があまりに積み重なると、それを知った神が「制裁」を下すからだ。神の力は強大で、国が亡びる場合もあると、王族を中心に語り継がれているようだ。シウは禁書庫にある本で知った。

神様がシウに詳細を言えなかったのは、神の世界のルールもあるだろうが、もしかしたらシウを悩ませまいと考えたのかもしれない。

事実、一瞬とはいえ動揺してしまった。しかし、あれこれ考えるのは後だ。何より聖獣の子が一番である。その子は、黒と白の斑模様という珍しい姿をしていた。きゃんきゃん鳴きながら短い手足を必死で動かしている。その先に転移していたシウに全く気付いていない。シウも動揺していたせいか、その子が足に激突するのを止められなかった。

反動で転がっていくのを防ごうと、慌てて空間魔法の《柔空間》で囲む。聖獣の子は、ぽてん、と音を立てて転がった。痛くはないはずだ。柔空間の魔法は、柔らかくて弾力のある透明の膜でできている。丁寧に包まれた聖獣の子は目をまん丸にして、きょとんとした後、きょろきょろと辺りを見回した。ぶつかった足にも、もちろんシウ自身にも気付かない。パニック状態だ。

すぐ、我に返った。聖獣の子は魔獣が追ってきていることを思い出したようだ。後方に視線を向けて体を震わせる。怖がっているのは明らかだった。その「怖い」魔獣の姿を隠そうと、シウは急いで土壁を作り上げた。それだけでは安心できない。間を置かずに魔獣を倒す。

魔獣たちを空間魔法で囲い、圧縮したのだ。念のため《感覚転移》で視るも問題ない。

音遮断も兼ねた空間魔法のおかげで、土壁の向こう側で何が起こったのか、聖獣の子には分からないだろう。

ところが聖獣の子は突然現れた土壁に驚いた。そして、おそるおそるといった様子で視線を動かし、ようやくシウに気付いた。

「きゃん！」

人間だ！　と聖獣の子は言った。幼獣とは思えないほど、はっきりとした意思を感じる。

やはり、この子がそうだ。シウはその場に屈んで声を掛けた。

「大変だったね。はじめまして。君と同じ経験をした同士だよ」

聖獣の子は、ぽかんとしてシウを見上げた。

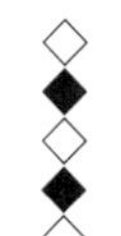

聖獣の子の尻尾がふわりと揺れる。地面を引きずるように力なく垂れていた尻尾だ。その尻尾は手入れがされておらず、傷んでいた。シウには聖獣の子が雄だということも聖獣だということも分かっている。鑑定魔法の結果で、生まれたばかりの幼獣だとも分かっていた。

シウが「抱き上げてもいい？」と尋ねると、ぼんやりしたまま頷く。分かって頷いたのではないようだが、シウは言質を取ったとばかりに小さな体を掬い上げた。

「きゃん」

「視線が違うから、見づらいと思って。抱っこは苦手？」

「きゃん？」

「あ、そうか。言葉が分からないのかな？」

神様は聖獣の子の前世について教えてくれなかったが、シウに頼むぐらいだから同郷の可能性が高い。まずは日本語で挨拶した。

【日本語は分かるだろうか？】

「きゃん！」

わかる、と答えた時に尻尾がわさわさと揺れる。一本ではない。シウは目を丸くした。

【おや、もしかして複数の尾？　尾崎狐であろうか】

「きゃんきゃん！」

九尾だよ、と返ってきた。

シウは「ごめんね」と断ってから、ひょいと尻尾を持ちあげてみた。確かに九本あるようだ。小さいのでパッと見は全く分からない。すると、子狐が甲高く鳴いた。

「きゃんきゃんきゃん」

バカ変態チカン何してんだと、抗議の声だ。けれど、雰囲気的に怒っている感じではなかった。どうやら恥ずかしかったらしい。シウは表情を取り繕い、もう一度謝った。それから、状況確認のために最初の問いを口にした。

【さて。君は『転生者』で合っているかな？　わしは神様に指示され、ここまで来たのだが――】

シウの言葉を理解した子狐は尻尾を高速で振った。その後はきゃんきゃんと鳴いて、愚痴とも取れる彼の来歴を怒濤のように語る。

それはシウに負けず劣らず、むしろもっと大変な転生物語であった。

子狐の前世での名前は、洲崎蓮という。シウの晩年のころの年代に生まれ育っていたため、説明してもらった内容はほぼ理解できた。

【ふむ。蓮殿は、スマホを見ながら横断歩道を渡っている最中に、左折してきたトラックに轢かれてしまったのだな】

（そんな風に纏められると俺が悪いみたいじゃん。ちゃんと信号は青だったんだぞ！）

子狐はずっときゃんきゃん鳴いている。フェレスが話す言葉や伝え方と違い、念話のようなものだ。フェレスの言葉を理解できるのはシウの調教レベルが高いからで、そうでなければ「なんとなく」でしか理解はできない。それでもフェレスとの会話は複雑ではなかった。聖獣は他の希少獣よりも遥かに賢い。人間とも高度な会話ができる。

そんな聖獣であっても、幼獣の時は他の生き物と同様に思考は幼い。

子狐がシウと「会話」できるのは前世の記憶を持つ転生者だからだ。

【君が悪くなかったという事情は、きっとご遺族の方々が証明してくれる。無念であろうが任せるしかない】

優しく撫でてみると尻尾がしょんぼりと下がる。若くして亡くなった事実については、神様と話し合った時点で納得し受け入れてもいるようだ。来歴を語る間も客観的に話せていた。とはいえ、あの神様のこと、本当に納得した上で転生したのだろうか。シウは気になって、改めて確認してみた。

【ここへ転生してきた経緯はきちんと理解しているのだね？】

そうだよ、それだよ！　と暴れる。シウが地面に下ろすと、子狐は円を描くようにクルクルと走り回った。興奮状態だ。

（神様が俺に『あなたみたいに動じない能天気な人間の方が異世界転生はやりやすいだろう』って勧めてくれたんだ。ちょうどラノベを読んでたところだし、死んじゃったものは仕方ないし。そりゃ、あのトラック運転手には超腹立つけどさ！）

ピタッと足を止めると、少々ふらふらしながらシウを見上げる。

それからまた、子狐はきゃんきゃんと続けた。神様は「ある程度なら」望みを聞いてあげると言ったそうだ。そこで「人にも獣にも変身できる」という、彼にとって一番格好良いと思える設定を語った。

神様は望みを叶えてくれたはずだった。

ところが、転生したと気付いた時には真っ暗闇の中だ。当初は卵石の中にいるということさえ理解できず、怖い思いをしたという。

自我がしっかり残ったままというのも考え物だ。

とはいえ、自我があったからこそ耐えられたのだろうか。子狐は「自分が強すぎる獣だから誰かに封印されたのかも」と想像を膨らませ、いつか出られる時まで「力を蓄えておこう」と前向きに考えられた。

卵石の中でどれぐらい過ごしたのか。ある日、自分を囲んでいたものが弱くなり、気になって突いてみると割れた。そこで初めて「殻」を破ったのだと気付いたらしい。

(それがさ、目の前に超可愛い女の子がいて)

【うん？　では、最初は誰かに拾われていたのだね】

(そうだと思う。だけど言葉がよく分かんなくて。覚える間もなかったんだ。なんかね、ジェットコースターみたいだったの。波乱万丈ってやつ！)

女の子は可愛かったそうだが、どうやら仲間内で揉めていたようだ。埃っぽい部屋の中で、男たちと対等に文句を言い合っていたという。子狐は「もしかして、ちょっとまずいところに転生した？」と不安になった。

誰が飼い主になるのか分からないまま、それでも餌らしきものを与えてくれるのだからと一生懸命に愛嬌を振りまいた。涙ぐましい努力は通じたのかどうか。なにしろ、子狐の食事内容がろくなものではない。夢中で話す中に「そのへんの草」が出てきて、シウは話を聞きながら眉を顰めた。道理で子狐の毛並みがボロボロのはずだ。

子狐を拾った集団は常に何事かを言い争っていたらしい。移動も多く、袋に入れられて運ばれたという。

最終的には水しか与えられず、それすら飲めずによろよろしていたところ、別の集団が乱入してきた。後になって、その集団が兵士だったと気付いたようだ。

この騒ぎの時に女の子を含む集団と別れた。兵士に踏み込まれて逃げたのだろう。一部は捕まって殺されたのではないかと、子狐は震えながら教えてくれた。

その後、子狐が連れていかれたのは「偉そうな大男のいる、下品な金ぴかの部屋」だった。

豪華な椅子には、濃褐色の肌に黒髪の三十代男性が座っていた。兵士よりも体格の良い大男は顰め面で子狐を見下ろし、何かを告げたらしい。すると、周囲にいた兵士たちが一斉に騒ぎ出した。子狐は「やばいぞ」と思ったそうだ。

（ほら、未開の地の原住民に捕まった現代人が生贄になった映画があったじゃん？　あんな感じ。うひょーうひょーって叫びながら悪魔の祭壇に捧げられるんだ。あれとそっくりじゃん、ヤバいって思ったの）

【ふむ。その映画に覚えはないが、さぞ怖かったろう】

（怖いってなもんじゃねぇよ！）

と、叫ぶように鳴く。よほど怖かったようだ。慰めるべきかどうか迷ったシウだが、子狐は興奮したまま話を再開した。

その「偉そうな大男」は、子狐に対して蔑むような視線を向けたあと「しっし」と手を振った。すると、近くにいた「いかにも魔法使いらしい格好の男」が子狐の首根っこを摑んだ。どこかに連れていかれることや、大男たちが子狐に対して毒づいていることは理解できた。このままでは危険だと本能的に察知した子狐は、逃げなければと考えたようだ。

逃げるためには冷静にならなくてはならない。それが良かったのか、彼は周囲から聞こえる声に気付いた。男たちの言葉は理解できなかったのに何故だろうと見回して、小さな生き物たちの存在を知った。ちょうど建物を出て、別の場所へと移動する最中だったそうだ。木々や茂みにいた小動物の声に、子狐は必死に鳴いて訴えた。ここはどこなのか、とにかく話がしたいと叫んだ。

返ってきたのが、これだ。

（あのこ、かわいそう）

（きつねのおう、ころされる）

（こわいよ）

はっきりとした言葉ではないが、なんとなく分かったそうだ。念話だからだろうか。また「狐の王」が自分を指していることも理解した。

神様に、格好良い九尾の「狐」がいいと頼んだのが自分自身だったからだ。まさか、それが原因で殺されそうになっているのだろうかと、子狐はショックを受けた。

しかし、事態は深刻だ。逃げなければならないと、子狐は小動物たちに助けを請うた。意思の疎通は難しかったが、小動物たちは応えてくれたようだ。まずは鳥が魔法使いの男に襲いかかり、子狐はその手から逃れられた。

それからどこをどうして彷徨ったのか、煉瓦造りの街中を逃げ惑った。時には下水溝の中を走ったという。途中、ネズミのような大きな生き物にも追われたそうだ。子狐よりも大きかったというから魔獣だったのかもしれない。

そうこうするうちに子狐は森に辿り着いた。

森に入ってからも安全ではなかった。何が食べられるのか分からない。とにかく、必死になって草を齧ったという。

食に恵まれた時代の日本人として生まれ育ち、二十歳までの記憶しかない子狐にとって、昆虫や獣を獲って食べるという発想は浮かばなかったのだろう。思い至ったとしても幼獣では消化できたかどうか。

シウは前世でひもじい思いを何度も経験した。あの時代ではそれが当たり前で、大抵の人は何だって食べた。何が食べられるのかを知っていた。しかし、時代が違う。

あまりにも憐れな話に、シウは声の掛けようがない。

当の子狐は興奮したまま話を続ける。

（森に入ってすぐは人間にも会ったんだ。でも、叫んで逃げるんだぜ？　棒とか弓で狙ってくる奴もいたんだ。あれ、絶対に俺を餌認定してた！）

ここに至り、子狐は「自分の姿が良くない？」と気付いた。

（マンガに出てたし、九尾の狐って格好良い〜って思ってたんだけどなぁ）

神様もノリノリだったのにと、付け加える。シウは、可哀想にと同情めいた気持ちで子狐を眺めた。神様に唆されたのかもしれない。あの神様は日本のサブカルチャーが好きだった。マンガも知っているだろう。

（さっき、あんたもオサキギツネとか言ってたよね？　あんまり良くない感じだった）

ニュアンスが伝わったらしく、子狐が落ち込む。

口調はともかく、見た目は可愛い狐の幼獣だ。シウは申し訳ない気持ちになった。とはいえ嘘は吐けない。シウは自分の見聞きした話として事実を伝えた。

【尾崎狐とは、日本古来から言い伝えのある獣のことだ。あまり良い妖怪ではなかったように思う】

（げ、妖怪なのかよ！）

【ただ、この世界では聖なる獣として尊ばれている。神の眷属とも呼ばれ、崇め奉られるのだよ】

（えっ、そうなの？）

尻尾がピーンと伸びた。そうしてみるとクジャクの羽のように広がるので尻尾が複数あると分かる。可愛らしいと眺めながらも、シウは正直なところを吐露した。

【本来ならばな。ただ、色が少々まずい】

きょとんとする幼獣に、シウは「さて何から話せばいいものやら」と悩む。

その前に、まずは先ほどからシウの胸を痛めていた彼の来し方を思い、なんとかしなければと動いた。

まずは、その場で四阿を作る。土属性魔法の慣れた作業だ。あっという間に出来上がった。子狐はシウの魔法を見て目を輝かせた。魔法だ魔法だと騒いで走り回り、ふらりと倒れ込む。気力はあっても体力がもう限界のようだった。

ろくに食べていなかった子狐に、最初にあげたのは温めた山羊乳だ。フェレスが小さかった頃に使っていた浅い皿に入れた。縁が丸く、飲みやすい形になっている。

【ゆっくり飲みなさい。体に馴染んだら、スープを中心に柔らかい料理といこう】

（うんっ、うめっ、うめぇよ！　マジ、美味(うま)い！）

顔中を乳塗(まみ)れにして、餓鬼(がき)のように凄(すさ)まじい勢いで山羊乳を飲む。その姿を見ると、自然とシウの眉尻(まゆじり)が下がった。

フェレスも気になるのだろう、そっと近くで寄り添っている。最初は「この生き物なんだろう」と観察しており、そのうち「ちっちゃい子だ」と納得した。ここまでボロボロの希少獣を見たことがないので、不思議に思ったようだった。

今は優しい顔で傍(そば)にいる。子狐もフェレスを怖いと感じなかったらしく、シウはホッとした。もっとも、食欲の方が勝っていて考える暇がなかったのかもしれないが。

シウは子狐が山羊乳を飲む間もずっと鑑定魔法を掛け続けた。体に不調はないか確認するためだ。次に与えたのは野菜が溶けきったスープで、その後に柔らかい桃を出す。

ようやく人心地(ひとごこち)がついた子狐に、シウは《浄化》を掛けて綺麗(きれい)にした。口元だけでなく手足も胸も山羊乳やスープで汚れていたからだが、それ以上にひどい状態だった。もしや、ただの一度もお風呂に入れてもらっていないのではないか。そう思わせるほど子狐は汚れていた。

落ち着くと、シウは子狐にこの世界のことを簡単に説明した。たとえば魔法が身近にあるだとか、神様への信仰の篤(あつ)さだとかだ。そして、肝心(かんじん)の希少獣がどういう立ち位置にあるのかを話した。聖獣の定義についてもだ。

（えっと、つまり、普通の聖獣は真っ白しかいないの？）

【その通り。ところが、蓮殿は白黒の斑模様をしている。人々が蓮殿から逃げたり追いかけたりしたのは、それが原因であろうな】

（さっき、魔獣は黒色が多いって言ってたよな？　俺、混じっていると思われたの？）

混じっているというよりは、はっきりと魔獣に間違えられたのだろう。それは伝えず、シウは黙って頷いた。子狐はショックを受けた様子で、尻尾がしょんぼりと下がった。

（だからかぁ。最初のグループの奴がさ、俺を指差して喚いてたんだ。捨てろって言ってたんじゃないのかな。女の子が庇ってくれたから助かった。まあ、守ってくれた割には雑だったけどな。大事にしてくれたとは言えないし）

それはそうだろう。なにしろお風呂にも入れてない。シウが半眼になって話を聞いていると、もっと恐ろしい話になった。抱き上げて投げるという、ぞんざいな扱いはもちろん、生まれたばかりの幼獣に生肉を投げ与えていたようなのだ。更に、体を壊して水しか飲めない彼の横で焼いた肉やパンを食べていたという。

子狐は恨めしそうにギリギリと歯ぎしりして悔しさを語った。

シウはそっと子狐の頭を撫でた。

【聖獣に限らず、希少獣の子に与える食事は人間の赤子と同じだ。手を掛けてやらねばならない。その者どもは育て方を知らなかったのだろうが、それでもひどい】

（俺も自分のことなのに知らなかったけどね）

【仕方あるまい。本能よりも、前世の記憶が前に強く出てしまったのであろう】

（そっかー）

子狐はシウの話に納得した。

聖獣に限らず、卵石を拾ったり希少獣を育てたりする場合は国に報告する。シウも冒険者ギルドで契約魔法を掛けてもらって登録したから、ギルドを通じて国に報告が上がっているはずだ。このルールは管理という意味もあるのだろうが、無知による不幸を回避するためもあったのだろう。シウもギルドで簡単な説明を受けた覚えがある。

そこで思い出したのが、聖獣の取り扱いだ。

【本来であれば、聖獣は当地の国の王に献上しなければならないのだが――】

（え、やだ！　絶対やだ！）

必死になって首を横に振る。シウは頷いた。

先ほどの話にあった「大男」こそが、この国の王だと思うからだ。子狐もそう感じたからこそ嫌だと訴える。それはそうだ、蔑むような視線と追いやる仕草には優しさも愛も感じられない。魔法使いの男の乱暴な手付きを子狐は鮮明に覚えている。

シウが大男を王だと断じるのには理由があった。最初、説明を聞いている最中には「領主だろうか」と考えた。しかし、煉瓦造りの街中を進んで来たという件を聞いた時に、全方位探索の魔法を広げて位置を確認した。子狐の短い足で移動した距離を考えても間違いない。そこから、国王がいるらしき場所を探すと、案外簡単にそれらしき男が発見できた。

子狐に大男の容貌を再確認すると、シウが見付けた男と酷似している。《感覚転移》で視た側仕えらの様子からも間違いない。

子狐は、この国の王に捨てられたのだ。

王が捨て、聖獣もまた逃げ出したいと望む。

ならば、シウが保護してもいいはずだ。そう言い訳を作る。

目の前には心配そうに見上げてくる斑模様の子狐がいた。シウは微笑んだ。

【安心しなさい。蓮殿は渡さぬよ】

（ほんと？）

【ただ、聖獣を只人が育てることは、どの国でも禁止されている。見付かれば、わしが罰せられるであろう。なるべく希望に添うよう心がけるつもりでいるが、危険な橋を渡るのだ。わしの言う通りにしてくれるか？】

（わかった！）

釘を刺したのは、子狐の前世が「二十歳の青年」だったからだ。青年とはいえ、シウからすれば子供である。遊びたい盛りでもあろう。しかし、おいそれと外に出すわけにはいかない。対策を講じるまでは隠れ住んでもらうしかなかった。

子狐も理解し、何度も頷いて「言いつけを守る」と約束してくれた。


安心したのか、子狐は電池が切れたように倒れ込んだ。シウが《鑑定》すると、体力の数値が一にまで下がっている。ギリギリだ。

興奮していたのは空元気であり、むしろその興奮こそが体力を削っていた。胃腸だけでなく、もっと頻繁にしっかりと鑑定魔法を使っていれば気付けたのにと後悔する。シウは申し訳ない気持ちで子狐を抱き上げた。

同じ月齢の頃、フェレスやブランカはこんなに軽くなかった。シウは子狐を大事に抱え直すと、フェレスに乗って《転移》した。

先に離れ家へ戻ったのは子狐を置いておくためだ。フェレスに見守りをお願いし、シウは急いでスタン爺さんのところに向かった。クロとブランカを受け取ると「ちょっと拾いものをしたから」と曖昧な説明で、爺様の家に行くと告げた。スタン爺さんやエミナたちに迷惑は掛けられない。聖獣の子を拾ったなどとはとても言えなかった。また、ばったり会うという危険を冒さないためにも、物理的に離れていた方がいい。

その点、爺様の家は隠れるのに適している。なんといっても、誰も入ってこないような奥深い山の中にあるからだ。

翌日、子狐は目が覚めるとパニック状態に陥った。見知らぬ場所で不安になったのだろう。きゃんきゃんと鳴き叫ぶ。シウが根気よく説明すると落ち着いたが、たった数分で体力を消耗してしまった。それなのに、ぐったりしながらも傷だらけになったシウの腕を気にする。

傷は、宥めようと子狐を抱き上げた際に出来たものだ。抱き締めることしかできず、シウは自分を情けなく思った。爺様も同じような気持ちで育ててくれたのだろうか。困った様子でシウの頭を撫でてくれた爺様を思い出す。きっと大変だったはずだ。子狐よりも面倒を掛けた自覚はある。それに比べたら、今の状況は全く苦にもならない。

シウはあれやこれやを思い出し、しんみりとした。


子狐が落ち着くと、先にトイレの場所を教えてから朝食にする。食べ終わるとタオルで顔を拭いてあげた。浄化魔法もいいが、幼獣にはこうしたスキンシップを兼ねたお世話が大事だ。

シウが次にやったのは、子狐に言語魔法を使ってロワイエ語を強制インプットすることだ。彼の今後を思えば、早々にロワイエ語を覚えてもらった方がいい。

（すっげー、めっちゃ便利な魔法だな！）

言語魔法がレベルの上限になれば使える魔法だ。ただし、相手の知識レベルに合わせてインプットすることしかできない。そんな不便さはあるが、こちらの世界の言葉を一切知らない子狐には合っていた。

「あとは、君が人型になれたら話すことも可能になるよ」

日本語ではなくロワイエ語で伝えてみると、ちゃんと子狐に通じたようだ。通じたが、子狐は喜ぶのではなく落ち込んだ。

「きゃん……」

視線を逸らしながら理由を教えてくれる。これまでも何度か人化を試みたらしい。しかし、ただの一度も成功しなかった。

シウは苦笑して子狐の頭を撫でた。

「おいおい、やっていこう。とにかく、この世界のことを覚えなきゃね。いっぱい勉強しよう。頑張って」

「きゃん……」

分かった、と言いながらも花が萎(しお)れるように蹲(うずくま)る。子狐は勉強が嫌いらしい。その横でクロが首を傾(かし)げ、ブランカは「わかるー」と尻尾を振った。二頭はあっという間に子狐の存在を受け入れた。フェレスがどんと構えて子狐の存在を受け入れているからだ。細かいことは気にせず、ただただ小さい命を大事にする。二頭はちゃんとフェレスを見ていて、しっかり学んでいるようだ。


子狐は自分より大きな幼獣を気にしながら、シウに「あ、そうだ」と話し掛けた。

(なぁ、なんで日本語の時と話し言葉が違うんだ？　日本語の時は、お爺ちゃんみたいだった)

「前世の記憶がそこで止まっているからだろうね。口調も染み付いているんだと思うよ。転生してからは前世の記憶が強すぎて態度も言葉もおかしかったようだけど、今は違う。年齢に引っ張られるように、徐々に精神が年相応になっているのを感じるからね)

(そういうものなんだ。そっか。ていうか、記憶も薄れるのかな……)

不安そうな子狐に、シウは努めて笑顔で答えた。

「記憶は記憶としてちゃんと残っているよ。ただ、遠い過去になっているかな。落ち着いて思い出せるようになったのは十歳頃で、自分史を読んでいる感じに近いかも」

子狐が首を傾げた。

（ところで、あんた、あ、シウだっけ。シウは何歳なの？）

「十四歳だよ」

（マジか。中学二年生か三年生？　全然見えない。小学生かと思った）

「そうなんだよね。どうも、成長がゆっくりみたいだ。前世の記憶が尾を引いているのか、当時の自分と同じような育ち方をしている」

　ハイエルフの血を引いてると考えても、成長が遅い。それにハイエルフの血筋が出ているのであれば、シウはもう少し綺麗な顔立ちのはずだ。実際は素朴な見た目である。

　実はシウの顔は、前世の愁太郎に少し似ていた。不思議な気はするが、それも神様のギフトなのかもしれない。全く変わりすぎていたら、シウが転生を受け入れるのにもっと時間がかかったかもしれないからだ。

（そっか。そういや、シウは俺と同じ時代に生きていたわけだろ？　死んじゃった時はお爺さんで、だから、ええと――）

　計算しようとしたのだろう。前脚を動かし、指が上手く動かないのを見て諦める。子狐は溜息を吐いて、シウを見上げた。

（とにかくだよ。あの頃に年寄りだったら戦争世代になる？　だったら食事に困ったりしたのかな）

「うん。当時は栄養不足でね、ひょろっとしていたんだ。この世界は魔法があって、イメージの強さが優先される。それが自分自身の成長を阻害しているのかもしれない、なんて考えて、自分を慰めているよ」
（てことは、つまり、この世界でもシウは小さいってことか〜）
シウの戯(おど)けた返事に子狐も乗ってくれた。笑い飛ばすように明るく話し、続けて自分自身が前世でどうだったのか、面白おかしく話し続けた。身長だけではない。どんな生活で、毎日をどう暮らしていたのかを教えてくれる。

そうすることで記憶を整理しているのだろう。そして転生した事実を徐々に受け入れていく。シウがそうであったように。

子狐がある程度語ったところで、シウも自分の人生について話して聞かせた。互いに「こうだった」「ああだった」と語り合って過ごす。ゆったり過ごしたからだろうか、子狐の心と体は安定してきたようだ。

翌日から本格的に教育を始めた。スパルタだとは思うが、聖獣である彼には自分の立場を自覚してもらう必要がある。しっかりと理解するには、この世界の常識から覚えなければならない。土台がないのに建物だけを立派に作っても意味がないからだ。

自分の持つスキルについても理解し、最大限の使い方を学んでもらう。子狐が今後どう生きるのかは分からない。しかし、知識という武器があれば道は広がる。子狐も「せっかく神様からもらったスキルだもんな」と、やる気満々だった。シウも教え甲斐(がい)がある。

ところが、子狐は話し好きだった。スキルの説明中にも度々(たびたび)話が脱線する。
（俺、本当は『一番強くて格好良い獣、人化もできる奴がいい』って神様に頼んだんだ。

でも無理だって言われてさ〜）

魂の器が合わない、という理由らしい。そう言われると、シウも「そうだろうな」と思った。

この世界で「一番強い生き物」は古代竜になるだろうか。別名でドラゴンとも呼ばれる世界最強の生物は、神に次ぐ存在として人々に畏れられている。

シウは年末に、友人のガルエラドに誘われて彼の故郷に遊びに行った。ガルエラドは竜人族だ。彼等は古代竜の血を引くと言われている。大事な役目を担い続けており、古代竜に対して並々ならぬ思いを持つ。彼等にとっては先祖というよりも神の如き存在だ。尊敬などといった言葉では言い表せない。

その古代竜には役目があり「神の代理として世界を見守っている」との言い伝えもあった。

気高く尊い存在だ。誰もがなれるものではない。

とはいえ、子狐の器は大きいのではないだろうか。シウの子供時代と違い、この世界に馴染むのが早いからだ。魔法に対しても、すんなり受け入れる。無邪気に「魔法が使えるの、超楽しみだ〜」と喜びもした。

夜中に泣いてやしないかと心配してベッドを覗いたシウは、ブランカよりも寝相の悪い子狐を見て笑った。ぐーすか眠る姿は大物感がある。神様が彼を選んだ理由が分かったような気がした。

（でさ、その次に偉い獣も『事情があって無理』って言うんだよ。じゃあ九尾の狐はどう

かなって聞いたら、ＯＫが出てさ）

「狐型の希少獣も少なくて珍しいけれど、騎獣の中では階位が低いんだ。君は狐の王と呼ばれる聖獣になる。とても希少で、階位も高いよ」

（おおっ、格好良い！）

きゃっほぅと喜ぶ彼に釣られて、ブランカも走り出す。それを止めたのはフェレスだ。首根っこを噛んでシウの下まで連れてきた。クロも一緒に巻き込んでいるのは、彼が体を張ってブランカを止めようとしたからだった。希少獣が頑丈にできているとはいえ、ハラハラする。シウはブランカにしがみついたままのクロを優しく外し、フェレスを撫でて、ブランカを押さえ込んだ。

その間に子狐も落ち着いた。

（それでさ、やっぱり強いスキルが欲しいじゃん。俺、雷でババーンッてのが欲しくて頼んだんだ）

雷撃魔法のことだ。子狐は他にも分身魔法を持っているが、これは種族特性になる。

（あと、鑑定魔法も絶対欲しいってお願いしたんだ〜）

鑑定魔法は、聖獣が最初から持つのは珍しいスキルだ。本性が獣なので、人間のように何かを鑑定して結果を利用するという考えに至らないからだ、というのが学者の説だった。

ちなみに、希少獣も後からスキルが増える。自然と魔法を使う彼等だが、考えて使ううちに固有スキルとして備わるようだ。希少獣たちは火や水といった基礎属性の魔法が使え、魔力も多い。それらを複合技として使ううちに「固有」のスキルとして確立するのだろう。

たとえば雷撃魔法を基礎属性魔法だけで使用するとしたら「水・風・金・火」の四つが最低限必要となる。そして術式を最適に組み合わせることで魔力の消費を抑え、何度も繰り返し使用することで雷撃魔法という固有魔法の獲得に繋がる。

人間が固有魔法を得にくいのは魔力が少ないからだろう。希少獣ほど多くない。

希少獣の中で、特に聖獣は桁違いに魔力が多かった。子狐の魔力量も三五〇という破格の数字だ。しかも、彼等は人間と違って魔力が増えていく。幼獣でこの数字だ、成獣になった時はいかほどか。

そうした話もシウは教えた。

子狐自身は本当の意味では理解しきれていない。大きな力を使うには加減が必要であるとか、訓練の大変さ、人間とは違う生き方になるという意味もだ。

けれど、今はそれでいいのかもしれない。

(魔力が多いってことはチートだろ！　やった、チート万歳、ハーレムだ！)

本人がそうして喜ぶのなら、今後の訓練も頑張れる。

午後は魔法を実際に使ってみせた。座学ばかりでは飽きるし面白くないだろうからだ。魔法学校に通うシウにはそれがよく分かる。友人たちがそうだった。

シウは子狐がなるべく楽しく思えるよう、先ほど出てきたスキルを派手な形で再現してみた。雷を「ババーン」だ。

このあたりで、子狐はシウの能力に気付いたらしい。

（もしかして、シウもチートなのか？　いくら十四歳って言っても物知りすぎない？）

「僕の趣味が読書だからね。知識はある方かもしれない。世界一の大図書館にある本が読みたいって理由で、魔法学校に通っているぐらいだもの」

（待って、え、魔法学校っ？）

目を輝かせて飛び跳ねる姿に、シウは苦笑した。

「先に言っておくけど、君は通えないと思う」

子狐は見るからにショックを受けて落ち込んでしまった。

「聖獣は生き物の中では立場が上になるからね。人間の学校には通えないと思うよ。それに見付かったが最後、王族に取り込まれる」

（そんなの、絶対嫌だ！　自由じゃなくなる。俺はチートハーレムができると思ったから異世界転生に納得したんだ）

「ハーレムって女性にモテることだよね？　聖獣なら確かに人気者になれるかな」

ただ、番いの相手として考えると無理ではないだろうか。希少獣が番う場合は同種族になる。ところが聖獣になると数が少ない上に出会いもない。だからかどうかは不明だが、彼等は生殖行為に興味を持たないらしいのだ。

といっても、シウは聖獣ではない。これらの情報は本や調教師、それと数少ない聖獣の友人に教わったものだ。子狐の夢を砕くのも可哀想である。もう少し常識を学んでからでも、伝えるのは遅くはない。なにしろ子狐は生まれたばかりに等しいのだから。

勉強を再開したものの、子狐はどうにもシウのスキルが気になるようだった。

前世や今生での話はしたけれど、たとえば細かいスキルまでは教えていなかった。どこかでポロリと零されては困る、と考えたのもある。

結局、シウは自分の持つ空間魔法や魔力庫についてはまだ話さないと決めた。空間魔法は希少スキルだ。持っていると知られれば半ば強制的に国から囲い込まれる。シウは市民権のない、いわゆる流民の立場だ。もし強引に勧誘されたとしても逃げられる。とはいえ、煩わしいことに変わりはない。

更に、シウには魔力が無限に湧き出る魔力庫など、ギフトと呼ぶだけでは済まされない能力が備わっている。おいそれと権力者に知られるわけにはいかなかった。

鑑定魔法なら構わない。珍しいものの、能力を鍛えることで後々スキルとして発現する人もいる魔法だからだ。子狐にも鑑定魔法がある。

「僕は鑑定魔法のレベルが最大値なんだ。君のステータスも分かる。逆に、僕の方は完全にブロックができるんだよ」

（それで全然見えないのか～）

「そう。それとね、君の知識レベルが低いと鑑定結果の表示も少ないよ。結果が出ない場合もある」

（マジか、ヤベぇ、どうしよう）

俺、バカなんだけど！　と言いながらも楽しそうだ。

子狐は明るい性格で、だからこそ新しい世界にも早々に馴染んでいるのだろう。

フェレスたちともすぐに仲良くなった。

今では自分が獣であることを完全に受け入れているようだ。互いに毛繕(けづくろ)いもしている。

最初は「げっ、なんで舐(な)めるの」と言っていたのに、慣れるのが早い。

意思の疎通もできるようになった。フェレスとは会話が可能で、ただし、子供だと思っていた。そして、クロの方が精神的には大人らしい。ブランカは言わずもがな、子狐いわく「赤ん坊より、たちが悪い」とぼやく。

ともあれ、子狐はシウがスキルを隠していることに対して深く追及はしなかった。

そんなものだと受け入れる。それは子狐自身のスキルを覗かれても同じようだった。

数日過ごし、落ち着いたところで問題になったのが子狐の名前だ。当初は日本語で話していたため、シウは彼の前世の名を呼んだ。

しかし、実際は子狐の状態(ステータス)を鑑定すると名前の欄が空白のままだ。

これは神様が彼を新たな存在として転生させたからに他ならない。

子狐自身も、シウが「蓮殿」と呼ぶことに違和感があるようだった。だからというわけではないが、シウもしっくりこずに「子狐」と心の中で呼ぶようになっていた。

ここにきてようやく「名前をどうするか」と話題に上り、シウたちは悩んだ。

子狐はロワイエ語をインプットされたものの、名前として使えそうな良い言葉が思い付かない。シウに案を出してほしいと頼むので「コン」や「フォックス」と告げるも、首を横に振る。

確かに、シウには名付けのセンスがない。自分でも分かっている。悩んだ挙げ句、ふと思い出して脳内にある古書の一覧を検索した。

「君の以前の名は植物のハスの名称でもある。それを、この世界の古代語で探してみた。読み方が幾通りかあって『ロータス』や『ロートス』になるんだ。そのままだと国によってアクセントが変わりそうだから『ロトス』と短くするのはどうかな」

（あ、いいね。呼びやすそう。古代語ってなんか格好良い響きだ。だけどさ、さっきの、妙に英語やドイツ語っぽくない？）

「実は、過去に日本人以外の人も転生しているようなんだ。この世界で活躍したのだろうね、今の時代にまで言葉が残っているよ」

（えっ、そうなの？）

「たぶんね。といっても研究されているわけじゃないし、手記を残した人も自分が転生者だとは書いていないんだ。僕が古代の書物を見て勝手にそう解釈してるだけ。異世界から転生したなんて残せなかったんだと思う。僕も内緒にしているしね」

（俺も言わない。変な奴だって思われたくないもん。いきなり前世の記憶があるって聞かされたら普通は引いちゃうよな。親しくなったら余計に怖くて、逆に言えないし。ラノベでも言わない設定が多いよ）

納得して頷く彼に、シウは改めて確認を取った。

「じゃあ、ロトスという名でもいい？　君は聖獣だから、飼い主、じゃなくてパートナーができた時に名付け直してもらうといいよ」

（別にそのままでもいいんだけどなぁ。名前が変わるのって面倒じゃん。それより、聖獣だからって必ず王族に仕えないとダメってのが嫌だ）

ロトスは「自由にあちこちを旅してみたい」と、シウよりずっと冒険者らしい望みを口にする。そう言えば、神様はシウに「冒険者はどうか」と勧めていた。まさかそのせいで彼を転生させたわけではあるまい。シウはにこりと笑った。

「自由でいたいなら相応の力が必要だ。誰かに自分の人生や能力を良いように使われないためにも、勉強しておかないとね」

（ちぇー。まあ、そりゃそうなんだけどさ）

勉強嫌いのロトスは猫のように伸びをすると、サッと姿勢よく座り直した。

とはいえ、ロトスの集中力は低めだ。ガリガリだった彼には体力も不足している。だからシウも度々休憩を取ったし、ロトスの話にも応じた。すると、

（……考えたらさぁ、シウには何の得もないんだよな。逆に迷惑掛けてるし。ごめんなさい。それで、えっと、ありがとう）

小さい体でいろいろ考えている。尻尾がしょんぼりと床を掃いた。

シウは首を振った。

「迷惑ではないよ。それに僕には気持ちが分かるからね。転生して世界に馴染むまでには

時間がかかると思う。そう、同郷の誼でもあるんだ。気にしないでいいよ」

最初に各国の聖獣の扱いについて説明したせいで、結果として脅す形になった。だから申し訳なく思うのだろう。可哀想なことをした。シウは屈んで、ロトスの頭をそっと撫でた。

「あのね、人に拾われずに過ごす希少獣は『野良』と呼ばれるんだ。当たり前だけど、彼等には主がいない。……以前、知り合った野良希少獣が『人に拾われなかった希少獣は憐れだ』と話してくれたことがある。同種の獣からは一線を引かれ、仲間になれない。同じレベルで話し合える同族には滅多に会えない。希少だからだ。誰にも拾われず、主も仲間もいない。それは途轍もない孤独だったろうね。もしかしたら、ロトスもそうなっていたかもしれない。遅くなったけど、君を見付けられて良かったと思っているんだ」

「きゃん……」

相槌のように小さな声で鳴いたロトスは、言葉にならない感謝を伝えてきた。

シウは微笑んだ。

「そのうち、なんとかして知り合いの聖獣に会わせてあげるから。ただ、なにしろ彼等は王族の下にいるからね。バレないようにするには時間がかかるんだ」

（わりぃ）

「いいんだよ。あ、だけど、知り合いの聖獣は箱入りでね。常識知らずなところがあるんだ。あちらは育ちすぎてて、もうどうしようもないから、ロトスの方に頑張ってもらいたいかな」

（えっ、そいつ、大丈夫なのか？）

じとっと見られるので、シウは慌てて説明を追加した。

「大丈夫。一番偉い聖獣だから。そのせいで箱入りなんだよ。たぶん」

（たぶん、なのかよ）

呆れたような声音ではあったが、ロトスはすぐに気持ちを切り替えた。同種ではないが、同じ聖獣仲間に会えるのが嬉しいのだろう。目標が持てたために勉強にも熱が入った。

実際、ロトスは魔法の使い方を早々に覚えた。さすがは聖獣だ。

それに、前世でゲームやラノベといったものに触れていたことも大きい。イメージ力があるのだ。魔法を発動させるにはまだ詠唱句という「きっかけ」を必要とするが、シウよりもずっと飲み込みが早い。

ちなみに、シウは詠唱句を使用した魔法発動を強く推奨した。魔力を出しながら不意にイメージを変えたり消えたりすると不発になるだけでなく、暴発を招く場合もある。慣れないうちは詠唱句を使う方がいい。

ロトスもシウの説明に理解を示した。彼は自分のことを「注意力散漫だから」と自覚しており、無意識に変な魔法を使うぐらいなら安全な詠唱句での発動がいいと選んだ。

もっとも、

（だってやっぱ格好良いじゃん。『落ちろ雷撃！』なんつってさ）

と、彼らしい思惑でだった。

　ところで、まだ生まれて二ヶ月経つかどうかのロトスは、本来なら離乳食でなければならない時期だ。しかし、育ちのせいで強制的に固形物を食べられる体になっていた。無意識にそうしなければならないと、自分で自分の体を守ろうとしたのかもしれない。

　ロトスが食事をする度に鑑定魔法を掛けていたシウは、固形物でも問題ないと知って安堵した。

　それでもロトスの体はまだまだ細い。たくさん食べさせようにも幼獣だ。限度がある。そのため、特に栄養価のある食材を中心に食べさせた。

　そんな中、ロトスが喜んだのは日本食だ。

（米がある、すげぇ、味噌汁まで！　ていうか、ザ・日本って感じの朝食だ〜）

「それを日本語じゃなくてロワイエ語で言うと？」

「きゃ、ん、きゃん、きゃんきゃん？」

　こめ、ある、みそ、あるであってる？　と、非常に拙い言葉で答える。

「意味は、なんとか通じる、かな」

（厳しいぜ、シウは）

「【鬼軍曹】だからね」

　シウが教えている時に、ロトスが「鬼だ軍曹だ、だったら鬼軍曹だー」と呟いていたので使ってみた。ロトスには、

「きゃんきゃん！」

　と、大いに受けたようだ。きゃっきゃと尻尾を振り回しながら、ロトスは味噌汁に顔を

突っ込んだ。

数日ゆったりと過ごしたおかげで、ロトスにも体力が付いてきた。目覚めた時に慌てることもない。そうなると現実的な問題が頭をもたげる。

シウは今後の予定についてロトスと話し合った。

「来週から学校が始まるんだ。そろそろ下宿先に戻らないといけない。ロトスはまだ、人化は無理だよね？」

（うう、そうなんだよなぁ……）

子狐姿でぺったりと床に伏せ、きゅうんと鳴いて落ち込む。可哀想に思いながらも、シウは案を口にした。

「僕がもう少し学校を休んで様子を見るか、あるいは君を安心できる相手に託す――」

（それやだ！　知らない奴のところにやらないで）

ロトスは知らない誰かに連れていかれたことがトラウマになっている。最初の集団にも良く扱われていなかったのに、次の相手にも乱暴な目に遭わされた。同郷のシウには信頼を寄せているが、他の「人間」に会う勇気はないようだ。

「うん、分かった。じゃあ、次の案だね。僕が学校に行っている間、部屋で静かに待っていられる？」

(え、そんなのでいいの？)

「そんなのって言うけど、退屈だと思うよ？　君は本を読むのが苦手だろうし、他に暇潰しもないんだ」

シウが散乱している勉強道具に視線を向けると、ロトスが目を逸らす。

(……だって、俺、勉強嫌いなんだもん)

「大学生だったんだよね？」

大学とは勉強をするところだ。好きでなければ入らないとシウは思っていた。

(Fランだったんだぜ？　誰でも入れるって」

ばつが悪そうに続ける。

(まあ、そんなとこでもさ、親父がせめて大学だけは行っとけって言うからさぁ。今時、奨学金ナシで親が全部出してくれるなんて有り難い話じゃん？　それに、みんな行ってるから行こうかって軽い気持ちで進学したんだよな)

ロトスはシウが何か言う前に、大きな溜息を吐いた。尻尾が弱々しい。

(親父からしたら、俺はバカ息子だよな。せっかく大学行かせてやったのに、スマホに夢中でトラックに巻き込まれて死にましたー、なんてさ)

きゅうんと鳴くロトスの頭を、シウはそっと撫でた。

「ご両親は君の死をひどく悲しんだと思う。そして、君がそんな風に考えていると知ればもっと悲しむだろう。大学に『行かせてやった』だなんて露程も思っていないよ。君の将来のために『行かせてあげたい』と願ったんだ。とても良いご両親じゃないか。バカ息子だなんて絶対に思うはずがない」

「きゅん……」

『こんな言い方はおかしいかもしれないけれど、この世界に【スマホ】はないんだ。もしあったとしても君は同じ失敗を犯さない。それに大事なことだから言っておくね。スマホを見ていたとしても君は悪くなかったんだ。横断歩道を歩いていて巻き込まれた事故だよね。もっと危機意識があれば良かったという後悔は、これからに生かそう」

蹲った小さな体が震える。シウは屈んだまま続けた。

『こう考えてみない？　スマホよりも楽しい魔法があると。魔法の世界だから転生してもいいと思ったんだよね。なら、頑張って魔法を勉強しよう。魔法は夢中になれるよ」

ロトスは顔を上げ（うん）と小さく頷いた。

「いつかどこかでご両親に、今の自分はちゃんとやれていると話せる機会があるかもしれないよ」

（そんな日、来るかな？）

「あの神様なら、伝言ぐらいはやってくれそう」

（そうかなぁ？）

少し笑いながら、ロトスは立ち上がった。

（よし！　俺、ちゃんと言いつけを守って部屋の中で勉強する。人化できた時のことを考えて、ロワイエ語ももっと滑らかに話せるよう頑張る！）

尻尾がババッと動き、孔雀の羽のような半円形に広がる。ロトスの尻尾は気持ちに連動しているようだ。

頑張ると宣言したものの、彼はまだまだ子供で集中力がない。ブランカだってそうだ。飽きやすい。ただ、同じ幼獣でもクロには集中力がある。そこは見ないフリだ。

とにかくも、この世界に生まれて二ヶ月弱のロトスの来し方はあまりに不憫だ。甘やかされていい時期でもある。飽きるのだって月齢を考えれば普通のこと。

シウはロトスに無理はしないでいいと告げた。それから。

「部屋には誰も入らないようにしておく。結界も張るよ。閉じ込めちゃう形になるけど我慢してね。その代わり、欲しいものがあったら用意するから」

（やった！）

くるくるっと自分の尻尾を追いかけるような格好で走り出す。随分と獣の本性に引きずられているが、楽しそうな姿を見てシウはホッとした。ついで、子狐の可愛い動きに笑った。

今後の予定が立ったことで、シウのやることも決まった。根回しだ。厄介な事態にも冷静に対処ができる、最も頼りとなる男に連絡を入れる。

「（シウだけど。今、大丈夫？）」

通信魔法の呼び出しに時間はかからなかった。すぐに繋がり、いつも通りの口調が返ってくる。

「（おー、久しぶりだな！　どうした、ゆっくり話せるのか？　この前は忙しいって切られたからな！）」

　通信の相手はキリク＝オスカリウス辺境伯だ。領主でありながら飛竜に乗り、魔獣討伐に駆け回る。助けを求められれば誰より早く飛んでいき、一騎当千の活躍だ。シュタイバーン国で知らぬ者はない、と言われるほどの有名人だった。ちなみに、左目の視力を失って眼帯をしていることから「隻眼の英雄」と呼ばれている。

　シウなら、英雄と聞けば落ち着いた男性像を思い起こすが、実際のキリクには少年のような部分がある。そろそろ不惑になろうかという年齢なのに行動が子供っぽい。今も、口調がシウと同年代の友人にそっくりだ。だからというわけではないが、キリクとは友人のように接しているし、それを許されてもいる。

「（本当に忙しかったんだ。友達の家に遊びに行って、つい長居しちゃったし。それに、婚約パーティーに呼ばれても困るよ。王城にだって、僕が一緒に挨拶に行く必要はないもの。仲人はブラード家のご当主なんだから）」

「（これだ。冷たい奴め）」

　言葉ほどには思っておらず、声には笑いが含まれていた。

　キリクは三十の後半でようやく結婚相手に恵まれたのだが、そのきっかけを作ったのはシウだ。仲人のブラード伯爵は、シウが現在下宿している先の当主になる。

　下宿先の主はカスパル＝ブラード。シュタイバーン国のロワル魔法学院ではシウの先輩だった人で、今はラトリシア国にあるシーカー魔法学院の同級生に当たる。そんな関係で、貴族のブラード伯爵が仲人になった。

「(で、本題は何だ。お前から通信が来るなんて滅多にない。緊急の用件か?)」

「(うん。大事な話があるんだ。キリクは今どこにいるの?)」

「(王都だ。そろそろ領地へ戻らなきゃとは思っていたが、ほれ、年末年始のパーティーでアマリア嬢を紹介したからな)」

婚約者のお披露目後、貴族の付き合いが増えたらしい。うんざりした様子が伝わってくる。シウは苦笑しながら、声を潜めた。通信魔法だから誰に聞かれるわけでもないが気持ちの問題だ。

「(お疲れ様です。でも、まだ王都にいるのなら良かった。少しだけ時間が欲しいんだ。できれば会って話したい。このまま通信で話しても大丈夫だとは思うけど――)」

キリクには、シウが自作した上位通信魔道具の《盗聴防止用通信》や、最上位の《超高性能通信》魔道具を渡している。自信を持って渡したのだから大丈夫だと言い切りたい。が、少しの不安も抱きたくなかった。

そんなシウの気持ちにキリクはもちろん気付いてくれた。

「(おい、最重要案件じゃねぇか)」

「(そうなんだ。今から、そちらに行ってもいい?)」

「(すぐ来い)」

即応だった。これがキリクだ。領地と接する黒の森から頻繁に魔獣スタンピードが起ころうと、あっという間に押さえ込んでしまうだけのことはある。彼の判断如何(いかん)では多くの人の命が奪われるのだ。素早い対応が身に染み付いている。

シウは頼れる男に、

「（じゃあ、三十分ぐらいで到着するから）」

と告げた。キリクは具体的なことは何一つ分かっていないのに、シウを心配して「気を付けろよ」と言う。その優しさに、もう通信が切れたと分かっていても頭が下がる。

するとと、ロトスが興味津々の顔でシウを見ていた。尻尾がフリフリ動くのを眺めながら簡単に説明する。

「通信の相手はこの国の有力貴族で、僕の後ろ盾になるんだ。頼りになる人だよ。彼に相談事があるから、ちょっと出掛けてくるね。あ、移動方法については聞かないで。知らなければ漏らしようがないからね」

（分かった。なんかすごい魔法があるんだろーな！）

無理に「教えて」と言わないあたりに彼の人の好さが見える。若者らしい軽い言葉を使っていても、根底には「しっかり」とした考えがある。心根も善だ。ロトスが聖獣だからというより、元々の性質がそうなのだろう。きっと両親がそう教育した。良い両親であったからこそ、ロトスは自分をバカ息子だと言って嘆いたのだ。

転生しても記憶があるのは良いのか悪いのか。シウには分からないけれど、ロトスには今生で幸せになってほしいと思う。

さしあたり、彼の興味に答えてあげればいいのだろうが、シウの持つスキルについては教えられない。希少なスキルが他の誰かにバレるのを避けるためだ。今のところロトスは誰にも会わないが、秘密というのは話せば話すほど漏れる機会は増える。そしてシウ本人よりも、秘密を持つ人間の方が危険に巻き込まれる可能性が高い。

たとえば転移魔法も、平和な使い方より軍事向けにと望まれる能力だ。

シウが転移できると話すよりも魔道具があるのだと言っておけばまだマシだろうし、今後を思えばロトスに魔道具を渡しておくのもいい。聖獣を狙う人間は王族だけではないのだから。

早速、術式について考えながらロトスに留守番を頼む。

「フェレスたちを置いていくから、勉強に飽きたら遊んであげて」

「きゃん」

ほーい、と軽い返事だ。けれど、ロトスは絵本を集めて勉強を再開した。尻尾が元気に動くのを見て、安心する。シウはフェレスにも後を頼み、爺様の家を出てから木の陰で《転移》した。

◇◆◇◆◇

転移した先はスタン爺さんの家の離れ家だ。シウがイオタ山脈の山奥から王都に出てきて以来、お世話になっている。しかも、他国にある魔法学校に通い始めても「シウの部屋」として残してくれていた。ベリウス家はいわばシウの実家のようなもの。だから、度々帰省している。その際は必ず自分の部屋に転移した。

実は、うっかり空間魔法のスキルがあるとスタン爺さんにバレてしまった流れで、孫娘のエミナにもシウの転移魔法は知られている。幸いにして、エミナも商人として「秘密を守る」ことの大事さは分かっていて、口が堅い。それ以前に、家族の個人的な情報を吹聴するような人たちではなかった。

今回も離れ家を中継地として、シウは中庭を通って裏口から店に入る。せっかく戻ったのだから声を掛けようと考えた。ところが二人とも忙しそうだ。店はエミナに引き継がれているが、彼女は現在お腹の大きな妊婦である。スタン爺さんが手伝いとして接客に出ていた。シウは視線だけで挨拶してそのまま出ていった。

中央地区にある店から徒歩で貴族街に向かう。貴族街へは予め渡されていた手形を見せれば簡単に入れる。

そうして、予定通りの時間にオスカリウス家の屋敷に到着した。

シウはこれまで何度も屋敷に顔を出している。オスカリウス家の慰安旅行にも招かれたぐらいだ。門番もシウと顔見知りで、何も言わずとも通してくれた。

玄関では家令のリベルトが待っており、久しぶりの再会を喜んだ。

「夏以来でしょうか。大きくなられましたね」

「え、本当ですか？」

成長の遅いシウにとって「大きくなった」の言葉は何より嬉しい。思わず背伸びしそうになる。リベルトは目を細めて続けた。

「ええ、ええ。子供とは本当に育つのが早いものでございますね」

シウを微笑ましく眺めるリベルトの背後から、キリクがやってきた。

「気のせいだろ、リベルト。こいつ、背は全然伸びていないぞ」

「キリク様……」

リベルトが呆れたような顔で主を見る。その視線には「当主自ら表玄関に出てくるな」という注意が含まれていた。もちろん、大人げない発言への呆れも入っている。

「お可哀想なことを仰るものではありません。ささ、シウ殿、中にお入りください」

リベルトに案内されて、シウはキリクの執務室に向かった。後ろから、執務室の主が怠そうに付いてくる。

部屋には補佐官のイェルド、第一秘書官のシリルが待っていた。シウとの通信を切った後に急遽呼び寄せたらしい。シウがこれまでキリクと行動した際、この二人を同時に見ることは滅多になかった。いつも片方が当主の代理役を務めている。それだけ仕事が多い。なのにシウの「用件」で来てもらった。申し訳ない気持ちになるが、反面、心強い。なにしろ二人は、領主自ら現場で指揮を執るようなキリクを支えられる実力者だ。

ホッとして、ここに来るまでに考えていたあれこれを吐き出した。

まずは結論から話す。というより、これを先に言わねば話が進まない。シウは多少早口になりながら三人に告げた。

「聖獣の子を拾ったんだ」

三人とも無言でシウを凝視する。

キリクの口は「は?」という形になっていたが、声は出ていない。常に冷静なイェルドは、まるで聞きなれない異国の言葉を聞いたかのように首を傾げる。シリルは穏やかな微笑み顔が標準だと思っていたのに、真顔だ。動きもしない。

シウは端的すぎたと気付き、説明を加えた。

「あ、卵石じゃないよ。幼獣です」

「はぁ？」

最初に我に返ったのは荒事に慣れているキリクだった。

「お前、何言ってんの？　聖獣？」

「うん。いろいろと事情のある話なんだよね」

「ううう、なんだよ、くそっ。どういうことだ。とにかく全部だ、全て話せ。最初からだぞ」

キリクの背後に控えていたシリルはフラフラ歩いてソファに座った。かなり珍しい。シリルはキリクといる時はいつだって立位でいた。

同じく、冷静さが売りのイェルドも頭を抱えている。

二人がまだ元に戻らないのを気にしながら、シウはキリクの命令に従った。

「とある事情で――」

神様からのお願いだとは言えず、シウは言葉を濁した。

「ええと、詳しくは話せなくて。ともかく『とある事情』があって、ウルティムスに行ったんだ」

「ぐぅっ」

キリクがこめかみを揉み始めた。

「行ったら、森の中で異常事態が発生していると気付いた。騒ぎの元を確認すると聖獣の子がいたんだ。そして、その子を狙って魔獣スタンピードが起きかけていた」

「マジか……」

キリクが冒険者や若者が使うような俗語を口にする。彼とロトスは話が合うかもしれないと、シウは内心で苦笑した。

「魔獣は始末したし、聖獣の子も助けられた。でも、かなり厄介なことに巻き込まれていたんだ。そのせいで聖獣の子は人間不信に陥っている。僕とは言葉が通じたのもあって懐（なつ）いてくれた。それで離れたくないと懇願されたから――」

「連れて帰ってきたのか」

「うん。あ、これで話が終わりというわけじゃなくて、まだ続きがあるんだ。本題かな」

「そうか……」

どこか遠くを見るキリクに、シウは悪いと思いつつも話を続けた。

シリルやイェルドは、もはや会話に参加する気はないようだ。

「聖獣の入った卵石を見付けたら、国に報告する決まりがあるのは僕も知っている。報告、つまり王への献上だよね。だからもちろん、説明はした。でも、彼は嫌がった。絶対に渡さないでほしいと願った。肝心の、その王に酷い扱いを受けたからだ」

「なんだと？」

「時系列で説明するね。その子は最初、傭兵の集団に拾われた。卵石の状態でだ。彼等の中には少女が一人いて、面倒を見るのは彼女だけだった。といっても、まともな連中じゃない。たぶん、彼等は聖獣だと知っていて隠し持っていた。だから居心地の悪い場所に押し込まれていたし、育て方も最悪だった。きちんとした食事もさせてない。そのせいで、僕が拾った時には体がガリガリだったんだ」

シウが眉を顰めて語ると、キリクも同じような顔で唸った。

「くそっ、なんてことを」

「しかもウルティムスの兵に急襲されると、置いて逃げた。聖獣の子は王の下へ連れて行かれて、たぶん契約させられそうになった。ところができなかったんじゃないのかな。言葉は通じなくても、聖獣の子が見たままを詳細に教えてくれたから合っていると思う。その後が問題だった。王は聖獣の子を要らないと判断し、魔法使いに下げ渡した。乱暴にね。それだけでも怖かったろうに、聖獣の子の耳に小動物たちの心配する声が届いた。そこで初めて自分の身に迫る危険に気付いたんだ」

「どういうことだ？」

「小動物は『狐の王が殺される』と話していたらしい」

「聖獣はウルペースレクスか！」

狐型の騎獣はウルペース、聖獣はウルペースレクスと呼ばれる。同じ狐型でも体の大きさや魔力量は段違いだ。尻尾の数も違う。

「聖獣の子はそれまで誰とも意思の疎通が図れなかった。初めての声が忠告だった。彼は恐慌状態に陥りながらも必死になって逃げたんだ。煉瓦造りの町並みを、時には下水溝に潜ってまで」

「むごい……」

シリルが顔を両手で覆い、俯いた。

「ネズミにも追われたそうだよ。それが心の傷になった。あまつさえ、逃げる道中で人間にも追いかけられた。中には矢を射かけようとする者もいたらしい。人間不信にもなるよね」

「なんという、可哀想なことを」

イエルドも悲愴な顔で同情を寄せた。

キリクは、腕を組んで思案顔だ。冷静に見える。彼は少し考え、口を開いた。

「何故、人が聖獣を襲う？　そりゃ、最初の奴等は奴隷商の傭兵か、あるいは盗賊だったのだろうさ。程度の悪い奴等がまともに面倒を見られないのは分かる。だが、王が聖獣を下げ渡すなど有り得ん。しかも殺そうとするか？」

シウは肩を竦めた。

「見た目のせいだと思う。聖獣の子は白と黒の斑模様をしているからね」

「黒が交ざっているのか」

「うん。だけど本当に聖獣だよ。鑑定したから間違いない」

「そうか」

「変異体は稀に出るのにね。いまだに、黒い色は魔獣のものだと信じる物知らずがいるらしい」

馬鹿にするような口調になったのは、身近に嫌な思いをした子がいるからだ。クロだった。彼もまた変異種である。九官鳥型希少獣は本来ならば目の下や後頭部に黄色の差し色が入る。嘴もオレンジに近い明るさを持つ。ところがクロは全身が真っ黒だ。メラニズムのようなものだろうとシウは思っている。

残念なことだが、稀な現象を知らない人も多い。また、魔獣の多くが黒っぽい体毛を持つことから、人々は黒色の獣に恐怖を覚えてしまう。そのせいでクロにも度々、厳しい視線を向ける人もいた。契約相手のいる希少獣として脚環を着けているから、直接的な被害に遭っていないだけだ。

キリクが労るようにシウを見た。

「ウルティムスは野蛮な国の代表格でもあるからな。国同士の協議にも応じない。返事すら寄越さないんだぞ。そりゃ、物知らずだろうさ」

隣接しているオスカリウス領も被害を被っている。キリクの言葉にイェルドも顔を顰めた。

「あそこは元々、戦闘好きが集まって出来たような国だ。北に黒の森があるのを脅威に思うどころか、戦えると言って張り切る奴等ばかりでな」

シウが読んだ冒険者の手記によれば、近隣諸国が土地を取り合って戦争を始め、そのどさくさに台頭してきた傭兵集団が「ウルティムス国」を興したようだ。その頃には周辺の小国群は疲弊しており、奪い返す力どころか自分たちの土地まで狙われ、仕方なく新興国として認めた。だからだろう。

「あの国には傭兵が多い。あそこで経験を積んで、各国の要請を受けて稼ぎに行く連中もいる」

「犯罪者の多くがウルティムスに逃げ込みますね」

イェルドが会話に入ってきた。気持ちが落ち着いたらしい。彼の言葉に、キリクが頷く。そして、シウに渋い顔を向けた。

「そんな国だ。どんな用事があったにしろ、ほいほい行くんじゃねぇよ」

「行ったから助けられたんだ。聖獣の子は本当にギリギリだった。放(ほう)っておいたら数日ももたなかったと思う」

「そうか……」

キリクが痛ましそうに答える。シウはロトスから聞き出した詳細を口にした。

「森に逃げ込んだあと、聖獣の子は落ちていた木の実を食べた。でも冬の森に大したものなんて落ちてない。虫食いだらけだ。そもそも聖獣の子は生まれてこの方、一度も乳を飲んでいない。幼獣なのにだよ？　食事は生肉がほとんどで、それすら捨てるように投げ落とされたものだ。傭兵たちの目を盗んでスープの残りを舐められる時は良い方で、毎日ひもじい思いをしながら水だけで過ごすしかなかった」

あまりの不憫さに、シリルが「ひどい！」と声を上げた。彼の目には涙が滲(にじ)んでいる。

「王に献上する規則なのは分かっている。だけど、本人が嫌がっているんだ。だから危険を承知で連れて帰った。あんなにも人を恐れる子を、僕に信頼を寄せてくれた子を、渡したくない」

「そうした事情であれば仕方ないのでしょうが」

「しかし、大丈夫でしょうか」

シリルとイェルドが同時にキリクを見た。二人の視線を受けて、キリクは唸る。

「問題は、ウルティムスの王がそいつを一度見ていることだ。将来どこかでバレた時に、自分のものだと言い張ったらどうなる？　聖獣は見た目からして目立つ存在だ。数も少ない。所属はすぐに分かるぞ。他国の聖獣の情報なんぞ簡単に手に入る。調べたら、あっという間に所属不明だと知られてしまうだろうよ」

キリクが舌打ちする。

「せめて王に姿を見られていなかったのなら、シュタイバーンで見付けたと誤魔化せるかもしれんが」

「いえ、聖獣の場合は卵石の欠片まで必要になります。どこにあったのか、細かく聴取されるぐらいです」

「だから拾われないまま孵ってしまった、という体をとってだな――」

「仮定の話をしても仕方ありません。実際、見られてしまったのですから。それより、王に捨てられたという話の方が問題になりませんか」

「そうです。キリク様、これは由々しき問題です。聖獣を乱暴に扱うだけでなく、殺そうとするだなんて許されることではありません」

「だが、王が『聖獣だとは思わなかった』と言い張ったら、どうにもならん。たとえ野蛮な国の王だろうと、王の発言には一般人より重みがある」

三人が深刻な表情で考え出した。

シウはどういう顔をしていいのか分からなくなった。ウルティムスに腹を立て「代わりに抗議してほしい」と頼みに来たわけではないからだ。「聖獣の子を拾った」という報告の意味合いが強かったが、それよりは「ただ聞いてもらいたかった」に近い。もちろん、シウに何かあった際の引受先としても期待している。

キリクの貴族としての力や豊富な経験から来る知恵を借りたい気持ちもあるし、何よりも頼りになる男だ。

とりあえず、シウは自分の考えを口にすることで深刻な空気を緩和しようとした。

「あの、人化さえできれば、あとはなんとでもなるんじゃないかな。幸い、彼の見た目では聖獣だとバレにくい。小さいから隠していられるしね。その間に、聖獣の王の後ろ盾を得られたらと思っているんだ」

キリクが首を傾げる。後ろ盾の件についてだろうと思い、シウは説明を続けた。

聖獣の王ポエニクスには有名な話がある。そもそも王と呼ばれているのは、ポエニクスが唯一の存在だからだ。魔力の多さも関係あるだろう。希少獣の中では一番多い。他にも理由がある。ポエニクスは慈愛に満ちた生き物で、特に希少獣に対する守護の気持ちが強い。

事実として歴史書にも書かれていた。

「大昔、聖獣を虐（しいた）げていた王をポエニクス自ら罰したという話は有名だよね。当時のポエニクスは『聖獣を大事にしない者に主たる資格はない』と宣言した。すると、その国が亡びるまで、聖獣どころか希少獣一頭さえ現れなくなった」

聖獣に見放された国として今代にまで語り継がれている。王族なら一度は聞いたことがあるだろうし、上位貴族のキリクも知っているはずだ。

ともあれ、ポエニクスの宣言後、それまでは曖昧だった希少獣に対するルールが制定された。国際希少獣規定法だ。無体な真似は許されないとして禁止事項もできた。

それでも守らない者はいる。ずる賢い相手に善なる希少獣は上手く立ち回れない。よほどの非道でなければ、情報はポエニクスにまで上がってこないだろう。

しかし、逆に言えば、ポエニクスが知っていれば良い。

キリクはシウの話を聞いて頷いた。

「確かにポエニクス様に守ってもらえるのなら、それに越したことはない。だが、それなら今すぐにでも会わせてやったらどうだ？　お前、知り合いだったろう？」

そう、そこが問題なのだ。シウは苦笑した。

「今代のポエニクスは少し変わり者だからね。こちらは言葉の分からない幼獣、あちらは王城育ちの箱入り聖獣だ。今すぐに会わせるのは躊躇(ためら)うよ。こんな重大な話を彼が黙っていられるかも不明だ。そもそも、どうやって会わせるのかも悩むところでね。王城に聖獣の子を隠して連れて入れるのかも分からない。第一に、ラトリシア国側も事実を知ったら困ると思う。争い事の火種を抱えるわけだから」

「あー、そうだよな」

キリクが頭を抱える。

「ウルティムスに情報が伝わってしまえば、これ幸いと突っ込んでくるだろうな。しかも、ラトリシア国はポエニクスを持っている国だ。まだ欲しいのかと言いがかりをつけるのは目に見えている。なんやかやと巻き上げていきそうだ」

「だよね」

「それで俺に話を持ってきたのか。ちょうどいい按配(あんばい)の役回りだもんな？」

シウを睨(にら)みながらも、どこか嬉しそうだ。気分が乗ったのか、シウにヘッドロックをかけて笑い出した。

「キリク様、暴れないでください」

シリルも自分を取り戻したようだ。冷静な顔でキリクを窘(たしな)める。

イェルドは「確かに」と呟き、頷いた。

「キリク様なら動きやすい立場にありますね。それに、ずっと考えていたのですが、オスカリウス領は彼の国と隣接しております。境で拾った卵石を盗まれたと言い張ってもいい。最初に拾ったという傭兵たちは逃げたそうですしね」

シウはイェルドの言葉にハッとした。ウルティムスのような国に聖獣が生まれるだろうか。厳密には卵石を生み落とすのだが、親である獣にも好悪の感情はある。彼等が居心地の悪い場所で子供を産むだろうか。ましてや、聖獣の中には親から生まれるのではなく、ある日ふと卵石として現れるものもいるという。善なる聖獣が、争い事の絶えない場所を選ぶとは思えなかった。

先ほどシウが歴史を語ったように「聖獣を大切にしない」国に、他国と同じ割合で希少

獣が生まれるとは考えづらい。

「大体、国境を封鎖しているというのに兵士が勝手に入ってくるような国ですよ？　有り得ないでしょう。南隣のラスト領が不甲斐ないばかりにオスカリウス領が割を食っているのです。反対に抗議できますよ！」

イェルドが本領発揮だ。矢継ぎ早に愚痴を零す。シリルの方もいつもの微笑み顔に戻った。

「ええ。聖獣の王を有する国とは別に、シュタイバーン国が『調整役』として間に入るのも良いでしょう。ウルティムスには大国が協力態勢を取ったように見えるでしょうからね。幸い、オスカリウス家はシュタイバーン国にとって失ってはならない重要な役目を果たしております。我々が揉めていれば、国としても動かざるを得ない。そのオスカリウス家はラトリシア国の上位貴族から妻を迎えるのです。物を知らぬ王とて、婚姻による繋がりの強さは理解できるでしょう」

シリルらしい物言いに、キリクは苦笑いだ。

「とりあえず情報収集だな。奴らの動向も気になる。こちらは対応策を何パターンか考えておくか。その間に、シウはチビの教育を頼む」

そう言うと、キリクはシウの頭を乱暴に撫でた。

キリクの「チビが待っているだろう」の言葉に甘え、シウは話を切り上げさせてもらった。留守番をしている皆が気になっていたので有り難い。

来た時と同じルートで戻り、爺様の家に入ると全員が仲良くお昼寝中だった。

お腹丸出しで寝ているブランカとロトスの上にフェレスの尻尾が掛けられている。クロは尻尾の中に埋もれる形だ。特等席である。

フェレス自身もお腹が丸出しだった。へそ天状態で、お腹がゆっくり上下する。猫らしい可愛い姿にシウは微笑んだ。

夕食にはまだ早く、皆が寝ている間にシウは転移用の魔道具を作り始めた。
転移の術式については何度か構築を試みたことがある。途中で止めたのは、結局のところ使うのがシウだけだからだ。
しかし、ちょうどいい機会がやってきた。今後どう使うにしろ、魔道具があれば「空間魔法スキル持ち」の隠れ蓑になる。何よりも、作ってみたい。シウは自他共に認める研究好きで、術式を考えるのも魔道具を組み立てるのも好きだった。
実はキリクの部下にスヴェンという空間魔法持ちがいる。元々は国に所属していたのをキリクが引き抜いた。スヴェンはオスカリウス家に所属する美人メイドと結婚しており、本人は幸せそうだ。多少の作為を感じるが、そもそもキリクは上位貴族で国への貢献度も高い。そのあたりのカードで国と交渉したのだろうと、シウは思うようにしている。

スヴェンは、王都と領都にあるオスカリウスの屋敷に大掛かりな転移魔法陣を設置した。シウも使わせてもらったことがある。スヴェンの魔力を糧（かて）に術式を発動させる形だ。

他にも空間魔法持ちを知っている。第一級宮廷魔術師のベルヘルトだ。彼は転移門を一から構築した。大人数の移動が可能になったのは彼の術式が高度だからだと言われている。ベルヘルトは更に、持ち運び可能な簡易の転移門も作ったらしい。

スヴェンも簡易の転移陣を開発した。少人数のみ、しかも日に一度だけだというが、転移ができるのだから素晴らしい。ちなみに、スヴェンの簡易転移陣はラトリシア国にあるカスパルの屋敷の地下にもある。ラトリシア国にバレると問題になるかもしれないので、帰省の時間短縮時にしか使っていない。軍事利用は御法度だ。

ともあれ、シウはスヴェンの魔法陣を見て知っている。ベルヘルトの研究室に呼ばれた時にも無造作に置かれた資料が見えてしまったから、それらが緻密（ちみつ）で膨大な術式の下に作られたことも知っていた。

だとしても、同じように作るのでは面白くない。それに術式があまりに長く、シウの使い方では無駄が多いと感じる。不要な箇所を省けば、もっと短くできる。

第一に、術式のスリム化を図らねば繰り返し転移などできない。ただでさえ転移には膨大な魔力が必要となるのだ。魔道具の動力として使う魔核（まかく）や魔石を毎回交換していては破産してしまうだろう。多くの魔核を持っているシウでも、質の良いものとなると数は揃（そろ）えられない。

それに、スヴェンのような「起動に多くの魔力を使う」方法も取れない。シウは自前の魔力量が二〇だ。人族男性の平均になる。魔法使いになる人たちはそれよりも多く、スヴェンも六〇を超えていた。彼と同じ真似はできない。

ちなみに魔道具の起動に自前の魔力を使用するというのは一般的である。術式を考え、作り、高価な魔道具を購入する人々は限られている。それらは魔法使いであり、貴族であり、魔力も多くて金銭に余裕がある人たちだ。平民が使わないのだから彼等に合わせる必要もない。

シウは違う。一般的な魔力量しかないと公言している以上、それに合わせた魔道具が必要だ。

起動には少量の魔力を、発動自体の術式も極力削る。効率よく、また安定して使用するには魔石が向いているだろう。断面を綺麗に整えられるため直接書き込みやすい。同じ形の薄型魔石を連結して並べるとスリムに、またバッテリーのように入れ替えができる。

参考にするのは地下迷宮にある転移石だ。オスカリウス領の地下迷宮に入った際に、余った転移石を持ってきている。シウは《鑑定》を掛けながら、新たに自分用の魔道具として作り始めた。

魔法陣は平たい場所に大きく描くものだ。場所を取る。転移魔法の場合、転移門や魔法陣を使うのは術式が膨大になるからだった。転移門は大型の装置である。

シウのように魔道具化しようとすれば、術式の簡略化もさることながら、小さな文字で術式を付与しなくてはならない。これが難しい。失敗すれば魔核や魔石がダメになるし、暴発も有り得た。この作業は生産魔法や付与魔法のレベルが上限に達していなければ無理だ。

「術式を立体的に仕込むと七面か。工夫すればもっといけるかも。あとは目印となる装置を目標に転移石で飛ぶ。うん、こっちも簡略化できそう。よし、試作だ」

ぶつぶつ呟きながら術式を書き出す。

転移の受け入れ側にできうる限りの術式を込め、転移自体に使う魔石は極力軽くする方向で進める。術式のブラックボックス化をしなくていいのなら可能だ。その代わり、転移先の魔道具にはがっちりと組み込む。

その転移先となる魔道具を、シウは《転移礎石》と名付けた。一メートルほどの大きさで杭の形だ。地面に打ち込んで使う。外側はクロム鋼にした。生産魔法の高レベル者でもなければ開けられないだろう。中を開けられても基板までには何重ものトリックがあって、術式自体もブラックボックス化してある。解読には時間がかかるはずだ。術式には日本語や独自に編み出した文字も使用した。

この杭が打ち込まれた時に、転移先の目印として登録する仕組みだ。魔力で認証して固定する。一度限りの基点設定だ。行きたい場所に幾つも杭を打つ必要はあるが、やり直しができる魔道具にはしない。誰かに盗まれた場合の対策として使い切りにした。

そして《転移礎石》ごとにキーを作り、魔石に登録する。杭の上部に翳すことで魔石に登録ができるようにもした。シウ以外が使えるようにだ。どちらにも対となる術式を組み込んであるので登録は簡単にできる。

転移用の魔石は《転移礎石》と名付けた。《転移礎石》を固定した時点で場所名を登録できるようにしてあるのだが、ここに《転移指定石》を翳せば場所名が転写される。実際に転移する時は、場所名を指でなぞりながら魔力を通して起動すればいい。

当初に予定していた形とは違ってしまったけれど、転移石一つで複数の場所に転移ができるようになったのだから良しとする。形については今後改良していけばいい。

とにかく楽しくて、シウは脳内で改良案を考えつつ完成を急いだ。

ある程度仕上がると、次は《転移礎石》に偽装工作が必要だと感じた。たとえば爺様の家の中に杭があるのなら、個人宅内だから問題はない。しかし、山の中にぽつんと杭が埋まっていたら変に思われる。誰も触らないような「適度に古い道具」と思わせたい。

こういう時に役立つのが、シーカー魔法学院の古代遺跡研究で学んだ技術だ。遺跡物は教室にも置いてあるし、実際に遺跡へ潜って見知っている。学校の文化祭で疑似遺跡を作った経験もあった。こうした工作は慣れている。

最初に素材を取り替えた。新しいクロム鋼を、空間庫の中にあった適度に古いクロム鋼に変更する。これらは、盗賊の塒からもらってきたものだ。どこかの遺跡にあったものなのか、歴史的な価値のない、そこそこ古い時代の物だった。これなら鑑定されても価値はないと分かるだろう。

ギフトである空間庫の中は限度がないため、シウはなんでもかんでも放り込んでいた。使わないまま放置していたので再利用できて良かった。

次に細工を施す。価値のない、ただの道具に見せるための工作は楽しかった。

そうしてシウが夢中になって作っていると、いつの間にかフェレスが傍にいた。

「おはよう。起きた？」

すり寄ってくるフェレスに視線を向けると、窓の外が暗い。

「あっ、もう夜か。ごめん。すぐに夕食を用意する」

「にゃ」

魔道具の実験は明日だ。急いで調理を始める。

すると、匂いに惹かれて残りの子らが起き出した。ロトスも、

（腹減ったー）

と、のそのそやってくる。そのうちに、きゃんきゃん、ぎゃぅぎゃぅ、きゅぃーとアピールが始まった。シウは大急ぎで料理を作った。


ロトスはシウの料理を喜んで食べてくれる。離乳食は本人が「要らない」と言うから出していないが、まだまだ幼獣だ。フェレスに与えるような料理は避けた。たとえば生ものや脂っこいものだ。食事に事欠いていた時間が長かったのだから、様子を見なければならないと思っている。

そんな制限があっても、ロトスは毎回幸せそうに食べた。

（転生して何が嫌って、食事だったんだよね。食べ物が合わない可能性は考えていたけど、まさか育児放棄されるとは思わないじゃん。たまにくれるのは生肉だしさぁ。自分で摂れ

たのは草と干からびた木の実だよ？　俺、もう絶対に美味い料理は食べられないんだろーなって人生諦めてたの）

最後のシチューを満足そうに舐め終わると、ロトスが小さくげっぷした。フェレスやブランカが小さい頃はシウが促してあげたものだ。彼にはそれをしてくれる人がいなかった。せっかくの食事を吐き戻したのではないかと思うと、可哀想でたまらない。今は嬉しそうに語っているのが救いだ。

（ところがだよ？　まさかの日本食じゃん。こんなに美味しいシチュー、俺は知らない）

「シチューは日本食じゃないような？」

（そういうことじゃないんだよ。美味しいって話じゃん。このパンも仄かに甘くて美味しいし。あれ、そう言えばさ、食事用のパンが甘いのは日本ぐらいじゃないの？　ラノベで読んだ気がする）

「僕は【テレビ】で観たような気がする。外国の人の中には【日本】のパンが苦手だって人もいるらしいね」

幸い、この世界ではパンの種類が豊富だ。新しい味に対しても寛容だった。シウが考えた日本食が友人知人たちに比較的あっさりと受け入れられたことがそれを物語っている。それに冒険者用の堅焼きパンには蜂蜜が使われていた。甘いパンは存在している。

「食事に関しては安心していいよ。食材も豊富だからね」

（そう、それだよ。米があるなんてビックリだ。それに味噌汁も！　俺、味噌汁は好きでも何でもなかったのに生まれ変わってから美味しいって思うんだぜ。アホだよな）

もっと味わって食べれば良かったと、伝わってくる。

きゃんきゃんと鳴いて話したわけではない。念話と言えばいいのだろうか、心の声が伝わってくる。今までは「声」と同時に聞こえていた。副音声のようなものだ。聖獣の王もそんな話し方だった。ただ、聖獣の王は制御ができていた。ロトスは自然と漏れた感じだ。制御を覚えないと心の声がだだ漏れになるかもしれない。

シウがどう切り出そうか考えているうちに、ロトスが話を変えた。

(あ、そうだ、シウは唐揚げも作れるんだろ？　俺も今度食べたい)

「いいけど、どうして知ってるの」

(フェレスが自慢した。あいつら、食べ物のことか遊びのことしか話さねぇんだもん)

「あはは、そうなんだ」

子分の話はしなかったのかと安堵していたら、ロトスが首を傾げた。

(そういや、ブランカが訳の分かんないこと言ってたな。お前は四番目だから下っ端だぞみたいなニュアンスでさ。あと『お前、おもちゃ取ってこい』とか。なぁ、ブランカって、ちょっと言葉遣いが悪いよな？)

「ああー、ごめん。まだ全然教育できてなくて」

フェレスはさすがにロトスの階位が分かるのか、子分がどうとは言わなかったようだ。聖獣相手に下っ端扱いはできまい。ブランカは違った。彼女は自由すぎる。シウは内心で頭を抱えながらロトスに謝った。

(それはいいんだけど、四番目とかって何？)

と聞くので、シウは正直に説明した。

そもそも、フェレスが冒険者たちに唆されたのが始まりだ。クロとブランカの入った卵石を散々自慢した時に、冒険者たちが「お前は一の子分だ」と言い出した。たぶん、後から生まれる子たちに嫉妬しないよう「一番目として頑張れ」と励ますつもりだったのだろう。

ところが、フェレスは調子に乗った。クロとブランカが生まれる前から卵石を守り、生まれてからも面倒をよく見た。親目線もあったのだろうが、なにしろ「自分は一の子分」である。二頭には「子分の子分だ」と言い聞かせた。そのうち、フェレス自身が親分のような気持ちになっている。

（えっ、やべぇ。じゃあ、俺、あいつらの子分になるの？）

ぶるっと震えるロトスに、シウは笑った。

「そんなわけない。子供の話だってば。ロトスは聖獣なんだから階位が全然違う。あの子たちも成獣になれば本能で理解するよ。あー、だけど、後でちょっと叱っておく」

まったくしようがないと、シウは肩を竦めた。

ロトスはきょとんとした後に頭を振った。ついでに尻尾も揺れている。

（そういうことなら、いいや。子供の言うことなんだろ。俺も今は子供だもんな。ていうか、フェレスが兄貴になるのかー。ブランカは年子の姉貴だな）

「クロは？」

（クロはそういうのじゃない。留守番してる時、ブランカにオトナな対応してたもん。あ

いつ、トシを誤魔化してないかな）

それはないが、シウはロトスの言い方が面白くて笑ってしまった。

これだけ話していても、フェレスたちは交ざりに来ない。お昼寝をしっかりしていたはずなのにウトウトしていた。フェレスはお気に入りのラグの上でゴロンと横になっており、クロもブランカも完全に気を抜いた状態だ。

三頭を横目に、シウはロトスにある提案をした。

「あの子たちはもう食べないだろうから、僕らだけでデザートを食べる？」

（マジ？　やった。食う食う！）

くるくる回って喜びを表す。シウは笑いを堪えながら出してあげた。

（うひょー、アップルパイじゃん！　あったかい〜）

わーいと喜んで、かぶりつく。すっかり獣のスタイルに慣れたようだ。

最初はその姿を見られるのが嫌ではないかと気を遣っていたが、本人は気にしていない。聖獣としての本能が前に出ているからだろうか。ならば、シウが言うことはない。ブランカのように散らかすのでなければ、マナーに問題はないのだから。

翌日、ロトスが勉強をしている間に、シウは作った魔道具の実験を行った。

問題なく動くのか、修正は必要か。実験を繰り返す。特に問題もなかったので、夜のうちに《転移礎石》を設置して回った。

設置したのは四ヶ所だ。ロワル王都にあるスタン爺さんの家の離れ家と、ラトリシアの王都ルシエラにあるブラード家の下宿部屋、それから爺様の家の床下だ。最後にコルディス湖畔にある小屋にも置いた。

コルディス湖は、ロワル王都から見て東の、ロワイエ山脈の中腹にある。滅多に人が来ないため、こっそり小屋を建てた。採取や魔獣狩りの際の良い休憩場所として重宝している。ここは美しい場所で、シウが心と体を休めたい時によく行く。ロトスの避難場所としても使えるだろう。

少なくとも四ヶ所あれば今は事足りる。シウは工作を済ませると、フェレスたちが雑魚寝する部屋に自前の《転移》で戻った。皆に遅れること数時間、シウは安堵の気持ちで眠りに就いた。

第二章

冬期休暇の終わりと魔法学校二年目の始まり

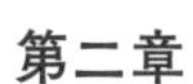

The Wizard and His Delightful Friends

Chapter II

風の日になった。日本で言うところの「土曜日」に当たる。

ロワイエ大陸で多く使われる暦だ。一週間ごとに区切りがあり、順番に「火、水、木、金、土、風、光」と続く。基本的に光の日が休みとされるが、職業によっては交代制だ。このあたりは前世の事情と似ている。

シウの説明を聞いて、ロトスも覚えやすいと喜んだ。しかし、一年を十三に分けていることや、その名称が数字ではないことを知ると頭を抱えてしまった。

確かに最初は取っ付きにくいだろう。それでも、正式な書類や仕事上でも使う場合があるので覚えておいた方がいい。ロトスが今後どう生きるかは不明だが、知識はあればあるだけ彼の人生を助けるはずだ。シウはスパルタで教え込んだ。

現在は「年新たの月」になる。年が明けたばかりで、前世風に言えば一月だ。

週が明ければシウの通う学校が始まる。

シウは下宿先であるブラード家に戻るため、寝ぼけ眼のフェレスとまだ寝ている幼獣三頭を連れて《転移》した。

最初に自室へ転移したのはロトスを隠しておきたいからだ。後ほど、地下室にある「簡易転移陣」に転移し直す。オスカリウス家の助けを経て転移してきたという振りのためだ。今はまだ日も昇らない時間帯だから後でいい。

シウは自室でも研究をするし、繋げた隣室の作業部屋と区別を付けていない。そのためどちらの部屋も防音にしていた。多少騒ごうと、音が外に漏れることはない。

とはいえ、廊下から扉を開けると中が見渡せるシウの部屋より、その奥の作業部屋で過

第二章

冬期休暇の終わりと魔法学校二年目の始まり

ごす方がロトスには良いだろう。メイドも作業部屋には入らない。貴重な素材も多く、研究途中のまま放り出したノートもあるからだ。

この作業部屋の一角を、魔法を使って急ぎ改装した。

窓のない部屋では寂しいだろうと、飾り窓を作る。扉を開ければ綺麗な山の絵が見える仕様だ。明るい色のカーテンも取り付けた。ロトス専用として作った家具も明るい色にする。角を丸めるのも忘れない。

シウの自室にある家具は角を丸めず、保護材を付けてある。お気に入りのアンティーク家具だったからだ。それにブランカも成獣になれば、ぶつかって怪我をすることもないだろうと考えた。もっとも、今の彼女なら傷付くのは家具の方になるだろう。

改装を始めると、シウはあれもこれもと気になり始めた。ロトスは聖獣の子に転生したせいか、玩具にも興味があるようなのだ。それならと、フェレスたちと被らない玩具を作ってはロトス専用の家具に仕舞う。

寝床にはふわふわのクッションを用意した。

魔法を駆使するとはいえ数時間は集中しただろうか。シウが「気に入ってくれるといいな」と考えながら、それぞれの配置に思案していると「きゅぅん」と小さな声が聞こえてきた。ロトスがもぞもぞと起き出す。毛足の長い絨毯の上をころころと転がり、顔を上げてきょとんと辺りを見回した。

（あれ？　俺、どうしたんだ。え、また転生したとか言わないよな？）

慌てるロトスに、シウは駆け寄って屈んだ。

「違うよ、ほら、僕を見て」

(あーっ！　シウだ、良かった……)

シウが教えていなかったせいでロトスを慌てさせてしまった。申し訳ない気持ちになるが、転移の瞬間は見せたくなかった。秘密は知らない方が負担は少ないし、少なくとも教えるのは今じゃない。彼には覚えることが山ほどあるのだ。

とはいえ、ロトスのトラウマを刺激した件については謝らねばならない。

「ごめん。突然でビックリしたよね。ロトスが寝ている間に移動したんだ。ここが、しばらく過ごしてもらう部屋になるんだけど――」

そう言って、体を横にずらす。ロトスがこてんと首を傾げ、部屋を見回した。今度は冷静に観察できたようだ。

「どうかな？」

(いいと思う～。明るい部屋だぁ)

「人化ができるようになれば外にも出してあげられると思う。それまで我慢してくれる？」

(うん、分かった。ありがとな！)

隠れて過ごすのなら爺様の家でも変わりない。シウが朝に晩にと転移で移動すればいいだけのこと。爺様の家なら窓もあるから移りゆく景色を眺められるだろう。魔獣の闊歩する山ではあるが、何重にも結界を張っているから問題もない。

ただ、爺様の家には知り合いの狩人たちが訪れる。爺様がイオタ山脈を見回っていたように、彼等も広大な場所を移動していた。爺様の家は狩人の休憩場所でもあった。結界魔法も人を通すようになっている。狩人だけならともかく、迷い込んだ末に辿り着く冒険者がいるかもしれない。

　それに、同じ一人で過ごすにしても、シウが普段から生活している場所にいる方が彼にとっては安心材料になるはずだ。生活の気配を感じられるのもブラード家である。部屋の防音は少し術式を変えるだけで外の音が聞けた。

　幸い、ロトスは部屋を気に入ったようだ。

　シウの自室にも足を踏み入れ、興味深そうに探検する。

「この扉の先が廊下になるからね。もし開いていても出たらダメだよ。窓の外は、お客さんが来ない昼間なら見てもいいよ。一応、向こうからは覗けないようにしているしね。ただ、お客さんの中には高度な魔法を使う方がいらっしゃるかもしれない。そういう日は気を付けて」

（分かった！）

　ぴょこぴょこ尻尾を揺らして嬉しそうだ。シウの説明を聞いたあと、窓の外を見ようとしてか、ぴょんぴょん飛び跳ねる。シウが助けに入る前にフェレスがやってきてロトスの首を咥えた。持ち上げて、窓の縁に乗せる。

（雪だ！　カマクラみたいなのがある。誰が作ったの。あっ、なんか外の塀が格好良いぞ。貴族の家みたいだ）

「貴族の家だからね。それより、僕がいる間はこっちに来ても大丈夫だけど、普段はさっきの作業部屋にいてね」

（うん。って、えぇ？　ここ、貴族の家？）

振り返った時に落ちかけたので、抱き上げて床に下ろす。

「そうだよ。言わなかったっけ？　僕の下宿先はブラード伯爵家の別宅なんだ」

（ひぇぇ、マジか。貴族って、ほんとにいるんだなぁ）

ぽてんと後ろに転ぶような格好で尻座りになると、ロトスは「すごい世界だー」と呟くように呆けたのだった。


やがて、屋敷の中がざわめき始めた。

外の音が聞こえるようにしたため、ロトスがそわそわする。シウはまた彼を抱き上げると作業部屋に戻った。

抱き上げた時、ロトスの体は震えていた。人から魔獣扱いされて追われたことや、ウルティムスの王にされたことが忘れられないでいる。人がまだ怖い。

ロトスはシウから離れまいと、無意識にだろうがしがみついた。震えたままの彼を慰めるため、シウは何度も背中を撫でた。柔らかい毛並みは昨日今日でようやく整ってきたものだ。体はまだ細い。そう簡単に治るわけがないのだ。

シウはロトスが落ち着くまで「大丈夫だからね」と優しい声を掛け、体を撫で続けた。

ブラード家では下宿人のシウにもメイドを付けている。スサという若い女性が担当だ。

第二章

冬期休暇の終わりと魔法学校二年目の始まり

家令のロランド共々、シウが自由に振る舞っても許してくれる。

そんな二人へ、まずは報告だ。

「あの、また生き物を拾ってきまして」

シウが勝手に生き物を連れてくるのは今に始まったことではない。二人とも「それがなにか？」といった表情だ。もしかするとクロやブランカのような希少獣だと想像しているのかもしれないが、彼等と違ってロトスは合わせられない。

その事情を、大事な部分を隠して説明すると二人は憤った。

「人間に虐げられていたのですか？　なんてことを……。信じられません」

「非道い話ですね。その獣の子は大丈夫なのでしょうか」

人間に痛めつけられた経験のある獣の子を拾ったと聞いて、二人ともが眉を顰める。

「まだガリガリに痩せてはいるけど、怪我はないよ。僕にも慣れてくれた。だけど、他の人はまだ怖いようなんだ。今は部屋の奥に置いてる。ただ、さっきから廊下を歩く人の気配に怯えていてね。できれば、僕の表の方の部屋にも入らないでほしいんだ」

「承知いたしました。シウ様はご自身で用意をされますものね。お手伝いは控えさせていただきます。ですけど、その子のお世話はシウ様お一人で大丈夫でしょうか」

スサの質問にはロランドが答えた。

「シウ殿が心配されるのだから、よほどのことです。お任せしましょう。ああ、リュカにも言い聞かせておかなくてはなりませんね」

リュカとは、ブラード家で養っている孤児だ。昨年、奴隷だった父親を災害で亡くしている。母親はすでになく、本来なら養護施設に行くところをブラード家で引き取った。というのも、ラトリシア国では異種族の間に生まれた子は差別に遭いやすい。リュカは犬系獣人族の血を引いていた。母親が人族だったという。

シウに懐いていたこともあり、災害の現場から救助してそのまま連れ帰ってきた。

「そうですね。リュカ君もマナーが身に付き始めていますから勝手に入らないでしょうけど、咄嗟に、という場合がありますものね。わたしの方で伝えておきます」

スサは頷き、ロランドとシウに会釈してから部屋を出ていった。

「ロランドさん、いつも勝手してすみません」

「いえいえ。謝られる必要などございません。シウ殿は自由になさってください。カスパル様もそれを望んでいます」

にこりと微笑む。すぐに、表情を改めた。

「それよりも、早く心の傷が癒えるとよろしいですね」

「はい」

優しい言葉に、シウは頭を下げた。

思えばシウは、卵石だったクロやブランカだけでなく、もっと大きな生き物も連れて帰っている。角牛という名の、パイソンに似た動物だ。パイソンよりも二回りは大きい。採れる乳が栄養豊富で美味しい上に肉も最高級の味である。そんな理由を付けて、貴族の屋敷に連れてきた。もちろん専用の獣舎も搾乳機も作ったけれど、結果として世話係を新たに雇うこととなった。

皆は「高級品を口にできる」と喜んでくれたが、屋敷の主であるカスパルの「いいよいいよ、自由にして」の許可がなければ無理だった。

今回も当然、カスパルに報告する。ただし、事情を知ってしまうと後々面倒事に巻き込んでしまう可能性がある。彼にも生き物が聖獣だという話は隠すことにした。

ところが、普段は本の虫で他のことには頓着しないカスパルが、ズバリと「何か隠しているよね」とシウに切り込んだ。

「えっ」

「君が、むやみやたらに自然の動植物を持って帰るとは思えないからね」

「え、でも、角牛とか」

「角牛には乳を出すという家畜としての価値があるよね？　植物だって、薬草や食材になるものしか採ってこない。クロやブランカは卵石だから拾うのは当たり前だ。けれど、自然界にある獣の子が虐められていたとして、それを拾うというのは違う」

よく分かっていると、シウは内心で苦笑した。

カスパルとは一年も一緒に暮らしている。その前はロワル魔法学院の先輩後輩であったが、シーカー魔法学院では同級生だ。対等な友人として扱ってくれるし、シウも彼を友人と思って付き合ってきた。だからだろう、シウの性質をよく理解している。

確かに、シウは野生の獣について一線を画すべきだと思っている。爺様にそう教えられたからだ。鳥の子が落ちていても触ってはいけない。たとえ他の獣に殺されようと、それ

が自然である。もしかしたら親鳥が助けにくるかもしれない。助けに来ないのは子が自然界で生きていけないと判断したからだ。厳しくとも、それが獣の世界である。

「ふむ。今回はよほどの厄介事なのだろうね。少なくとも君はそう考えている。そして『詳細を教えなければ巻き込まないで済む』と考えた。違うかい？」

「違いません……」

「よろしい。では、詳細を聞こうか。もちろん誰にも言わないよ」

にこりと笑う彼の横には誰もいない。いつもなら従者のダンが傍に付いている。しかし、カスパルは先に席を外させていた。最初からシウに話を聞き出すつもりでいたのだ。流れるような指示と退出だったから、シウは気にしてもいなかった。

さすがは貴族である。本人は「後を継ぐような爵位もない、ただの第三子で大したものじゃない」と言うけれど、しっかりと身に染み付いているようだった。

シウの「厄介事」を受け止められる胆力があるぐらいだ。

「えー。じゃあ、時系列で説明します」

思わず敬語になりながら、シウは微笑むカスパルに「ロトス」の話をした。キリクにしたのと同じ内容だ。また、キリクに話したということも、カスパルには伝えた。

ただ、言えない部分はあった。そこもキリクと同じだ。

さすがに「神様に頼まれて」とは言えない。そこを話すと「異世界からの転生者」まで説明しなければならなくなりそうだ。シウは上手に嘘をつけないから誤魔化すのに難儀した。

　カスパルは薄々「何かある」と気付いているのかもしれないが、そこは深く追及しなかった。とりあえず話を聞いて、聖獣の子を見付けて引き取ったという件で笑い出す。

「君は、本当に引きが強いねぇ」

　フェレスや、クロとブランカの件を指しているのだろう。

　一般人が卵石を拾う確率は低い。その後、自然と立て続けに集まるのもだ。貴族ならば国から下げ渡されるし、高価ではあるが購入できる国もある。ともあれ、個人が何頭も持つのは「珍しい」では済まない。そこに聖獣の子だ。

　カスパルは偶然性に驚くよりも笑う方を選んだらしい。

　時間的な問題にも突っ込みはあったけれど、シウは下手くそな言い訳で誤魔化した。

　もちろん、カスパルを信用していないわけではない。

　彼が言った通り、シウは自分たちの問題に他の人を巻き込みたくなかった。カスパルは貴族だ。国に命令されたら迷うだろう。友人の立場を守ろうとするはずだが、彼にも家族がいる。板挟みになって苦しむ姿は見たくなかった。

　シウも友人としてカスパルを守りたい。それが分かっているから、彼も詳細を知りたいと言いつつもシウが頑固に黙っている部分については深く突っ込まないのだ。

第二章
冬期休暇の終わりと魔法学校二年目の始まり

いろいろあったが、とうとう冬期休暇も最後の日となった。終わるとなると寂しい気がする。本来の休暇は一ヶ月だった。シウは更に前倒しで休みを申請していた。長い休みを謳歌しすぎたのだ。後半はバタバタもしていた。

後でやろうと思って中途半端に止めていた作業も残っている。

なにしろ、竜人族の里では大量に魔獣を狩った。これも半分は未処理だ。自動化魔法で解体は済ませていても細かな分類まではできていない。食材や素材に振り分ける作業も、それらを使った調理や調剤、生産加工もできていなかった。

これに手を付ける。

部屋の中でも空間魔法があれば汚れはしないが、気分の問題で避けたい。シウはロトスを籐籠に入れ、裏庭に作った鍛冶小屋へと向かった。フェレスたちは歩いて付いてくる。雪が薄ら残る庭を、前へ後ろへと幼獣二頭が駆けた。

（ほー、面白いことやってんだなー）

鍛冶小屋に入った途端、ロトスは目を輝かせた。外ではきゃんきゃんと鳴けば聞こえるかもしれないと我慢していたようだ。

「僕は生産魔法のスキルを持っているし、それに作ること自体が好きだからね」

（シウってホントにチートだよな。あ、それがアイテムボックスか！）

作りかけの鞄を見付けて喜ぶ。

「古い言葉では魔法袋、冒険者はアイテムボックスと呼ぶ人が多いね」

（へぇ、時代や人で呼び方が違ってくるんだな～）

フェレスたちは小屋に入らず、庭で遊んでいる。久しぶりに会うリュカと雪の中を追いかけっこだ。ちゃんと大人が見守っている。家僕のソロルだ。彼はリュカの父親と同じ現場で働いていた。今はブラード家で働いている。リュカにとっては兄のような存在だ。

シウが鍛冶小屋の窓から外に視線を向けていると、ロトスが「素材」を見て声を上げた。

（これ、知ってる！　森で見た奴だ）

「グララケルタ？　これがいたの？　よく助かったね……」

（え、なんで？）

きょとんとするロトスに、シウはグララケルタの説明をした。

「グララケルタは暴食蜥蜴って意味なんだ。名前の通り、何でも食べちゃうからさ」

（げっ、マジかよ）

思わずといった様子で後退る。本当に無事で良かったと、シウは苦笑した。

「グララケルタの肉は美味しくないから捨てるしかない。使えるのは皮と頬袋でね。頬袋は特に貴重なんだよ」

言いながら、次々と取り出していく。ロトスは見学するため近くに座り込んだ。子狐姿で蹲る姿は子猫のようで可愛らしい。シウはチラリと横目でロトスの場所を確認してから作業を始めた。

グララケルタの皮は革鎧に向いている。売却するにしても自分で使用するにしても、下処理しておく方がいい。頬袋は生産魔法持ちが加工すると魔法袋に生まれ変わるという、夢のような素材だ。

魔法袋の作り方は何種類かあって、グララケルタのような魔獣の素材を元に作る方法と、空間魔法の持ち主が鞄に術式を付与する方法が有名だ。どちらも高度な技術が必要で、魔法のレベルが高くないと失敗する。そのため魔法袋の出回る量は少なく、とても高価だ。

最近は、ロワル王都を中心に静かに広まっている。実はシウがこっそりと流しているからだ。といっても闇市のような形ではなく、ベリウス道具屋を営んでいたスタン爺さんの人脈で「売ってもいい」と思える人を中心に「適正価格」で譲っていた。オークションを通すと高騰するため、本当に必要な人の手には入りづらい。

たとえば必死に頑張る冒険者には持っていてもらいたいと思う。地方の村にまで足を運んでくれる商人も応援したい。シウが一時期住んでいたイオタ山脈の麓のアガタ村にも商人はやってきた。村人が彼等の到着をどれほど楽しみにしていたのか、シウはよく知っている。

今はシウがラトリシア国にいるため、予め用意された鞄に術式を付与していた。鞄そのものから作り上げるには希望を聞くなど、面談の時間が必要となるからだ。

今回のグララケルタの場合はそれがない。頬袋の処理はあくまでも中身であって、外側は加工ができない。そのため、見栄えの良い鞄部分を外側に貼り付けることになる。こちらも生産魔法のレベルは必要となるが、魔法袋を作るほどではない。つまり分業ができる。処理を済ませた中身があれば喜んで買い取ってもらえるだろう。

シウ自身でもグララケルタ製の魔法袋を作ってみるが、なにしろ素材は大量だ。どこかに卸す予定で、丁寧な処理を心がけた。

　といっても解体が先だ。

（……めっちゃ流れ作業で解体してるけど、どんだけあるの？）

「えっと、結構ある」

　鍛冶小屋は広くないため全部は出せない。そもそもグラケルタは大きいのだ。だから一つを取り出しては解体し、終われば《浄化》してから空間庫に戻すという作業を繰り返す。

　シウの流れるような動きにロトスは最初ぽかんとしていたが、今は呆れた様子だ。

（シウって、マジでチートすぎない？）

「神様はチートが好きだからね」

（あー、ね。分かるわー）

　作業をしながらでも話はできる。シウはこの世界のことについてロトスに話して聞かせた。最初は「いきなり詰め込んでも覚えられないだろう」と簡単な話しかできなかったのでちょうどいい。どのみち、小さなロトスでは覚えられなかったり受け止められなかったりする。彼の成長と共に、シウも話す内容を変えようと考えた。

　午後は作業を止めて部屋に戻った。

　せっかくブラード家に帰ってきたのだから、角牛の新鮮な乳をロトスに飲ませてあげたい。角牛乳だけでも美味しいが、果実オレは子供に人気だ。シウは旬(しゅん)の味を勧めたくて、リンゴを使った。目の前で絞ると、ロトスは「もぎたて～ギュギュッと！」と変な節を付けて歌いながら、きゃっきゃと喜んだ。

（ホント、この牛乳めっちゃうめぇ！）

尻尾が高速で動く。釣られたのか、フェレスも尻尾を振り回しながら飲む。ブランカは床を掃くようにしか動かしていないが、耳がピコピコ動くので美味しいのだろう。

クロはこういう時でも落ち着いており、静かだ。そう思っていたけれど、シウがよくよく観察すれば尾羽根が時折ぴょこんと動く。

それぞれの動きが面白くも可愛い。シウは笑顔で、各自のお皿におやつのシュークリームを載せた。

おやつの時間が終わると幼獣たちはお昼寝の時間だ。フェレスも部屋に残ると言うから皆を任せ、シウはリュカと遊ぶことにした。

「師匠のところでもう学んでいるんだってね。どんな感じ？」

リュカは当初、ブラード家に恩義を感じて屋敷で働きたいと口にしていた。しかし、心の奥底には薬作りへの興味があった。勉強するには学校がいいけれど、差別に遭うかもしれない。だから学校には通えないと諦めていた。もちろん「早く恩を返すべきだ」との思いも強かったようだ。

リュカの本当の気持ちを知ったブラード家の皆で「なんとかならないか」と奔走したところ、学校に通わずとも薬師に直接学ぶ「弟子制度」があると分かった。面接を繰り返し、やがて相性の良い師匠と出会ったリュカは人を恐(おそ)れなくなってきた。

年明けから通うという話だったが、もう何度も顔を出しているという。同年代の子たちと共に学ぶ環境も良かったようだ。

「あのね、すごく面白いの。皆、仲良くしてくれるよ。休み時間は遊んでくれるの」

「そうなんだね。楽しそうだ」

「うん！　あとねぇ、お師匠様が虐めるのはダメって言うし、悪いことした子にはゲンコするんだぁ。こうやって『はーっ』てしてゴツンだよ。怖かった！」

怖かったと言いながらも、リュカの顔は笑んでいる。どうやら一緒になって走り回り、師匠に拳骨をもらったようだ。

「みんなね、優しいの。大きい子は小さい子に教えてあげないとダメなんだって。僕は中ぐらいなのに、入ったばかりだから小さい子と同じなんだって。あとね、あと、褒められたよ！」

えへへー、と嬉しそうに報告してくれる。

「薬草の洗い方とか干したのを取り込む時間とかが上手だって！　僕、シウが教えてくれたからだよ、って答えたの。そしたら、良い先生だったんだなーって」

師匠だけでなく先輩の弟子たちにも良くしてもらったようだ。褒めてくれた、頭を撫でてくれたと喜ぶ。シウに聞いてもらいたい、誰かに話したいと逸る気持ちがリュカを早口にさせた。よほど楽しかったのだろう。

学校に行けずとも、こうして学べることがある。将来、もしもリュカが薬師の道に進まなかったとしても、師匠や弟子たちとの交流は良い経験になるはずだ。もちろん、リュカ

+第二章+

冬期休暇の終わりと魔法学校二年目の始まり

はシウとは違い、一つのことに取り組む真面目さがある。きっと良い薬師になる気がした。

ホッとしながら話を聞いていると、ソロルから見たリュカの様子も聞けた。

差別による虐めも怖いが、まだまだリュカは子供だ。そのため当初はソロルが送り迎えをしていた。ところが送迎は三日で終わった。四日目から弟子仲間が迎えに来て、更に送り届けてくれたというのだ。貴族街の端とはいえ中央地区にある屋敷までは遠回りになる。それを苦にも思わず、裏門から「リュカちゃーん、迎えに来たよー」と明るく可愛い声で呼んでくれるそうだ。有り難い話だとソロルは笑顔で語った。

屋敷の使用人らも「リュカちゃーん」の声が楽しみになっているらしい。


夕食は、久しぶりにシウの作った料理が食べたいという料理長のリクエストで肉じゃがを作った。調理も趣味の一つだ。シウはブラード家でも自由にさせてもらっている。さすがに料理長の仕事を奪うような真似はしない。あくまでも一品だけの追加料理だ。カスパルの許可もあって皆に出している。

今回は角牛肉を使った肉じゃがだ。カスパルを始め、屋敷の皆も醤油味に慣れ親しんでおり、肉じゃがは人気のメニューだった。

ロトスも喜んでくれた。

「唐揚げはもう少し大きくなってからにしよう。まだ体がきちんと育ったとは言えないからね。本当は離乳食でもいいぐらいの月齢なんだ」

(そっかぁ。残念だけど仕方ないよな)

「脂（あぶら）っこいものが多いと、お腹を壊すようだよ。フェレスも小さい頃は食べなかった。本能的に避けてたみたい」

（俺の場合、元人間って意識があるからな～。思い出すと食べたくなっちゃう。でもそういや、俺、生まれてからずっとお腹が弱かったな。そういうことかぁ）

「生肉を出されたと言っていたけど、衛生的に問題があったのかもね。何より、成獣ならともかく幼獣じゃ無理だ。あ、成獣になると内臓も食べるよ」

（えっ、マジか。俺、ユッケとか苦手なのに。ステーキもレアすぎるのはダメ）

「もし気になるなら鑑定してみたらどうかな？」

シウが提案すると、ロトスは「そういう問題じゃねぇ」と笑った。好みの問題らしい。

（あー、だけど、フェレスが魔獣の内臓は美味いって話してたなぁ。涎（よだれ）を垂らして語るんだぜ。食べてみたいとか一瞬思うよな。あれ、俺、もしかして獣っぽくなってない？）

「嫌？」

（うーん。嫌ってことはない。『強い獣が格好良い！』って望んだのは俺だもん。なんつうか、不思議な感覚？　シウは人間だから分かんないだろーな）

シウは肩を竦（すく）めた。確かにシウは人間だ。人間とは総称で、細かな分類にすると人族や獣人族などがある。シウの状態（ステータス）を鑑定すると「人間」と表示されるが、実はハイエルフの血が入っている。たぶんかなり薄いのだろう。だからハイエルフらしさは一切ない。耳が長いという分かりやすい見た目はもちろん、種族特性のスキルも持っていなかった。

だからというわけではないが、自分自身の出自を神様に教えられてもガルエラド以外には話していない。彼に相談したのはやはりショックだったからだ。血が薄いとはいえ、ただの人族よりは長寿になる可能性があった。竜人族は長寿だと知っていたので、ガルエラドにだけ不安を零した。

そもそも、ハイエルフの血を引いていると大っぴらに言えない理由がある。

シウが知るハイエルフの種族は二つの派閥に分かれていた。

生きるために人族と混ざり合って一族を長らえさせた「ゲハイムニスドルフ」と、ハイエルフ至上主義を掲げて血が混ざるのを良しとしなかった「アポストルス」だ。

前者は、古代より続く盟約を守るために何かを成し遂げようとしているらしい。

詳細はシウも知らされていないが、ゲハイムニスドルフと共存関係にある竜人族らが言うのだから、慈善的な行為だろう。というのも、竜人族自身が過去の盟約に従って世界を見守っているからだ。彼等は主に竜種の管理調整を担っている。人間にも被害が及ぶ竜の行動を制限しているのだ。

後者のアポストルスは、純血種としての誇りが高いようだった。エルフを従えていた過去の栄光を引きずっているのか、元王族としての矜持が強い。今はラトリシアの森のどこかに隠れ住んでいるという。

そのまま隠れ住んでいるのなら何も問題はなかった。しかし、アポストルスはラトリシアに住むエルフを配下に置き、各地に散らばった元ハイエルフを集めようと画策している。純血種ならば誘拐して取り込み、少しでも他の種族の血が流れていれば「汚れ」として殺す。あまりにも非道な真似を、長年に渡って続けてきた。

それはシウの実父にも及んだ。

神様が当時の事件を夢として見せてくれたことで知った内容だ。シウの父親は、おそらくはゲハイムニスドルフの村の出身者で、いわゆる「先祖返り」だった。人族との血が混ざることで能力が薄まっていた中に、古代のハイエルフと同じぐらいの能力を持つ者が生まれる。それを先祖返りと呼んだ。純血種と同等とされ、アポストルスに狙われた。

たとえ人族との血が混ざっていようとも、先祖返りなら別らしい。

シウが考えるに、アポストルスもゲハイムニスドルフほどではないにしろ、古代のハイエルフよりも力はなくなっている。血が濃くなり過ぎると弊害が出てくるからだ。わざわざ外に出て同胞を攫ってくるぐらいだ。アポストルスもそれが分かっているから、外からの血を取り入れようとする。先祖返りは彼等にとって格好の餌だった。

シウの父親は狙われ、追われた。その結果、深い森の中で魔獣に襲われて妻共々に亡くなった。両親はアポストルスに殺されたとも言える。

その血を引いたシウの存在がバレれば、同じように狙われるだろう。

見付かってもシウだけなら逃げられる。フェレスやクロ、ブランカもシウとならどこにだって付いてきてくれるだろう。彼等は絶対に離れることのない家族だ。

ただ、特別な力を持つシウなら返り討ちにできるのではないかとも思っている。もちろん過信は禁物だ。大事な人たちを巻き込むかもしれない。周りの大事な人たちは地に足を付けた生活をしている。根こそぎ奪われるような目になど遭わせられない。

だから隠す。知らなければ、知らないままでいた方がいい。

「……この世界に来たことが不思議だからなあ。僕にとってみたら魔法なんて夢みたいな話だし」

（そう言えばシウはお爺さんだったんだよね。ビックリだったんじゃないの？　どひぇーって感じでさ）

それはそうだと、シウは笑った。

魔法なんてテレビで流れる外国の映画の中の話だ。そういうファンタジーの世界があるとの認識でしかなかった。

「小さい頃は詠唱するのが恥ずかしくてね。当時は前世の『年寄り』としての自我が強かったから余計にドキドキしたよ」

頭を掻いて笑うと、ロトスも笑った。そのうち何がきっかけになったのか、ゲラゲラと笑い転げる。一人で想像して一人で面白くなったようだ。「お爺さんが魔法の言葉を使うの、ウケる！」と楽しそうだった。

週が明けた火の日、学校が始まる。シウは時間ギリギリまで自室にいた。ロトスは大丈夫だと言うが、彼を一人置いていくのは心配だった。本人は気丈に振る舞っていても、尻尾がしょんぼりしている。それでも半ば追い出すような格好で「いってらっしゃい」と言った。

仕方ないと、シウが部屋を出たところで家僕のリコが待っていた。時間に間に合わないと慌てたらしく「馬車を出しましょう」と早口で告げる。

ただ、ブラード家の屋敷はシーカー魔法学院とは目の鼻の先にあった。馬車で行くとなると逆に遠回りとなるので、歩く方が早い。シウが馬車に乗って通ったのは数えるほどだ。カスパルに同行した時や、帰りに貴族の友人が送ってくれた時ぐらい。だから今回も断った。

リコに限らず、屋敷の使用人たちはシウを大事な客人として扱う。シウ自身はただの下宿人のつもりでいても、カスパルの友人という立場は大きい。ブラード伯爵にもそう言われているようだ。シーカーの生徒というだけでも一目置かれるのだから、その特別扱いに困惑しつつも甘えさせてもらっている。

シウは見送りを受け、裏門から屋敷を出た。庭の隅に残る雪を眺めながら門を出れば石畳の歩道が現れる。地下に張り巡らせた温水パイプのおかげで雪は積もっていない。温水の出所は暖房を使った排水だ。特に貴族街の屋敷は暖房を付けっぱなしにするので、道路も敷地内も雪が積もる様子はない。隅に残るぐらいだ。

行き届かない場所には、温水を地上へ流す形で溶かしている。凍らないよう距離を短くするなどの工夫がしてあり、すぐに排水溝へ流れていく仕組みだ。ルシエラ王都のほぼ全域に行き届いているといっていい。

ラトリシアは雨雪の多い国だ。地面は常に濡れている。足元を汚したくないと馬車を使う人は多かった。それでなくとも、シーカー魔法学院に通う生徒のほとんどは貴族だ。徒

第二章

冬期休暇の終わりと魔法学校二年目の始まり

歩で通う生徒はほぼいない。シウに奇異の目を向ける生徒もいたが、馬車の停留所が渋滞していると「徒歩で良かった」と思うのだ。

渋滞の理由はスリップを恐れてゆっくり走るせいだろう。また、冬場は格好がもこもこしており、乗降に手間取るようだ。

シウは彼等を横目にさっさと校舎内に入った。

個人のロッカールームはそのままで、二年次になったことでクラスのミーティングルームだけが変わる。連絡事項がないか巡って確認すると、次に研究棟へと向かった。

初年度生以外には始業式のような改まった場はない。新年度だろうが関係なく、授業は引き続き行われる。連絡事項があればロッカールームやミーティングルームに届くため、新規の科を受講する場合でなければ普段通りでいい。

シウは入学当初に必須科目を全て修了させた。今は専門科を中心に授業を取っている。専門科を修了するには担当教授だけでなく、その専門科に関係する教授や研究員たちから合格をもらわねばならない。試験も受けるし論文も必要だ。当然、厳しい目で見られる。一年学んだだけで卒科の許可は滅多(めった)にもらえない。二年三年と学んだ上で修了に至るのだ。

シウも二年目の授業ばかりだった。必須科目を飛び級した時期によって途中参加も許されている。授業の進め方は教師それぞれで違い、数年ごとに授業内容を繰り返す人もいれば各生徒の進みに合わせて教える人もいる。

ともあれ、人気の科では教える人の数も多い。教授の助手や、卒科して院に進んだ院生が駆り出される場合もある。

残念ながら古代遺跡研究は不人気だった。マニアしかいない。シウが教室に入ると、そのマニアである生徒のほとんどが揃っていた。

「お、シウ。遅かったな」

「おはよう。ミルトは相変わらず一番乗り？」

皆が挨拶を返してくれる中、ミルトが「おうよ」と胸を張った。

「一番は気持ちが良いからな」

にぱっと笑う。ミルトは獣人族だ。彼と似たようなことを言った獣人族を、シウは思い浮かべた。彼も一番を好んだ。すると、

「シウ、今、ブリッツの奴等を思い出しただろう？」

ミルトの従者クラフトが言う。「ブリッツの奴等」とは別の科で学ぶ獣人族のことだ。シウの同期であり同じクラスの生徒でもある。

この学校では同期の生徒を幾つかのクラスに分けている。行事の際にクラス単位で指示を出すためだ。授業クラスごとに分けてしまうと年次の差がある。何かと困る場面が出てくるのだろう。

「元気だなと思っただけだよ」

軽く返して、シウは空いた席に座った。クラフトやミルトは「はは」と笑って済ませた。

授業が始まっても特に新年の挨拶めいたものはなかった。いつも通りだ。早めに冬期休暇を取ったシウは「授業が進みすぎていたら困るかな」と思っていた。ところが、前回に

✦第二章✦

冬期休暇の終わりと魔法学校二年目の始まり

聞いた内容とさほど変わっていない。もしかしたらまた脱線して授業に関係ない話があったのかもしれない。

とはいえ、教師のアルベリクには補講用の資料が欲しいと頼む。念のためだ。

補講資料は常に用意されている。というより、用意しなくてはならない。専門科や研究科への途中参加が許されているからだ。といっても、大体は年度替わりに入ってくる。必須科目の修了スケジュールが一年で組まれているためだ。留年しない限り、二年次になると専門科へ進む。どの科を選ぶかは生徒次第で、この時期は教師らがやきもきする。

古代遺跡研究に新規の受講者はいなかった。アルベリクは「あとは初年度生に賭けるしかない」と悲壮な顔だ。優秀な生徒は早い段階で飛び級するので、早ければ半月後から専門科に入る。

それを聞いたクラスリーダーのフロランが「勧誘も視野に入れましょう」と言い出した。彼は古代遺跡を愛する余り、暴走することがある。同期としてか、あるいは性格的にか、宥め役が板に付いたミルトが必死になってフロランを止めた。「これ以上、面倒事を増やすな」というのがミルトの言だ。

午後は魔獣魔物生態研究の授業を受ける。古代遺跡研究と同じ研究棟にあるため移動が楽だ。研究棟と食堂は離れており、シウは毎回お弁当を持参して教室で食べている。

この日もそうした。本当はロトスの留守番が気になって戻ろうかとも考えた。屋敷は近いのだ、昼休憩で行って戻れる。しかし、今後も同じ日々が続く。最初が肝心だと、シウはぐっと我慢した。

　教室には同じように早くやってきて昼食を摂るクラスメイトたちがいる。久しぶりの再会を喜び合っていた。その中の一人、エルフのプルウィアがシウのところにやってくる。

「長い休みだったわね。ククールスが暇だってぼやいていたわよ」

「連絡あったの？　僕には一度もなかったのに」

「里帰りだって知っているからじゃないかしら。でも暇みたいで、わたしにまで連絡してきたのよ。冒険者なんだから仕事を受ければいいのに」

　ククールスもエルフだ。二人は同郷で顔見知り程度の仲だった。この国のエルフは滅多に集落の外へ出ないという。二人はエルフの中では「はみ出し者」だ。

　シウはククールスと組んで何度も依頼を受けた。大きな魔獣討伐戦も一緒にやった。狩人の里へ共に旅行した仲でもある。冒険者仲間であり友人でもあった。

　ククールスは上級冒険者で、これまでソロ活動をメインでやってきた。冒険者にありがちな「宵越しの金は持たぬ」タイプで、これまでは最低限の貯金しかないようだった。上級冒険者であることから、いつでも仕事にありつけるし、報酬も高い。その日暮らしを満喫していた。

　それができるのも、重力魔法といった珍しいスキルを持つからだ。手数も多く、強い。

　ククールスは見た目は儚い美青年なのに、中身は冒険者らしい冒険者だった。ルシエラ王都の冒険者ギルドに所属する多くの冒険者と同じように、冬期は避寒のため移動する貴族や商人たちの護衛仕事をしていた。去年もそうだった。そしてそのまま避寒地で遊んだり

＋第二章＋

冬期休暇の終わりと魔法学校二年目の始まり

仕事をしたりというのが例年の習わしだった。

　ところが、今年は戻りの便で王都に帰ってきたらしい。どうやら去年、上級冒険者がいなかったことで大型魔獣討伐戦に困った経緯から、ギルドに「遊ぶだけなら王都でもいいだろう」と頼まれたようだ。

　そう言えばシウも、ギルドの職員に「上級冒険者をどうすれば王都に留まらせておけるのか」といった、相談のような愚痴を聞かされたことがある。

　幸いにして、上級冒険者に緊急依頼をするような魔獣は現れなかったようだ。暇をしていたというのも本当だろう。けれど。

「ククールスは、プルウィアを気遣ったんじゃないのかなあ」

「え？」

「だって、プルウィアも王都にいたんだよね？　里に帰らない宣言もしてた。ククールスだって知ってる」

「そうね……」

「彼の場合は、本人が里から追い出されたと言っていたけれど、プルウィアは違うよね。初めての冬越えで寂しがっていないか、気にしてくれたんだと思うよ」

　ククールスは口調が軽いせいで、性格もちゃらんぽらんに思われがちだ。彼の損な部分だが、実際は情に厚い男である。真面目でもあった。シウに対しても貸し借りなしの付き合いを求めている。キリギリス的な生き方の彼に不安を覚えて魔法袋を押し付けもしたが、それに見合うだけの物品が返ってきている。仕事先で見付けたという珍しい鉱石や遺跡物としてだ。

　しかし、プルウィアには通じない。

「うーん、そうかしら？　会って話をした時にそんな様子は微塵も感じられなかったわ。いつものようにフワフワして、地に足がついていない感じね」

　そう言って首を傾げた。ククールスに対してマイナスのフィルターが掛かっている。

　シウは苦笑し、ククールスの良さをゴリ押しするのは控えた。今のプルウィアに伝えても無理だ。そのうち彼女も気付く時が来るだろう。

　ククールスの良いところは冒険者仕事やトラブル時にこそ発揮される。大型魔獣の討伐時もそうだった。類い希なる探知能力や、希少な重力魔法、矢の扱いも誰より上手かった。プルウィアにもいつか彼の活躍話が耳に届く。その時が少し楽しみだと、シウは含み笑いで話を終えた。


　さて、魔獣魔物生態研究で学ぶ生徒には希少獣連れが多い。彼等もシウと同じように学校へ相棒を連れてきている。授業を受けている間は教室の後ろで待機だ。

　生徒同士が再会を喜び合うように、希少獣たちも喜び合った。彼等はただの獣よりも賢い。会話のできる生き物たちだ。冬休みの間に何をしていたのかを話せる。

　これで問題なのがブランカだった。彼女に限らず、希少獣は嘘のつけない素直な生き物である。さすがに成獣になれば、主が「絶対に黙っているように」と命じれば「無言を貫く」という方法で秘密は漏らさなくなるが、幼獣のブランカには無理だ。それでなくとも彼女は思慮深いとは言えない性格だった。悪気なく、お喋りしてしまう。

「ぎゃぅ、ぎゃ、ぎゃぅぎゃぅ」

長く子猫のような鳴き声だったブランカだが、最近は成獣のような低い声で鳴く。それでも可愛く聞こえるのはシウが親馬鹿だからだろうか。一生懸命に近況を語ろうとする姿も可愛いが、内容は良くなかった。

「ぎゃぅぎゃぅぎゃぅ」

「こら、ブランカ!」

「ぎゃぅっ?」

ビックリしたブランカがその場で飛び跳ねる。そして、おそるおそるシウを振り返った。

ブランカは「こぶんがふえたんだよ～、きつねのこなんだ～」と話していた。嬉しくて嬉しくてたまらなかったようだ。仲間が増えた喜びで漏らしてしまった。ロトスを仲間だと、弟分だと思っている気持ちは嬉しい。シウはブランカの優しい部分も知っている。

けれど、あれだけ話すなと朝にも言い聞かせたのに、これだ。シウは腰に手を当てて、ブランカを見つめた。すると、そっと目を逸らす。どうやらシウの言い付けを思い出したらしい。

「ブランカ。あの子は怖い人間から隠れているんだ。皆を巻き込んじゃいけないから教えるのはダメだ、とも話したよね。嘘がつけない子ばかりだ。秘密を伝えるのは皆にも迷惑になるんだよ?」

「ぎゃぅぅ……」

前脚を揃え、その上におでこをくっつけて反省ポーズを取る。ブランカはごめんなさいと謝った。その横ではフェレスが、他人事のような顔でシウやブランカを見ている。クロだけが申し訳ない様子で、ブランカと一緒になって俯いていた。クロはブランカのお喋りを止めようとして失敗したようだから、その反省だろうか。兄貴分で親分でもあるらしいフェレスは「ブランカやっちゃったな、怒られてる～」としか思っていない。三者三様である。

シウは溜息を漏らし、ブランカの頭を撫でた。

「仕方ないか。こうなるかもしれないとは思っていたし、ブランカも悪気はないもんね」

「ぎゃぅぅ」

「うん、反省して偉い。クロは反省しなくていいよ。フェレスは止めてあげようね？」

そう言うと、シウは希少獣たちに向き合った。

「みんなにお願いがあるんだ。ブランカの話した狐の子は、悪い人間に見付からないよう隠れている。だから誰にも言わないでくれる？　もしバレたら独りぼっちになってしまうんだ。内緒のままだと、僕らはずっと一緒にいられる」

「キーキーキーキー」

「くぇ！」

独りぼっちは可哀想、絶対に言わないと返ってきた。

「ありがとう。ご主人様と離されたら寂しいし怖いよね？　だから、そんな目に遭わないよう『しー』だよ」

分かりやすいように言い直すと、ぼんやりしていた子も納得して頷いた。それから、小声で「あるじとはなれたくない」だとか「ひとりこわい」と話し合う。

シウはホッとして、まだ落ち込むブランカに手を伸ばした。もう一度しっかりと撫でる。

「怒ってないよ。ブランカ、顔を上げて。ほら、可愛い顔を見せて」

「ぎゃぅぅ」

「家に新しい子が来て嬉しかったんだね？」

「ぎゃぅ」

「うん。ブランカの気持ちは僕もよく分かるよ。お姉ちゃんになって嬉しかったんだよね。だけど、あの子は隠れていなきゃいけない。ちゃんとした理由があるんだ。だから内緒にしてねとお願いしたんだよ。嘘はつかなくてもいいからね。ただ新しいお友達の話を誰にもしないでくれたらいい。できるかな？」

「ぎゃぅ！」

できると、決意を込めて鳴く。シウは笑ってブランカの頭をぽんぽんと叩(たた)いた。

「よし、じゃあ次はクロだ」

「きゅぃ」

「クロが落ち込まなくてもいいんだよ」

「きゅぃぃ……」

だって、と子供みたいに返す。普段はしっかりして大人な対応をするクロにしては珍しい。しょげる様子は可愛いが、彼が落ち込む必要はない。シウはクロの頭を優しく撫でた。

「ブランカの失敗はブランカのものだ。クロが背負うことはない。だけど止めようとしてくれたのは、偉かったね。ありがとう」

ブランカを思っての行動だった。

「きゅぃ」

「それでダメだったなら仕方ない。頑張った末のことだもの。うっかり口にしたのはブランカだ。それにね、一番悪いのは僕なんだよ」

「きゅぃ？」

「本当の本当にダメなら、彼を完全に隠しておけば良かった。皆に引き合わせず、誰にも教えずにね。だけど、それはしたくなかった」

「きゅぃ！」

それはダメと鳴くクロに、シウは笑顔になった。

「ありがとう。独りぼっちは寂しいからね。クロたちが遊んでくれるから、彼も寂しい思いをせずに済むんだよ」

「きゅぃ」

「クロは賢いから考え過ぎちゃうのかな。それは一人で背負わなくていいんだ。あのね、どうして『仲間』がいると思う？」

「きゅぃ？」

「お互いに助け合うためだよ。ブランカの失敗をクロが助けようとしたように、僕も『言わないでね』って皆にお願いした。家族も同じ。僕たちは家族であり仲間だから、助け合うんだよ。だけど無理はダメ。必要以上に責任を感じるのもね」

「きゅぃ」

「失敗はいくらでも挽回できる。仲間内で相談したら策も生まれるよ。落ち込まなくていい、ただ相談しよう。分かった？」

三人寄れば文殊の知恵、だ。クロは「きゅぃ！」と頷いた。

シウが真面目な話をしている間、フェレスは特に変わらず「何か話してるな～」と他人事のように眺めていた。大きな欠伸もして、マイペースだ。それが逆にクロやブランカをホッとさせるのかもしれない。シウがフェレスを指差すと、幼獣二頭は緊張を解いて駆け寄った。兄であり親分でもあるフェレスの存在は二頭に安心を与えた。

そんなフェレスも、過去には失敗を繰り返している。何度も落ち込み、這い上がってきたのだ。その経験があるから動じないのかもしれない。もっとも、彼は反省はするものの元気になるのも早かった。元々切り替えの上手な性質なのだろう。

ともあれ、シウはいつもフェレスに助けられている。彼がいるから幼獣二頭は落ち込みすぎないで済むのだ。

魔獣魔物生態研究の授業が終わると、プルウィアやルイスたちが生徒会の仕事があると言って急ぎ足で出ていく。文化祭に裏方として手伝ったことが切っ掛けで、彼等は生徒会

役員になった。といっても会長や書記といった肩書きのある役職ではない。それでも人気のある仕事だ。やりがいもあるようだった。

生徒会の仕事が人気なのは、その経験が就職する際のアピールになるからだ。事務仕事に慣れていれば即戦力として喜ばれるし、役職に就いていれば指導力があるとして最初から幹部候補にもなれる。

プルウィアは「勉強する時間がないわ」とぼやいていたけれど、友人や仲間が増えたことで生き生きしていた。

シウは教室に残った。生徒が全員いなくなるまで待って、隣室にある教授の執務室に入る。教授たちは六角形の本棟にも部屋を持つが、研究棟所属の教授は教室横にも小さな部屋を借りられるようだ。

部屋に入ると、先ほどまで授業をしていたバルトロメがシウを見て首を傾げた。

「どうかした？　授業に問題はなかったよね？」

長期休暇のため、シウは魔獣魔物生態研究の授業を二回飛ばしていた。バルトロメからは「補講を受けるほどじゃない」と言われている。内容が進んでいないとも取れるし、シウの知識量なら二回飛ばしは問題ないという意味にも取れる。どちらにせよ、教師が問題ないと言ったのに授業後に顔を出す、というのが解せないようだ。

ほんの少し、バルトロメの顔に笑みが浮かんだ。彼が「生徒からの質問」だと考えワクワクし始めたのが分かってしまう。以前「誰も授業後に聞きに来ないんだ」としょんぼり話していたのを思い出したからだ。

残念ながら、あるいは教師にとって幸いであろうが、この科の生徒は優秀だった。予習復習は万全だ。勉強好きばかりが揃っている。

シウは申し訳ないような気持ちを抱きながらも、きっと喜ぶはずだと思って返した。

「ええと、先生にお土産を持ってきたんだ」

「えっ。僕に？　えぇー、わざわざ悪いね」

言いながら、バルトロメはハッとした顔で固まった。彼は気付いた。シウが他の生徒には渡さずに、わざわざ残って「先生にだけ」お土産を持ってきた意味に。

「もっ、もしかして？」

目を輝かせるバルトロメにシウは苦笑した。

「冬休みを長く取ったのは遠方に行ったからです。この辺りでは見掛けないような珍しい魔獣が森にはたくさん――」

「お、おお！」

子供のように笑うバルトロメを、端に控えていた護衛らが呆れ顔で見ている。護衛が付いているのは、バルトロメがソランダリ伯爵の子息だからだ。教授であろうと護衛は付く。生徒の多くも貴族出身なので護衛を付けていた。中には従者や侍女をぞろぞろと侍らせる者もいる。授業の間は後方で待機するため、教室は広く作られていた。

「お土産はもちろん魔獣です。どこに出しましょうか」

「ここ、ここに！」

◆第二章◆

冬期休暇の終わりと魔法学校二年目の始まり

「え、でもここは執務室だけど……」

シウはチラッと護衛たちに目を向けた。

「本や資料が並ぶ中に魔獣の死骸(しがい)を置いても？」

護衛たちが慌ててバルトロメを止めに入った。「資料が汚染されたらどうするんです」だとか「掃除が大変なんです」と話している。護衛なのに従者や家僕の仕事までやらされているようだ。人員が多すぎるのもどうかと思うが、バルトロメの場合は増やした方がいい。シウは同情の目で護衛たちを見た。

魔獣の死骸は教室の外にある庭で確認することになった。バルトロメが一匹ずつ確認してから魔法袋に仕舞うのだそうだ。高価な魔法袋に、仕事に関わるとはいえ趣味に近い魔獣の死骸を入れる。護衛たちはバルトロメの所業に慣れていても「勿体(もったい)ないなぁ」と零した。

地獄耳で聞こえてしまったシウは目を逸らす。バルトロメのように魔法袋（空間庫）の使い方が趣味に走っているからだ。容量が大きいせいだと言い訳したいが誰にも言えない。無言で、魔法袋からという体で空間庫から魔獣を取り出した。もちろんシートは敷いてある。

「まずはナーデルハーゼ。珍しいでしょう？」

「ああ、すごいね。本物は初めて見たよ。嬉しいなぁ」

「次にヒュブリーデケングル」

「うわぁ、すごい！　こんな見事な形で実物を見られるなんて！」
小躍りしそうな勢いだ。生徒たちとも距離が近く、口調を崩しても許してくれるバルトロメは見た目が若い。実際はそろそろ三十歳になろうかという年齢だ。その割には落ち着きがなかった。古代遺跡研究のアルベリクも似たタイプなので、研究者にありがちなのかもしれない。

　バルトロメは熱心に観察を続け、シウに話し掛けた。

「なるほど、ここに袋があるんだね。文献によると、腹の袋で魔法袋を作れるとあったね。どれぐらいの量が入るのかな」

　シウに、というよりは独り言に近かった。返事を待たずにペラペラ続ける。

　このヒュブリーデケングルは、カンガルー型の魔獣だ。腹に袋があり、生産魔法を使って処理すれば簡易の魔法袋が作れる。あくまでも簡易だ。グララケルタ製の魔法袋ほど長くは使えない。中に入れる量も全く違う。それでもないよりはずっと良い。大量の荷を鞄一つで運べるのだから商人や冒険者にとっては垂涎の品だ。

「素晴らしいな～」

「そうだ、もう一体、ナーデルハーゼを出しても？」

「もちろん！　これは仕舞うね」

　いそいそ片付け、兎型の魔獣を観察する。バルトロメの手にはナーデルハーゼの体毛がある。ナーデルハーゼは攻撃時に自らの体毛を飛ばす。その際、針状になるのだ。ちょうど攻撃しようとした時に倒したため、体毛のほとんどが針状になっていた。研究に良いのではないかと思って解体せずに持って帰った。比較のために二体を並べる。

バルトロメがうっとりと針を手に微笑んでいるが、シウとしてはこれで満足してもらっては困る。

「先生、とっておきがまだあるんです。ほら！」

シウが取り出したのはヒュブリーデアッフェ。猿型の魔獣だ。奥深い山でも滅多に見られない。そのため詳細に書かれた本がなかった。ただ、古書には載っていた。昔は多くいたのだろう。

バルトロメは専門家だから、シウが名を告げる前に気付いた。

「す、すごいよ、ヒュブリーデアッフェなんて……」

「白っぽい見た目の変異種もいたけれど、それは狩り仲間が売りに出すと思います。いつとは言えないけれど、そのうち回り回ってオークションに出てくるんじゃないのかな」

「そうなのかぁ」

残念そうではあるが、バルトロメはすぐに意識を目の前に戻した。

「毛並みが良いね」

「はい。魔核(まかく)は取らせてもらったけれど、毛皮だけでも十分に価値があるそうです」

「古代帝国時代の書物通りだよ。僕は複写本を持っていてね、素晴らしい毛並みだと書かれていた。本当だったね」

涙を流さんばかりに喜んでいる。シウは微笑んだ。

本当は、ヒュブリーデアッフェの上位種と思われるトイフェルアッフェも持っていた。

こちらは希少すぎて表に出せない。他の研究者に知られれば「自分も欲しい」となるだろう。そうなれば「どこで狩ったのか」知りたくなるはずだ。

竜人族の里の近くで狩ったトイフェルアッフェは外に出せない。その場所は竜人族自身と、共存関係にあるゲハイムニスドルフが秘密にしているからだ。

ヒュブリーデアッフェに関しては「完全な形」でなければ「稀に」どこかのギルドに持ち込まれるそうだ。「頑張れば手に入る」程度の珍しさだろうか。トイフェルアッフェは伝説級に近い。

とはいえ、伝説級でなくとも貴重な完全体だ。バルトロメは心から喜んでくれた。

「こんな素敵なものをくれるなんて、僕は本当に幸せ者だ。良い生徒を持ったよ」

と、感動に打ち震えている。

それならと、シウはついでに面白い魔物を取り出した。

「そ、それは……？」

「ルベルムスカです。数匹ですが、どうぞ」

「す、す、す、すごい！」

赤い色をした蝿型の魔物だ。虫の形をしていることから魔虫と呼ぶ学者もいる。

ルベルムスカは吸血タイプで、攻撃の際に毒霧を吐く。上級冒険者しか入れないような奥深い山にしか生息しておらず、大して旨味のない魔物だから持って帰られることもない。

研究者が生で見るのは珍しいはずだ。

「ううう、どうしよう。こんな素晴らしいものをもらうなんて！　そうだ、早く標本にしよう。うん。あ、その前に一匹解剖した方がいいんじゃないかな。どうしよう」

バルトロメはその場をぐるぐる回り始めた。まるでロトスみたいだなと、シウは笑った。

ともあれ用事は済んだ。「帰りますね」と挨拶したが、全く聞いてない。

シウは護衛の一人に会釈し、庭から校舎に戻って帰路に就いた。


自室に戻って作業部屋を覗くと、ロトスが居眠り中だった。待ちくたびれたのだろう。勉強用の手作りノートに突っ伏している。すやすや寝ていて起こすのが可哀想な気もするが、もしシウたちの帰りを待ちわびていたとしたら起こさないのも可哀想だ。そっと声を掛けた。

「ロトス？　ただいま。帰ったよ」

（うぉっ？　あ、ああ、シウか）

ぴょんと飛び上がる姿が面白くて可愛い。シウは笑いを噛み殺して、謝った。

「遅くなってごめんね。どうかな。大丈夫だった？」

（だいじょぶ。やることがたくさんあったし！）

言いながら、涎を前脚で拭う。それから、チラリと枕にしていたノートを見た。シウの視線も一緒に移動する。あまり進んだようには見えない。

（シウは鬼だな、やっぱり。俺、前世の時より真剣に勉強したぞ）

「その割には寝ていたようだけど……」

ロトスは言葉に詰まって視線を逸らした。その分かりやすい姿に、シウは今度こそ声を上げて笑った。

シウがロトスの勉強ノートを確認していると、ブランカがそわそわやってきた。ロトスと遊びたいらしい。クロが心配そうに後を付いてくる。彼の性分は変わらないようだ。シウが「監督役をお願いしようかな」と頼めば、クロは喜んで「きゅぃ！」と引き受けてくれた。そして追いかけっこを始めたブランカやロトスの後を追う。

フェレスには「庭に行っておいで」と送り出した。成獣の運動量は幼獣たちと遊ぶだけでは全く足りない。山を一つ二つ越えられるフェレスの体力を考えれば貴族の屋敷の庭でも狭すぎる。そこを解消するのが遊びの天才フェレスだ。彼はどんな場所でも工夫して遊びに変えてしまう。端に残る雪を固めて何かに見立てたり、縦に縦にと飛んで急降下したりと、自分なりのルールを作って楽しんでいる。

希少獣たちが遊びに興じる間、シウは厨房で食事作りだ。シウにとって調理とは趣味であり実験でもあった。しかも上手くやれば体を育てることにもなる。楽しい作業でしかない。

この日は里芋コロッケを作った。シウは里芋を揚げて甘辛く煮る料理が好きだが、ロトスは里芋自体が苦手だと話していた。カボチャも好きではないようだ。それならと、子供でも食べやすいコロッケを作ろうと考えた。

ロトスの苦手だという味は、大体が野菜の味の強さが影響しているようだ。食べず嫌いもあった。名前だけを聞いて「なんかまずそう」と思っている。ファストフードに慣れていて、元々が健康であったから食べるものにも頓着しなかった。

今のロトスは健康とは言えない。彼のためにも栄養価の高い食事を摂らせたいと、実験気分で鑑定を掛けながら野菜ジュースを作る。

頑張った甲斐があり、里芋コロッケはロトスに大層喜ばれた。

（うまい〜。え、なんで？　これ、本当に里芋？　えぐい味、全然しない！）

挽肉も入っていて美味しいと、その場でクルクル回る。

「甘味も感じない？　玉ねぎが入っているんだ。里芋自体にも甘味はあるしね。挽肉からも旨味や甘味が出て染み込むから美味しくなるんだよ」

（へぇえ、知らなかった！　すごい。あ、あと、こっちの葉っぱも美味しい〜）

「小松菜だね」

前世と同じような見た目の野菜だ。シウが知る前世の食材はロワイエ大陸にもあって、魔素の含まれた草花がある分、こちらの方が種類は多いと思っている。

「茹でてアク抜きしたからね。それに新鮮だから美味しいんだよ」

子供が葉物野菜を苦手に思う理由の一つに、えぐみがあるだろうか。小松菜は青臭さを感じやすいが、しっかり茹でることでかなり解消されたはずだ。味付けは味醂を多めにして甘味を強くし、胡麻和えにする。擂り胡麻の香りが食欲をかき立てるだろう。

シウの味付けはロトスから合格点をもらえたようだ。

テレビでは「茹ですぎると栄養素が抜ける」と言っていたが、まずは味に慣れてもらった方が良い。栄養素は野菜ジュースで補うことにした。こちらは果物を混ぜて味を誤魔化している。

ロトスはなんだかんだで野菜料理のほとんどを口にした。

「旬のものを野菜それぞれに合わせて下処理すると美味しいんだよ」

と言えば、ロトスは「そうなのか～」と頷いた。

(俺んちの母ちゃん働いてたし、そんな時間なかったんだよな。父ちゃんも忙しかったからさ。パパッと作るか、惣菜(そうざい)がメインだったんだ。小さい頃は婆(ばあ)ちゃんが作ってくれてたけど施設に入っちゃったから)

しんみりしているように見え、シウは同情めいた顔を向けた。ところが、ロトスは笑顔だ。

(まあ、俺の母ちゃんメシマズだったからさ。惣菜とかファストフードの方が俺的には良かったんだよね！)

自分で作るという発想もなかったようだ。食に興味がなかったのだろう。それよりも友人たちと遊んだりバイトに励んだりと、そちらに時間を掛けた。シウが「勉強には？」と聞くと、ロトスは「ツッコミ厳しい～」と楽しそうに尻尾をぶんぶん振った。

第三章
パイプの使い途

The Wizard and His Delightful Friends
Chapter III

生産の授業がある水の日は、いつもなら早い時間に屋敷を出る。しかし、この日もギリギリに出た。ロトスが大丈夫だと言ってもシウが気になる。なるべくなら一緒にいたいと粘った。

生産を学ぶ生徒はシウに負けず劣らず授業が好きだ。皆、早くから教室に入る。この日はシウが最後だった。

「シウ殿、お久しぶりです」

挨拶してくれたのはアマリアだ。シウは笑顔で頷いた。

「アマリアさん、今年は年始の授業から出られたんだ？」

「ええ。こちらに戻ってからは、パーティーのほとんどをお断りできましたの。婚約者ができたからですわ」

婚約者がいる女性は夜のパーティーに参加する場合、同伴が必須だ。親兄弟でも代理になるが、アマリアは婚約したばかりである。その場合は婚約者を伴うのが当然で、それができないのなら断ってもいい。

彼女が婚約者を同伴できない理由は簡単で、相手のキリク＝オスカリウスがラトリシア国にいないからだ。彼はシュタイバーン国の貴族であり、忙しい身でもあった。

そんな忙しい立場にありながら、キリクは婚約の挨拶のために自ら飛竜に乗ってやってきた。隊列を組んで披露したのも記憶に新しい。ちょうど王城でパーティーが開かれており、貴族の多くは「アマリアの婚約者」が誰であるかを知らされた。

キリクはラトリシアでも「隻眼の英雄」として有名だ。シュタイバーンの貴族の中では

第三章
パイプの使い途

上から数えた方が早いほどの有力者で、王の信頼も厚い。辺境にある領地の民からの人気も高く、更に他領であろうと救援に駆け付けることから全国民に頼りとされた。それは隣国のラトリシアでも知られている。

キリクは婚約者として文句の付けようがない立場にあった。

アマリアはパーティーに参加するより研究をしていたいタイプだから、堂々と断れるのが嬉しいようだった。キリクの名を出せば誰も彼も引き下がるしかない。

遠い親族の中にはしつこく誘う人もいたようだ。そんな時は「花嫁修業で忙しい」と答える。もちろん方便だ。キリクが彼女にそんなことを求めるとは思えない。むしろ研究しろと言うだろう。そもそも、アマリアの研究がきっかけで二人の仲は深まった。

アマリアは休みの間の研究成果を嬉しそうに教えてくれた。

「昨年末はシュタイバーンにおりましたでしょう？　なかなか時間が取れず、研究資料をまとめることしかできませんでしたの。ですが、年明けになってようやく式紙の仕様を変えた実験を始めましたのよ。時間が足りないのではと思っておりましたけれど、まとめた資料が役に立ちましたわ」

「動作が増えたんですか？」

「ええ。細かな動きが可能になりました。行き詰まっていた時に、ちょうど連絡をくださったキリク様に相談してみましたところ『反動を利用すればどうか』と仰ってくださったのです。そこで新たな術式が閃きましたの」

頬に手をやり、照れながら教えてくれる。

シウは「もしかして惚気られてるのかな」と思いながら「良かったですね」と相槌を打った。ふと、アマリアの背後に目を向けると、従者や騎士らが微妙な笑顔だ。シウが「どうしたの？」と口パクで聞けば、ジルダが苦笑した。

「実験の成果をキリク様にお話ししたところ、とても喜んでもらえたそうです。その後も何かございますごとに、同じような流れで……」

彼女たちも惚気られているようだ。主であるアマリアの嬉しさに共感はすれど、毎回続けば苦笑いにもなる。

キリクもどんな顔で年若い婚約者と話をしているのだろうか。普段はからかわれる側のシウだから、やり返してみたくなる。しかし、キリクのことだから数倍になって返ってきそうだ。余計な真似はすまいと考えた。

授業が始まると、教師のレグロが生徒たちの成果を見て回る。時折、拳骨が落ちるのが見えた。褒める際にも頭を強く撫でるものだから「痛い痛い」と生徒が叫ぶ。レグロの表現は激しい。

シウの時はどちらでもなかった。

「通信魔道具の上位版を作ったらしいな？　こっちにまで情報が流れてきているぞ」

「あ、そうなんですか？　早いですね」

「商人ギルドに知人がいてな。お前、里帰り中に書類を出したらしいな。まさかシュタイバーンで登録するとは思っていなかったと、ぼやいていた」

「書類は取り寄せられるし、こちらでも詳細は分かるのに」

「奴等(やつら)、登録数を競っているからな。優秀な人材をどれだけ確保しているかって自慢もしているぞ」

シウが「はあ」と気のない返事をすると、その場を離れかけていたレグロが振り返った。

「ああ、そうだ、お前の作った《転倒防止ピンチ》な。その知人の近所に住む妊婦が結構派手に転んだのに全くの無傷だったそうだ」

「それは良かったです」

少し前に、シウは高所からの落下防御として《落下用安全球材》を作った。その術式を一部抜粋して作ったのが《転倒防止ピンチ》だ。妊婦のエミナにこそ必要だと思い、渡した。彼女はとてもそそっかしい。妊婦になっても直るとは思えなかった。ついでにロワルの冒険者ギルドに勤めるクロエにも渡した。クロエが第一子を産んだのは秋の末頃だと聞いている。彼女は慎重な人だから転ばないよう気を付けるだろうが、夫の方が「これがあれば安心だ」と喜んでくれた。この術式を登録したのがロワル王都の商人ギルドだった。いつの間にかラトリシアでも売られていたようだ。

「年寄りにも良いんじゃないかって話をしていたぞ。買う奴は少ないかもしれんが、あれば便利だ。細々とでも長く売ってもらいたいよな」

「隙間産業ですね」

「相変わらずおかしな物言いしやがるぜ。ま、安全な魔道具ってのは良いもんだ。俺は売れると思ってるよ」

第三章
パイプの使い途

そう言うと、レグロは別の生徒のところに行ってしまった。結局、シウの冬期休暇中の成果については聞かないままだ。たぶん、先ほどの会話に出てきた魔道具の件だけでいいと考えたのだろう。

宿題の件が終われば問題ない。シウは早速、作業を再開した。

作っているのはパイプだ。高温にも耐えられる素材を吟味している。その上、破損しないよう強度も必要だ。更に、なるべく内側が詰まらないようにしたい。

これはシウの夢でもある「温泉」のために必要な道具作りであった。

温泉の水脈があることは分かっている。

昨年末に訪れた竜人族の里にもあった。少し離れた場所には火山があって、その地下から温泉の水脈が里に向かって流れていた。地熱帯だと聞いてもしやと思っていたのだ。

本当はすぐにでもお風呂場を作りたかった。けれど、お風呂に入る習慣のない竜人族にはピンとこない施設である。他に、畑作りや料理の指導、魔法の使い方に対魔獣訓練と忙しかった。シウは泣く泣く次回に持ち越した。もちろん、また行くつもりである。

しかし、一度「温泉」があると知ると、入りたい気持ちが抑えられなくなった。

いつものシウならすぐにでも探し回っていただろう。ところが年末年始に帰省し、更にロトスの救出と続いた。バタバタしていたため後回しにしていたが、生産の授業が始まると途端に「作りたい」欲求が溢れ出た。温泉を掘るのは魔法でもできるが、維持するには道具が必要だ。それらを用意する。

温泉地の当てはあった。

ロワイエ山脈の北東にも火山はある。温められた地下水が必ずあるはずだ。ただ温められただけの水というなかれ。シウにとって温泉とは前世で入ることの出来なかった憧れなのだ。効能が多くあれば尚良いが、まずは温泉の水脈探しだ。

もちろん、水脈探し以外にも必要なことはある。汲み上げ装置も必要だし、普段は湯を止めておいた方が良いだろう。パイプを掃除する仕組みも考えなければならない。

これらを考えるだけでも楽しかった。

シウは知らずウキウキと作業していたようだ。レグロやクラスメイトらが生温かい目で見ているとは気付かず、物づくりに没頭した。


水の日の午後は授業がない。ロトスが待っているのだから早く帰ろうかと迷ったが、シウは食堂に寄り道した。というのも、友人たちと久しぶりに会いたかったからだ。

「ディーノ、クレールたちも元気だった?」

二人はシュタイバーン出身の友人たちだ。シウとは授業が被っておらず、食堂に来ないとなかなか会えない。

「おー。元気元気。ロワルでは疲れたけどなー」

貴族の子息とは思えない口調でディーノが答える。年末年始に帰省したものの、ゆっくりする暇もなく各パーティーに放り込まれたようだ。

ディーノだけでなく、他の面々も話に交ざった。ディーノの従者コルネリオはロワル魔法学院時代、シウの先輩でもあった。彼はシーカーには入学していない。試験に合格するには相応の学力が必要だ。無理だと判断して試験は受けなかったらしい。従者としてディーノに付いているけれど、食堂にいる間は友人という関係だ。シウとも同じように接してくれる。コルネリオは情報通でもあったし面白い話も得意だ。皆で休暇中の報告をしている時も楽しく進行してくれる。

　途中、クレールが思い出したようにシウを振り返った。

「エドヴァルド殿が入学されたよ。知っていたかい？」

「いえ。帰省中に友人たちと会ったけれど、そういう話は出なかったなあ」

　エドヴァルドはロワル王立魔法学院で生徒会長をしていた青年だ。グランバリ侯爵家の子息で優秀な人だった。

「屋敷を借りたそうだよ。そのうちカスパル殿をお誘いするのではないかな」

　クレールは寮住まいだ。カスパルと同じく伯爵の子息になるが、家格も資産もブラード家の方が上だ。クレールの家は屋敷を借りる余裕はなかった。

　侯爵家ともなると資産云々は関係なく、寮住まいが敬遠されるらしい。寮は自由が利かない部分もあり、上位貴族には耐えられないのだろう。

　屋敷を借りたエドヴァルドはカスパルを家に招くつもりのようだ。親の爵位はどうあれ、学校の生徒としてはエドヴァルドが後輩になる。先達から話を聞く、という体だろうか。

シウはよく分からないなりに「ふうん」と相槌を打ち、続けて疑問を口にした。

「もしかして戦略科に入るかな？」

「げっ。そうか。奴なら入るぞ」

「ディーノ、君ねぇ……。兵站科や戦略科、指揮科同士の敵対意識はもうないものと思っていたけれど」

クレールが呆れ顔でディーノを見る。ロワル魔法学院時代、それぞれの科が対立していた。個人というよりクラス対抗だった。その名残が出たらしい。

「ははっ、つい、な。条件反射だよ。まあ、奴も落ち着いているはずだ。うん。だけど、そうなると奴はクレールのクラスに入るのかな？」

「急いで飛び級してでも入りたいのなら、サハルネ先生の方だね。ニルソン先生の方は初年度生をすぐには引き受けてくれないはずだ」

もし許可が下りたとしても、ニルソンのクラスに入るのはお勧めしない。それはシウだけでなく、クレールも思っていることだ。

なにしろニルソンの受け持つクラスにはベニグド＝ニーバリがいる。人を操り、騒ぎを起こさせ、破滅する姿を見るのが好きなタイプだ。彼が食堂の二階からニヤニヤと階下を眺めていた姿を、シウは覚えている。ヒルデガルドを焚き付けて騒ぎが起こるのを楽しんでいた。ヒルデガルドも悪かったのだろうが、彼女は結果的に退学処分という大きな代償を支払うことになった。

シウが過去を思い出している間に話が進んでいた。

「そうそう、同郷人同士のパーティーを開くという話も出ているからね」

「え、エドヴァルド先輩からの話？」

シウがクレールに確認すると「そうだよ」と返ってきた。思わず顔を顰める。

第三章
パイプの使い途

「何だよ、その嫌そうな顔」

ディーノが笑う。しかし、彼も「パーティーが苦手だ」というような発言をしていたはずだ。シウは半眼になって答えた。

「……とりあえず、覚えておく」

「ほらな。クレール、言っただろう？　シウはパーティーなんてものは嫌いなんだ」

「君もだろ？」

「僕、子爵家の第二子。君らみたいな上位貴族じゃないんだ～」

「わたしだって、かろうじて伯爵家というだけだよ」

クレールが大きな溜息(ためいき)を吐(つ)く。彼は苦労性だ。いろいろ抱え込んでしまう。幸(さいわ)い、ディーノが明るい性格である。クレールの溜息を笑い飛ばし、背中を叩(たた)いて慰(なぐさ)めた。

同じ席にはラトリシアの生徒もいる。たとえばソランダリ領出身の、伯爵家長子になるエドガールや、獣人族のシルトだ。二人はシウの同期でもあり、同じ科で学ぶ友人でもあった。

彼等も冬期休暇に帰省していた。同じソランダリ領に戻るのだからと、行き帰り共に一緒だったようだ。

シルトは、戦術戦士のクラスに入ったばかりの頃は偉そうな態度を取っていた。今思えば虚勢もあったのだろう。変われば変わるもので、最近は落ち着いた。エドガールとも仲が良い。互いの近況報告にシウも耳を傾ける。

「長の特訓があんまりひどいから、王都に戻る日が待ち遠しかった」

「そんなにすごいのか。わたしはパーティー三昧でうんざりだったよ。腕が鈍らないか、それが心配だった」

「そうなのか？」

「君が羨ましいよ。わたしも特訓で体を鍛えたかったな」

「そうか」

シルトが嬉しいのを我慢するかのように頬をぴくぴくさせる。釣られて彼の耳もピコピコと動いた。シウは黙って「可愛いなあ」と眺めていたのだが、視線に気付いたシルトがハッと振り返った。

「おい、狙っていただろ？　ダメだからな？」

「触らないよ。信用がないなあ」

シウが触ったことなど一度もないのに、この調子だ。同じ獣人族のミルトから「シウが耳や尻尾を狙っている」と妙な話を吹き込まれて以来、警戒されているのだ。

「お前の目がたまに怖い時がある。寮の食堂でも、レーゲンのクラフトがすれ違いざまに忠告してくれた」

クラフトにもからかわれたようだ。シウが唸っていると、エドガールが大笑いする。

「シウはモフモフしたものが好きだものねぇ。疑われるのも仕方ないかな？　可哀想だけれどね」

と、フェレスたちを見て言う。

シウは反論するのを止めた。確かにモフモフが好きだ。それに、耳や尻尾をついつい見つめてしまうのも認めよう。もちろん冤罪は良くない。獣人族にとって大事な耳や尻尾は触ったことがないと宣言し、弁当の残りを口にした。

木の日は授業を取っていないから完全な休みになる。シウは早朝、寝ている子たちを抱えてコルディス湖に移動した。フェレスは抱えられないので早起きしてもらった。

移動に使ったのは《転移指定石》だ。問題なく使えた。

コルディス湖畔に作った小屋には結界を張っている。更に、周りから見えないようにと認識阻害の魔法も掛けていた。誰かが押し入ることはないだろうと《転移礎石》は据え置き型だ。

この小屋に温泉水を引く。室内にお風呂場はあるので外に作るつもりだ。露天風呂が夢でもあったので、シウはウキウキと作業を始めた。

先に場所を決め、土属性魔法を使って基礎を仕上げる。地上の準備が終わったところで空間庫からパイプや器具、装置を取り出した。

「よし、次は位置の特定だ」

知らず、声が弾む。シウは《感覚転移》で北東の火山を確認し、その地下に向かって《探知》を始めた。マグマ溜まりの上や近くを幾つもの地下水が流れている。どれも問題はないようだが湯量は豊富な方がいい。その中に、コルディス湖の近くを通る地下水脈があった。水の行き先は西へと続き、ロワル王都のすぐ南に位置するシルラル湖へと繋がっているようだ。

シルラル湖はロワイエ山脈の雪解け水や、源流にエルノワ山脈を持つハルハサン大河からの水が流れ込む巨大な湖である。温泉の一つや二つが流れ込もうと、大海の一滴のようなもの。その一部をシウが使用したところで問題はない。

まずは、地下に向かって掘り進める。土属性魔法と空間魔法があれば簡単だ。掘りながら穴の周囲を固定魔法で固める。永遠に続く魔法ではないがパイプを通すまでの間は十分に持つ。

地下水脈まであと少しのところで一旦止め、次はパイプを填め込む。パイプには予め「ねじ切り」加工をしていたから、流し込んだ際に風属性魔法を使って接続した。

ちょうど頑丈な岩があったので、その手前までパイプを通した格好だ。完全に繋げる前に、風呂側の作業に着手する。温度調節用として作った貯水タンクや配水管に問題がないか最後のチェックだ。風呂の排水にも異常はない。

引き込み用のパイプを貯水タンクに繋げ、直前まで掘り進めていたパイプの先を空間魔法でスパッと刳り貫いた。

地下水が勢いよく流れ込んでくる。念のためにと汲み上げポンプも用意していたが、自噴でいけそうだ。

温泉水はあっという間に貯水タンクへと流れ込み、そのままの勢いで排水管を抜けてい

第三章

パイプの使い途

った。あまりの勢いに、タンクに取り付けてあった調節ねじを閉じ気味にする。頑丈に作ったつもりではあるが、湯量が豊富だ。タンクの周辺を補強し直した。

肝心の温泉は五十度前後と、少々熱い。

配水管を引いてあるので調節できるとはいえ、せっかくの温泉成分を薄めるのは勿体ない気がする。シウは腕を組み、間に温度調節用として、もう一つタンクを挟もうと考えた。

早速その場で作る。温度計も設置した。タンクには菌が繁殖しないよう浄化する魔術式も付与してある。魔道具を幾つも設置しているが、温泉のためならば構わない。温泉にはそれだけの価値があるのだ。

異物を除去するフィルターも設置し、パイプやタンクを隠す作業に移る。どう考えても露天風呂の規模が当初より大きい。隠した方がいいだろうと壁を作ることにした。外側には蔦を這わせ、内側には低木を植える。

結界魔法の範囲を広げ、認識阻害の魔法も壁の外に掛け直した。

小屋からは屋根付きの廊下を渡って風呂場に着くよう配置してある。風呂場自体は巨岩を刳り貫いて作った。以前、コルディス湖の底で見付けたものだ。他にも丸い石を拾ってあったのでタイルとして使ってみた。排水用の穴を刳り貫き、肌に当たる部分全てを滑らかにするなど、多少の作業は必要となったが魔法でできる。そうした細かい部分を思い付いて即、取りかかれるのが魔法の良いところだ。

そうして出来上がったお風呂に、シウは慎重な面持ちでタンクの弁を捻って湯を流し入れた。

「わあ……！」

どんどん溜まっていく湯を見て、シウは感動した。

その声が聞こえたらしいフェレスが近くの林から飛んでくる。

「にゃ？」

「お風呂、いい感じになったよ」

「にゃ！」

作業を見守ったり遊びに行ったりしていたフェレスは、湯の張られた風呂に興奮した。

フェレスは猫型騎獣（フェーレース）の割にはお風呂が大好きだ。開放的で広い風呂場を気に入ったようだった。


一段落付き、シウは小屋に戻って朝食の用意を始めた。それから幼獣（ようじゅう）たちを起こす。

クロはすぐに目を覚ました。

「きゅぃ」

と、朝の挨拶もしっかりしている。ブランカとロトスはぼんやりしたままだ。

「ぎゃ……」

「きゃん～」

二頭とも眠そうな様子で、前脚を使って何度も顔を擦（こす）る。もう幼獣とは呼べない大きさのブランカがやる子供みたいな仕草も可愛いし、まだまだ小さいロトスのたどたどしい仕草も可愛い。シウは笑って声のボリュームを上げた。

第三章

パイプの使い途

「ほら、朝ご飯の時間だよ。早く起きて。今日は一日、遊ぶよ」

「ぎゃう！」

「きゃん〜」

ブランカは遊ぶと聞いて、しゃんと起き上がった。ロトスは精神が二十歳だからか釣られなかったようだ。相変わらず眠そうな返事である。

しかし、シウはスパルタで行く。

「ほら、起きて！」

怠惰（たいだ）は許さないとばかりに、ふかふかの毛布を引き剝がした。ロトスがころんと転がって、ブランカに頭をぶつける。

（ひでぇよ）

「もう朝だよ。さ、起きて」

ロトスは「はーい」と返事をして体を起こした。ブランカを真似るように伸びをしてから、周囲を見回す。ここでようやく、いつもの部屋ではないと気付いたようだ。

（え、なに、ここどこ？）

ブランカは生まれた時からシウの転移魔法に慣れており、景色が違っていても慌てない。というよりも、彼女はシウやフェレス、クロがいればそれでいいと思っている節がある。

ロトスは違う。まだそこまでの信頼感はないだろうし、目覚めて景色が違えば驚くのも当然だ。シウは大丈夫だと言うように、彼の頭を撫でた。

「夜のうちに移動したんだ。今日は、前に話していた湖畔傍（こはんそば）の小屋で過ごそうと思ってね。

ここなら誰の目もないから存分に遊べるよ。訓練にもいいんだ。その前に、まずは朝食にしよう」

（朝食！　そうだ、ご飯だよ。俺、お腹が空いてるんだ）

出会った頃は、お腹が空きすぎて減っているという感覚さえなかったロトスだが、今では朝起きた瞬間に「お腹が空いた」と分かるらしい。ロトスはブランカと一緒にトイレを済ませると、匂いに釣られて居間へと走って戻った。

小屋はこぢんまりとしており、食堂はない。居間が食堂代わりだ。

シウが遅れて居間に入るとフェレスが定位置でお座りしていた。クロもその横の、専用台の上に乗って待っている。

ブランカとロトスは急いだせいか落ち着きがない。自分たちの食器がどれかは分かっているため、その前でそわそわしていた。

「はい、じゃあ、フェレスからね。待て、だよ」

お皿に、さっき作った料理を載せていく。「待て」をさせているのは礼儀作法の一環だ。覚えれば「成獣でもOK」の飲食店に連れて入れるし、一緒に食事を摂ることも可能になる。更に、貴族の屋敷や王城に招かれた際も「獣舎で待たせる」のか「部屋にまで同行してもいい」かが学習進度で決まる。

フェレスもクロもちゃんと「待て」ができていた。ブランカは前のめりだ。さすがに精神が大人のロトスは待っていられる。

✦第三章✦

パイプの使い途

「まだだよ、ブランカ。もうちょっと我慢しよう。あと、涎が落ちているからね？」

「ぎゃぅ」

べろんと涎を舐めたものの、視線が目の前の皿に釘付けだった。面白くて可愛いが、どうにも可哀想という気持ちが拭えない。ブランカも辛いだろうが、シウも「我慢させる」訓練は苦手だ。ついつい、待つ時間を耐えられなくて「はい、食べていいよ」と合図する。

フェレスは早食いではあるが、美味しそうに食べてくれる。その姿は不思議なことに優雅にも見えた。クロは静かに、ゆったりとマイペースだ。汚さないよう、零さないようにと気を付けてもいるのだろう。

ブランカは誰かに取られるとでも思うのか、必死な形相で食べ進める。

ロトスも、おとなしやかに待っていたというのに食べ始めると早い。彼の場合は飢餓状態が長かったせいもある。食べ物が目の前にあると急いで詰め込まなくてはならないと、心や体に染み付いているのだ。特に朝食時は我慢できないようだった。

問題は、この二頭が競争するかのように食べるせいで周りに汚れが飛び散ることだ。

「ロトスは昼や夜はまだ落ち着いて食べられるのにね」

寝ている間に気持ちがリセットされるのだろうか。朝は早食いになりがちだ。

（だって！　うまっ、んま！　癖で！）

「はいはい。分かったから。喋らなくていいよ」

ブランカはもう、お皿を舐め回して綺麗にしていた。角牛乳も飲み終わった。急ぐものだから辺り一面に零している。それを舐めようとして、彼女はシウの視線に気付いた。

「ダメだよ？　『零れたものは食べない、飲まない』と教えたよね」

生命に関わるような事態でない限り、礼儀作法を優先する。これは何度も繰り返し教えてきたことだ。分かるまでは、フェレスという兄であり先輩でもある親分の指示通りにしてもらうしかない。

「ぎゃぅ……」

「落ち着いて飲んだら本当はいっぱい飲めたんだよ」

「ぎゃぅん」

叱られたことは分かっている。ブランカは分かりやすく、しょぼんと落ち込んだ。最近は毎朝こんな感じだった。小さい頃なら叱られなかったことだ。その齟齬に苦しんでもいるのだろう。とはいえ、小さい頃から注意はしていた。シウの言い方が甘かったせいか、右から左へ聞き流していたのはブランカである。クロはすぐに覚えたので、性格だ。

そのクロのお皿を、ブランカがチラッと覗く。まだ角牛乳がなみなみと残っていた。彼女にそのつもりはないかもしれないが、物欲しそうな視線だ。クロなら譲ろうとするかもしれない。どちらにも釘を刺すつもりで、シウは少し厳しめに注意した。

「それはクロの分だよ。彼の体に合わせて注いだ量だから、ブランカの分より少ないでしょう？　もしブランカが一口飲んだら、クロには全然足りない。それでもクロに『ちょうだい』とお願いする？」

「ぎゃぅ」

しないと返事をしたブランカに、シウは笑顔を向けた。そっと撫でる。ハラハラして様子を見ていたクロにも手を伸ばして撫でる。

「うん。我慢できて偉い。じゃあ、今日はおまけ。今回は特に激しく零したからね」

ブランカのお皿に追加で注ぐと「いいのかな？」といった様子でシウの顔を何度も見る。シウが苦笑で「いいんだよ」と言えば、ブランカは慎重に飲み始めた。今度は零さないようにと考えたのか、あるいは零したら実は勿体ないと気付いたからか。

そんなブランカの横で、ロトスが自分の零したものを眺めながら呟いた。

（この世界って、三秒ルールが通用しないのか）

冗談だと思って笑いかけたシウは、はたと動きを止めた。ロトスの真剣さが冗談だと思えない。シウは無言で布巾を取り出し、汚れたローテーブルを掃除した。

◇◆◇◆◇

朝食を終えると皆で外に出る。冬の寒さにブルッと震えるが、シウの体は頑丈だ。問題ない。希少獣たちも同じだ。とはいえ、鳥型のクロは少しだけ寒さが苦手だ。反対に、フェレスやブランカは暑さが苦手である。それでも動けるのは、彼等が無意識に身体強化の魔法を使って身を守れるからだった。本能のようなものだ。

希少獣は元々人間よりも魔力が豊富で、最大値も成長するごとに増えていく。成獣になれば、より暑さ寒さに強くなるだろう。

「フェレスは見回りに行くんだよね？　気を付けて」

「にゃ！」

分かった、と嬉しそうに尻尾を振って飛んでいった。コルディス湖付近の森には大型の魔獣が少ない。シウは心置きなく送り出した。きっとフェレスは見回りしつつ、訓練を兼ねた遊びを満喫するだろう。

「クロとブランカは僕と遊びがてらに訓練しようか。頑張ろうね」

「きゅぃ！」

「ぎゃぅ」

（俺は～？）

「一緒に遊んでもいいし、もしくは人化の練習をする？」

（あー、そうだよなぁ）

獣姿に慣れすぎて、人化の件を忘れていたようだ。ただ、人化は早く覚えておいた方がいい。いくら今のロトスの見た目が真っ白でないにしろ、聖獣の姿は目立つ。成長するにつれ神々しさも出てくるだろう。何より聖獣は体が大きいのだ。隠れていられない。

「異世界を楽しみたいんだよね？　屋台で買い食いするんだっけ。人化しないと、街中を歩くのは無理だよ。人化して聖獣特有の白さが出たとしても、人型なら変装できるし」

獣型の変装も可能ではあるが、シウが何頭も連れ歩くのは目立ってしまう。

どちらにせよ、ロトスは人化を頑張った方がいい。本人のためにも。

（分かった、頑張る～）

結果が出ない訓練に嫌気が差す気持ちは分かる。せめて誰かと一緒に訓練できたら良かったのだが、シウもさすがに人化のスキルは持っていない。助言もできず、ただ応援するしかなかった。

ロトスを見つつ、シウは幼獣二頭の訓練を開始した。

クロには飛行をメインに教える。といっても、すでに低空飛行はできている。あとは安定して長く飛ぶ方法や、高高度での慣れだろうか。鳥としての飛び方ももちろん大事だ。空気の流れを読み、風に任せると体力の温存に繋がる。もっとも、クロはある程度理解しているようだった。これも獣の持つ本能だろう。

シウが教えられるのは、長く飛んだり速く飛んだりするのにも使える、魔力を細く長く使う方法だ。たとえば全方位探索の魔法がそうだ。魔力を糸のように細くして張り巡らすことで、遠い場所まで探知ができるようになった。

クロの魔力がシウより多くとも、節約して使えるというのは戦闘時において有利だ。魔獣と対峙して戦うにしろ逃げるにしろ、いざという時に余力があれば命が助かる。

クロは頭が良く、シウが教えたら教えただけ、もしかしたらそれ以上に理解しているようだ。真面目に取り組み、実践し、結果に繋げる。集中力も凄まじい。

ブランカの訓練は飛行ではなく、行儀作法をメインにする。騎獣は生後一年で成獣になるが、それまでは飛べない。成獣前後でようやく叶うのだ。まだ一年経たないブランカに今から教えても覚えられないし、何より「結果の出ない訓練に嫌気が差す」はずだ。ロトスのように精神が大人ではないブランカには酷だった。

マナーを覚えるのも成獣への一歩になる。今までは「幼獣だから」と許されていた行動も、今後は「成獣だから」きちんと振る舞えなくてはならない。

人前でだらけた格好はもっての外で、むしろ何時間でも同じ姿勢で待つ忍耐力が求められる。冒険者の騎獣であろうと、国に貢献するほどの活躍があれば「褒美を与える」として王城に招かれる場合もあるのだ。

また、主の命令なしに人を襲ってはいけないと教え込まねばならない。

希少獣は元々人に害をなす生き物ではないが、主を守ろうとして時に激昂することもある。本獣は本気で動いたわけではなくとも、体が大きければ動作も大きくなって怪我を負わせるかもしれない。

まずは「耐える」ことを覚えさせる。フェレスもそうだった。彼は成獣になった現在でも学んでいる最中だ。それぐらい「耐える」のは難しい。

シウはブランカに懇々と説明した。たとえ言葉が分からずとも、伝える姿勢が大事だ。しかし、難しい言葉ばかりが続いたためにブランカがきょとんとしている。シウは言い換えてみた。

「人を襲ってはダメだよ。まずは僕に指示を仰ごう。勝手に動くのはダメ。ただ、森の中で独りぼっちになったら自分で考えて行動する必要があるんだけど……」

「ぎゃぅ？」

「分かりにくいよねえ。うーん」

（俺でも難しいぜ）

横で聞いていたロトスが頷く。それから、ブランカが分からないと思っている部分をロトスが間に入って教えてくれた。シウでは分からないようなブランカのモヤモヤを理解し、ロトスが言葉を選んで伝えてくれる。時々シウに「こういう場合は？」と確認し、納得したらブランカに通訳する。

「きゃんきゃん」

「ぎゃぅ！」

ブランカは「わかったー」と理解を示し、ロトスにお礼の頭突きをした。

シウもロトスには感謝だ。そっと頭を撫で「ありがとう」とお礼を言った。彼は恥ずかしそうに「いいってことよ」とぶっきらぼうに答えたのだった。

第三章 パイプの使い途

幼獣の集中力は一時間ぐらいが限度だ。合間に遊びを交えるなどして飽きさせない工夫が必要だった。おかげで嫌がりもせずに午前を終えた。

午後からは湖の上を飛んだ。

クロに、彼自身の飛行との違いや速さを感じてもらうため、飛行板の先端に乗せる。いつもはシウの肩や頭の上に立っていたから、実際に空を飛ぶ感覚が味わえるはずだ。

ブランカはフェレスに任せた。フェレスには「少しだけなら激しめに遊んでいいよ」と言ったので、アクロバティックになるかもしれない。ロトスには危険すぎるから、シウの飛行板に乗せる。

案の定、ブランカが背中の上で暴れた途端にフェレスが宙返りだ。安全帯も綱も繋げていないから湖に落ちる。ブランカは落ち慣れているから「ぎゃぅ！」と文句を言えるぐらい元気だった。

（えっ、あれ、大丈夫なのか？　溺れてない？）

　不安そうなロトスに、シウは笑った。

「あれでちゃんと泳げているんだよ。鼻を出しているの分かる？　フェレスも様子を見ているから大丈夫だよ。小さい頃から何度も泳ぎの練習はしているし、落ちる練習は水の方がいいからね」

（そうなんだ。でも、寒そう。冬に水の中とかヤバくないの）

「ブランカはニクスレオパルドスだから寒さには強いんだ」

　話している間に、フェレスが滞空飛行をしながらブランカの首を咥えて持ち上げた。随分重くなったはずだが、フェレスは平然としている。

　ブランカの方は水から上がったことで体の水気を弾き飛ばしたいようだ。それに気付いたらしいフェレスが湖畔まで運ぶ。

（俺も飛べるようになるのかなぁ？）

「聖獣は飛べるよ」

（……でも、俺って普通の聖獣とは違うんだろ？　黒が交ざるのっておかしいんじゃないのか？）

「聖獣では珍しいのかもしれないけれど、突然変異や特殊個体はいるからね。クロも変異種だよ。ロトスは『特別』が良かったんじゃないの？」

第三章

パイプの使い途

（そりゃ、神様に『チートで』とお願いしたのは俺だよ。でもその時は、特別な存在が悪い意味でも特別になるって気付かなかったんだもん）

飛行板の上で震えながら座り込むロトスの頭を、シウは屈んで撫でた。先端にいたクロが振り返る。大丈夫かなと心配そうだ。

「生まれた時よりも白くなっているんだよね？　大丈夫。それに見た目は能力と関係ない。むしろ、黒が交じっていれば騎獣の振りができる。騎獣のウルペースと比べたら体格は大きくなるだろうけど、個体差はあるんだ。なんとでも言える。黒い希少獣だっているし、気にしなくていいよ。って、情報を与えたのは僕だから説得力ないかもしれないね」

全てを話すかどうかは悩んだ。でも、シウなら正しい情報が欲しい。だから伝えた。

「都合良く考えればいい。人化した時に黒い部分があると便利だよ。だって、聖獣の人型も真っ白なんだ。すごく目立つよ」

「きゃん？」

そんなに？　と不思議そうだ。

「全身が真っ白って、いないからね。オーラもあるのかな。光り輝いているように見えるんだ。宇宙人みたいな？」

（なんだよ、シウのイメージがおかしいぞ。そこは芸能人じゃないのかよ）

ロトスの気持ちが少し浮上したのが分かる。楽しそうな気配があった。シウはあえて笑顔を向けた。

「もし真っ白だったとしても、カツラを被ればいいよ。認識阻害の魔法を付与した魔道具も作れるしね。首輪――は嫌かな。耳にピアスとかどう？」

（ピアスはやだ。首輪がいいな）

「え、そうなの？　首輪の方が嫌だと思ったんだけど」

元人間としては複雑じゃないだろうか。シウが首を傾げると、ロトスも同じ仕草で考える。

（そっかなぁ。分かんないけど、たぶん首輪は平気。ピアスは、なんか恥ずかしい）

シウの知る時代は、若い男女がピアスをしていた気がする。ロトスも学生だったというから、当時やっていなかったとしても「恥ずかしい」と感じるのが不思議な気がした。

すると、ロトスがボソリと呟いた。

（……だって、痛そうだし）

痛がりで怖がりのようだ。シウは笑いを堪え、そのまま湖上の飛行を続けた。


遊び疲れた皆を寝かせると、シウは夕食の準備に取りかかった。

空間庫には山のように食材が入っている。各地の市場に寄っては買い溜めをするのが趣味の一つだからだ。空いた時間に調理もしているが、追いつかずに下処理なしの食材も多い。だから、こういう時間は大事だった。

特に一人だけの時間があれば創作料理に耽る。実験がてらに、ああだこうだと考えるのも楽しい。美味しく出来上がれば多めに作り、空間庫に保存する。失敗した分はシウが一人で消費だ。最近は失敗もなく、空間庫には作った料理が多く入っている。

第三章

パイプの使い途

この日は「おでん」にした。白身魚で作った練り物もある。夏の間に市場で大量に買っておいたものを「いつか何かに使えるだろう」と下処理まで済ませておいた。厚揚げも作ってある。

シウのおでんは「ごった煮」だ。素材ごとに味付けは分けない。その代わり煮る時間は違う。牛すじは下処理も必要で、圧力鍋を使って柔らかくする。

具材は定番の卵や大根などの他に、餅巾着も用意した。ふと、子供が好きではないかと思ってウインナーも用意する。餅もウインナーも最後だ。

おでんだけでは寂しいからと、ほうれん草の胡麻和えも作った。子供向けに少し甘めの味付けにした。他に酸味が欲しくて人参と大根で酢の物を追加する。ブリを焼いた残りがあったのを思い出し、身をほぐして混ぜた。子供たちが食べるかどうか不明だが、こちらも少々甘めで酸味を抑える。

最後に餅を用意した。餅は焼いてから海苔を巻くか、大根おろしと醤油にするか。悩みながら準備を終えた。

寝ていた皆を起こすと、飛び起きて居間に駆けてくる。そして、いつも通りにフェレスたちは美味しいと食べ始めた。

ところが、ロトスは戸惑っているようだった。

「どうしたの？　おでん、嫌いだった？　もしかして餅がダメ？」

変わった取り合わせかもしれないが、シウにとっては冬の定番のイメージがある。

（おでん……）

「うん。あ、もしかして、ロトスのところでは具材が違う？」

（ううん。大体こんな感じ。あとはジャガイモがあったら完璧）

「あ、そうか。ジャガイモね。忘れてた。追加で入れようか？　味が染みるように魔法を使ってもいいし」

　ロトスは、ううんと首を横に振った。それから首をちょこんと傾げ、照れ臭そうにお礼を口にする。

（シウ、ありがとうな。俺のこと考えて作ってくれたんだろ？）

「どういたしまして」

（へへ。俺、おでん大好き。卵とジャガイモをご飯に混ぜて、お汁をたっぷり入れるんだ。これやると母ちゃんに『みっともない』って怒られたんだけど美味しかったんだよな。上に鰹節を掛けると出汁みが増すんだ）

「猫マンマだね」

（そうそう！　母ちゃんに『お前は猫か』って怒られた。……今は狐だけど）

　スンと鼻を啜ると、ロトスは一心不乱に食べ始めた。皿に顔を突っ込む勢いだ。シウはそっと鰹節を取り出し掛けてあげた。


　餅にも喜んでくれたロトスだったが、彼は砂糖醬油派だった。

「そう言えば【テレビ】で観たなあ。本当に砂糖醬油で食べるんだね」

（うん。それより俺は、海苔で食べるのを知らなかった。そっちの方がビックリだ）

「そう？　僕は海苔が好きだからね。マグロも海苔で巻いて醤油にちょっと付けて食べるのが好きなんだ」

(え、マグロあるの？)

「あるある。美味しいよ。魔獣というか魔物系の魚もいるしね」

(……魔獣、やっぱ食うのか)

眉を顰めるロトスに、シウは笑った。シウも小さい頃は衝撃を受けた。

(まあ、牛や豚や鳥と同じもんだよな。あ、魚もか)

「マグロが好きなら出そうか。刺し身は――まだ早いかな。火を入れて味付けするよ？」

しかし、ロトスは首を振った。

(おでん、まだ食べていいんだろ？　狙ってる種があるんだ。それ以上は入んないよ。それに楽しみが増えるじゃん。また今度食べられるってさ。あ、俺ね、中トロを炙ったのが好き。楽しみにしてるからね！)

シウは笑って、ロトスが狙っているらしいおでん種を取ってあげた。

その後、お腹いっぱいになった希少獣組は早々に寝てしまい、せっかくの温泉は入らず仕舞いとなった。シウだけが堪能して木の日は終了だ。

その日も寝ている間に移動を済ませた。皆が目覚めたのは屋敷の部屋でだ。

シウは授業があるため朝から出る。ロトスは慣れたようで「いってらっしゃーい」と尻尾を振った。火の日は尻尾がしょんぼりしていたのでホッとする。

学校に着き、個人のロッカールームを覗くと授業場所についてのメモが入っていた。今日はドーム体育館らしい。昨年の秋以降は外での授業がほとんどだった。ドーム体育館は久しぶりだ。真冬になるため本校舎に近いという理由で変更したのかもしれない。

シウがドーム体育館に向かっていると、途中でエドガールとシルトに会った。二人も「寒いからかな」「移動の間は体に応えるしな」と話していたそうだ。

いつもの小部屋に入ると皆もう集まっていた。教師のレイナルドもだ。生徒の一人と話をしている。

「では、戦略指揮科との話し合いがこれでもう終わったということですね？」

「戦略指揮科っていうより、ニルソンとな。合同授業だなんだって言葉を飾っていたが、結局は奴の独断だったたってわけだ。学院長がきっぱり断った。強引に根回ししようとして反感を買っていたから、そこも突かれていたぞ。いい気味だ！　はっはー」

大声で笑い、機嫌が良さそうだ。ニルソンは人に好かれるタイプの人間ではないが、それにしても同僚に対して「奴」と呼ぶのは問題ないのだろうか。シウが内心で心配していると、質問していたラニエロも呆れ顔だ。クラリーサやウベルトといったクラスメイトらも苦笑している。

「大体、合同授業なんざ必要なものか。そんなにやりたいなら『学院全体での実習をやるべきだ』って言ってやったんだ」

第三章

パイプの使い途

皆が呆れ顔の中、シウはふと、シーカーにはロワル魔法学校であった「演習」がないと気付いた。誰にともなく聞くと、科の先輩になるクラリーサが教えてくれる。

「シーカーは世界各地から魔法使いが集まる大学校ですから、とにかく人数が多いでしょう？　取りまとめるのは大変だと思うわ。他科との連携もありませんしね。元々、魔法使いは個人主義者が多いそうだもの。演習のような全体行動は難しいのではないかしら」

「騎士学校になら演習はあるよ」

ウベルトが教えてくれる。シウは「なるほど」と頷いた。

「そう言えば、ごく稀に騎士学校との合同訓練はあると聞きましたわ。確か、戦略指揮科や治癒科、召喚科もだったかしら」

「この科は参加していないんだね」

シウが不思議に思って声に出すと、レイナルドがニヤリと笑った。

「前に一度だけ参加したら、俺たちの方が強くてな。奴等、立つ瀬がなかったんだ」

ニヤニヤと嬉しそうに語る。生徒はまたも呆れ顔だ。

「騎士ってのは、魔法使いを後方支援しかできない何かだと思ってやがる。というより、そうしないと自分たちの立場がねぇと思うんだろうな。だから自分たちより強い奴との合同訓練なんてしたくないのさ」

鼻で笑いながら、レイナルドは更に続けた。

「戦略指揮が呼ばれているのは奴等より『下』だからだ。へっ、ザマーミロってんだ」

よほど鬱憤が溜まっていたらしい。確かに昨年は、ニルソンになんだかんだと授業を邪魔されていた。教授会でも戦術戦士科を馬鹿にするような発言があったようだ。そもそも、ニルソンからは生徒を貶めるような発言があった。そのどれもがレイナルドにとっては許せなかった。

だから、戦術戦士の授業中に愚痴を零す程度なら構わないかと、クラスメイトたちはスルーした。普段ならレイナルドを窘めるクラリーサもだ。シウも皆に倣った。

授業は、年末年始の休暇で鈍った体をいかに素早く戻せるか、といった内容が主だ。

特に貴族に対して、レイナルドはガミガミと叱った。

「いくら社交が大事だからといっても、体が緩みすぎだ！　パーティーに参加したらダンスぐらいするだろう？　少しは頭で考えろ！」

叱っているのに、どこか生き生きしている。レイナルドは嬉々として皆をビシバシと鍛えた。

貴族の中ではクラリーサが一番マシだったようだ。剣の動きは鈍いものの、かかさずにストレッチしていたらしい。こっそり筋力も鍛えていたのだとか。関節が柔らかくなり、レイナルドはちゃんと彼女の頑張りを褒めた。

レイナルドはそれぞれに褒めるなり叱るなりと反応したが、シウとヴェネリオには何も言わなかった。

「いつも通りだからって理由、ひどいよな」

「だよね」

二人で訓練しながらレイナルドへの愚痴を零していると、身体強化もできるレイナルドが聞きつけた。

「お前ら、休暇前と全然変わっていないだろ！　劇的にすごくなったならともかく、成長率は同じだ。つまらん！」

「つまらんとか言われたぜ」

「そういう話じゃないよねえ」

話しながらも組み手は止めない。シウとヴェネリオは忍者のような動きを模索していた。残像の出し方や周囲に知られずに敵を倒す方法など、新技開発に余念がない。笑いながら、ああだこうだと訓練を続けた。

普段なら授業に参加しているフェレスは、レイナルドが個別指導を始めてしまったので暇になった。その間どうするのかと思えば、幼獣二頭に「子分とは何か」と教えている。どうやらレイナルドに触発されたようだった。

◇◆◇◆◇

午後は新魔術式開発研究のクラスに向かう。

教室に入れば、生徒の入れ替わりがあったと気付く。見慣れた顔が消えているのは卒科したのか、もしくは学校を卒業したのだろう。

新たに加わった生徒の中には懐かしい顔ぶれがあった。

「シウ、久しぶりだね！」

複数属性術式開発で一緒だったクラスメイトの数人がやってくる。彼等は教室の端で固まっていた。初めてのクラスで緊張しているらしい。シウを見てホッとした様子だ。

「オルセウス、それにエウルも久しぶり。あ、アロンドラさん」

「こんにちは……」

居心地悪そうにアロンドラが挨拶する。皆の後ろに隠れていたのは、教室の雰囲気に慣れていないからだ。大人しくて内向的な性格なので馴染むまでに時間がかかりそうだった。

いつもなら先回りして世話を焼く従者のユリは教室の後方だ。他の従者たちに挨拶している。それも従者の仕事だ。

しかし、確認しておきたいことがシウにはあった。大事な話だ。

「皆、自動書記魔法って使えた？」

「ええ？　使えないけれど……」

「だったら、最初は従者に頼んで先生の発言を書き留めてもらった方がいいよ」

「え？」

「ここの先生、ものすごく早口なんだ。たぶん、自分だけだと間に合わない」

「そんなにかい？」

オルセウスがギョッとした顔で確認する。シウは神妙に頷いた。

「うん。すごく変わってる先生なんだ。とにかく頭の回転が速くて、しかも早口。だから生徒の横に従者がいても問題ない。ノートを取る専用の人もいるよ。最近は自動書記魔法を使うか、魔道具で対処する人もいるけどね」

それでも保険として専用の従者を横に置く生徒もいるぐらいだ。

シウの説明に、聞き耳を立てていたらしい他の新規の生徒も顔を青くした。皆が慌て出す。アロンドラも急いでユリを呼んだ。


先生を待っていると、このクラスで仲良くしてくれているファビアンたちが開始時間の直前に入ってきた。科の先輩になる。

「やあ、シウ。久しぶりだね」

「はい。あ、オリオさん、今日もフェレスたちをお願いできますか」

「もちろんです。さあ、後ろへ行こう」

ファビアンの従者の一人オリオは、フェレスたちを可愛がってくれる。オリオと名指しはしたが、護衛の騎士たちも同じように見守ってくれた。それは、正しく「守っている」に近い。

というのも、シウの存在が気に入らないという生徒が若干数いる。ラトリシアは希少獣を全て国が保護管理する。その後、貴族に下げ渡す。そのため「平民なのに騎獣を持っている」シウが気に食わない。安易に手を出すとは思えないが、フェレス以外にも幼獣を守ってくれる存在がいるのは安心だった。

すると、ファビアンの後ろからランベルトやジーウェンが続いた。

「わたしたちの護衛もいるからね？」

そう言うと、背後の護衛に声を掛ける。友人の護衛だから顔馴染みだ。シウが会釈すると笑顔が返ってきた。フェレスも彼等を覚えていて、警戒することなく後方に向かう。彼の背中にはクロが乗っており、ブランカは後ろをフラフラと歩いている。護衛たちは慌ててブランカの横に回り「守り」の位置に付いた。

「すごい人たちと友達になったんだね」

オルセウスが話しながら自然とシウの横に座る。不意にある事実を思い出したが、それを口にすべきか判断に迷う。それに質問にも答えたい。

「えっと、うん。下宿先のカスパルがファビアンと友人でね。その流れで他の人とも知り合って、いろいろと助けてもらえた。おかげで居心地悪い思いをせずに済んだよ」

「ああ、ここは初年度生が入れるような科ではないからね。二年次ですら厳しいんだ。わたしたちも授業内容がとにかく難しいと聞いて、受講するかどうか迷ったんだ。だけどトリスタン先生が背中を押してくれたからね」

「転籍になるの？」

「いや、両方受けるよ。どちらも勉強になる」

シウは内心で「えっ」と声を上げた。それならシウも両方受けたかった。トリスタンの授業が好きだったからだ。しかし、当の本人は転籍を進めた。つまり卒科になる。オルセウスが羨ましいとモヤモヤ考えているうちに、授業開始の鐘が鳴った。同時に教師のヴァルネリもやってきた。皆が一斉に静かになる。

✦第三章✦

パイプの使い途

ヴァルネリは新しい生徒が増えていようがお構いなしだった。いつもと何も変わらず、たとえば新年の挨拶なんてものも一切なく、授業を進めた。

三十分ほど経った頃には横の席にいたオルセウスが茫然自失だった。まさかここまでとは思っていなかったのだろう。ノートを取るのも途中で諦めたようだ。

四時限目が終わると、シウはオルセウスだけでなくアロンドラたちにも慰めの言葉を掛けた。

「大丈夫だよ。この後、先生の秘書のラステアさんが補講をしてくれるから。その代わり質問がバンバン飛ぶから気を抜かないようにね。特にアロンドラさん」

「うあっ、はい！」

ぼんやりしがちなアロンドラに声を掛けると、椅子の上で飛び跳ねた。ユリはまだノートを取っている。シウは「よく覚えていられるなあ」と感心しながら、アロンドラたちに授業の注意点を告げた。しかし、時間が足りない。この休憩時間の間にも生徒の質問がラステアに飛ぶのだ。さっきの授業内容についてだから皆が慌てる。

その上、恐れていたことが起こった。ヴァルネリが「僕の新しい研究が」と言いながらシウの前までやってきて、チラリと横に視線を向けた。

「君は誰だ。何故そこに座っている？」

そう、席の問題だ。

「ごめん、オルセウス。言い忘れたんだけど、そこ【鬼門】なんだ。あー、ええと、避けて通らないと行けない場所って意味かな。他の席に座った方がいいと思う」

オルセウスは「もう遅いよ」と青い顔で呟き、ヴァルネリに自己紹介をしてから急いで席を立った。その席に、ヴァルネリは満足気な様子で座る。そして、以前と変わりなく、シウに「僕の新しい研究」について語り出した。

真横にヴァルネリを張り付けたまま、シウは五時限目に備える。ラステアの補講を聞きながらヴァルネリの話も聞くという離れ業だが、実は四時限目の内容は理解できていた。気になる箇所だけ聞き逃さないようにし、残りはヴァルネリの方に耳を傾ける。

「――それでね、術式の自動解析ができないかと考えたんだ。固有スキルとして、やればできそうな気がしないかい？」

「解析魔法自体が固有魔法としては珍しくないですし、そもそも安易な自動化には反対です」

「どうして？」

「自動化は、確実に停止できるという装置がなければ危険だからです。もし暴走したらどうしますか。自動で全ての術式を解析できてしまうと、たとえば危険物を守っている結界魔法の中まで見えてしまう。使用者が意図しないまま術式が知られるかもしれないんですよ。怖くないですか？」

「う、そうか」

とはいえ、自動化の魔法は難しい。条件付けの範囲が広いからだ。自動化といっても例文を用意しなければ発動には至らない。シウの持つ自動化魔法とは別個である。あれは、ロトスの言葉を借りるなら「チート」だ。

「先生、話が変わるんですけど」

シウが唐突に話し掛けると、肩を落としていたヴァルネリが勢い良く顔を上げた。笑顔だ。身を乗り出し、シウの次の言葉を待っている。

「魔術式の名残を探知する魔法って、ありますか？」

「魔法自体じゃなくて、魔術式を？　探知魔法じゃなくてかい？」

「探知魔法は今あるもの、近くにいるものを探す魔法ですから。できれば事後や遠くを感知できればと思っています」

ヴァルネリは「うーん」と唸って、考え出した。彼の頭のなかでは今、猛烈な勢いで術式が浮かんでいるのだろう。しかし。

「……僕、無理って言葉が嫌いなんだけど」

「思いつきませんよね」

シウはヴァルネリと同時に溜息を零した。そもそも、この魔法はハイエルフにのみ現れる種族固有魔法だと思われる。ガルエラドの知人が幼い頃にその目で見たから間違いないようだ。その知人であるヤンドは、ハイエルフの争いに巻き込まれて両親を失った。以来、目に焼き付けた魔法陣を忘れないよう生きてきた。彼は竜人族に助けられてから、大人になった今でも危険思想を持つアポストルスに対抗すべく、協力者という形で戦っている。

ハイエルフの持つスキルはとにかく希少でレベルも高い。魔力が豊富だからか使用できる魔法スキルも複雑で大掛かりだ。その煽(あお)りは一般人にも及ぶ。

せめて「魔術式の名残を探知する魔法」の仕組みが分かれば、対応策を立てられるかもしれない。そう思って相談したが、ヴァルネリでも思い付かないようだ。

悩むヴァルネリの横で、シウは腕を組んで物思いに耽った。ハイエルフは追跡関係の魔法が得意だ。血族を探す場合にも同じようなことをしていた。あれは神様が見せてくれた過去の出来事だった。

「うん？　となると――」

地面を通して探していたのだから術式の探知も地面を通すのだろうか。シウが顔を上げると、ヴァルネリがワクワクした顔で見ていた。

「何か思いついたのかい？」

シウは声を潜めた。補講ではあるが授業がまだ続いているのだ。

「先生、魔道具の場合、術式は魔核や魔石を通して発動しますよね。直接使う場合は本人の魔力を使用して」

ヴァルネリは「何を当たり前のことを」といった表情でシウを見た。

「そうだけど？」

「地面って、魔素を通しやすいですか？」

「あ、通すね。というより、魔素が溜まるのは地面にだよ。地中にもふんだんにある、と言われているね」

ハイエルフは魔素の扱いにも長けているのだろう。それも、空中に漂う魔素より地中にある魔素を上手く使えるのではないか。もしかすると、魔素に直接働きかける魔法がある

第三章
パイプの使い途

のかもしれない。人間は、魔素を意識して取り込むことはできないので、あくまでも作用までだ。もし簡単に取り込めるのなら、ハイエルフはあの危険なスキルを連続して発動しただろう。

となると、血族を追う魔法と同じく、魔術式探知の魔法も大掛かりな魔法になるのではないか。そう考えれば、このスキルがハイエルフ以外に現れないのも分かる。必要な魔力が膨大だからだ。

「ちょっと、自分一人で納得していないで説明して」

「あ、いや、分かりません」

「嘘だ」

「本当です。ただ、普通の人には無理だろうなと考えていただけです」

ヴァルネリが「普通の人？」と首を傾げる。シウは慌てて誤魔化した。

「魔人族なら使えるかもしれませんね」

「あー、そうかも。彼等の魔力保有量ってバカみたいに多いらしいから」

羨ましいよね、と口を尖らせる。三十歳を過ぎた男性が拗ねる姿には違和感を覚えるが、年齢よりはずっと若く見えるヴァルネリだ。それに子供っぽいからこそ、閃きがあるとも言える。事実、今もまた何かを思い付いたらしい。指でトントンと机を叩き出した。

秘書兼従者のマリエルが急いでノートとペンを取り出す。ヴァルネリの周りにいる人たちはいつもこうだ。彼の閃きに対して一つも漏らさないとばかりに動く。

シウはそれを横目に、また思考の海へと潜った。

授業が終わると、ヴァルネリはラステアたちに引きずられて教室を後にした。初めて授業に参加した生徒は呆然と見送った。

「いつもの光景だから気にしないでね」

シウが言えば、オルセウスは「そ、そうなんだ」と引き攣った顔で頷く。

「そう言えば、さっき先生に張り付かれていたね」

「うん。だから、僕の横に座るのは止めた方がいいよ」

「そうだね……」

オルセウスと話している間に、アロンドラが帰り支度を終えた。慣れた生徒同士で帰るのだろう、オルセウスやエウルを待っている。シウも誘ってくれたが、それをファビアンが止めた。

「彼を借りてもいいかい？」

「あ、はい。ファビアン様。では、わたしたちはこれで失礼いたします」

オルセウスが礼儀正しい挨拶で教室を出ていく。アロンドラはもごもご何を言っているのか分からない。ただ、会釈はできていた。ギリギリ及第点といったところだろうか。ユリが若干呆れた様子ながらも「次はもう少し声を出しましょうね」と応援していた。

「引き止めて悪かったね」

「いえ、約束していたわけではないので大丈夫です」

「あの子たちは、前の科の？」

第三章
パイプの使い途

そうですと頷きながら、ファビアンの後ろに付いていく。教室の後方にはランベルトやジーウェン、オリヴェルがいた。

オリヴェルはラトリシア国王の第六子になる。身分の低い妃の子で後ろ盾もなく、王子といっても立場は不安定だ。そんな彼に、友人として分け隔てなく付き合うのがファビアンたち三人である。シウも友人の一人として親しくしてもらっていた。

「久しぶりだね、シウ」

「お久しぶりです」

互いに挨拶し、休暇中の出来事を話し合う。シウにとって、情報通のファビアンから話を聞ける機会はこの授業の時ぐらいだ。ファビアンは上位貴族の嫡子であるし、立場が不安定とはいえオリヴェルは王族だ。彼等の話の中には重要な内容もある。

もちろんカスパルも貴族としての繋がりで情報を集めるだろう。しかし、情報は多数から得た方がいい。もっとも、そうした話以前に、シウはただ友人たちとの語らいを楽しんでいるに過ぎない。

「年末年始は南部に向かう貴族が多くてね。発着場では飛竜の渋滞だ」

最初は笑い話から始まった。それから地方での過ごし方についてだ。貴族たちは庶民の遊び、たとえば雪合戦なんてしない。庭園を眺めて歌を詠んだり、普段は交流のない下位貴族を招いてお茶会を開いたり。肩の凝りそうな過ごし方を聞いて、シウは内心で震えた。

オリヴェルが避寒先に選んだのは南部のヴァーデンフェ領や、ファビアンの父が治めるオデル辺境伯領だった。

「いつもはエストバル領へ行く人が多いのだけれど、最近は何かと不穏だからね」

エストバル領やその西に位置するメルネス領は、南にあるデルフ国と接していて以前から揉め事が多い。今回もきな臭い話が出ていた。

「デルフのヴェルトハイム領が代々好戦的な一族だからね」

ファビアンが肩を竦める。

「我が家は辺境ではあるけれど、そういった意味ではマシな方かな」

「でも、君の領地、本当に田舎だったよね」

ジーウェンが素直な気持ちを吐露してランベルトに小突かれた。

「わたしはそれが逆に楽しかったよ」

オリヴェルがさりげなくフォローすると、ランベルトが「王子に気遣いをさせてどうするのだ」と苦笑いだ。

「わたしは帰省になるけれど、うんざりだったよ。父上は毎度『剣の扱いがなっておらん』とお怒りだ」

「ファビアンは頭脳派だもんね」

シウが笑うと、ファビアンは目を丸くした。

「頭脳派？　シウは面白い言い方をするね。うん、でもなんだか気分は良い」

ついでだからと、シウは「脳筋派」の話もした。実例としてレイナルドの名を挙げると、ファビアンが声を上げて喜ぶ。

話は尽きないが、シウはそろそろ帰りますと宣言した。

第三章

パイプの使い途

「実は、また拾ってきた子がいて」

「君、よく生き物を拾うよね」

シウは「うん、まあ」と曖昧に笑って頭を掻いた。

「君らしいね。早く戻って世話をしておあげ」

「引き止めて悪かったね」

オリヴェルが心配そうに言うので、シウは首を振った。

「ううん。楽しかったから。また聞かせてもらえると嬉しいです。冒険者として気になる話もあったし」

「ああ、そうだったね。分かった。他の生徒にも南部の情報を詳しく聞いておくよ」

そう言うと、皆はシウたちに――主に幼獣へ向けて――手を振り見送ってくれた。


気になる話とはデルフ国のことだ。ラトリシアの南に位置するデルフは、小領群で起こった魔獣スタンピードによる対応の失敗で国内が揉めている。

デルフの中部や北部は痩せた土地が多く、農耕に向いていない。出来が良くないのだ。そのため、南部地方にある穀倉地帯を頼りとしている。魔獣スタンピードが起こったのは南部地方だ。幸いといっていいのか、小領群と穀倉地帯は少し離れている。しかし、助けを出そうとしない国に対して南部の貴族が怒った。

国はもちろん助けようとしたのだろうが、シウが知るデルフの王族は「調整役」だ。他国の王族と違って強権力はない。貴族の、特に大領主たちが力を持ちすぎているためだ。

国境に接する領地ほど声が大きい。彼等はラトリシアやシュタイバーンといった隣国にちょっかいを掛けては紛争を起こす。

シウがデルフについて知っているのは、キリクが揉め事の事後調整役として出向いた時に一緒だったからだ。名目は闘技大会の見学だった。キリクの治める領地はデルフと接していないが、なにしろ好戦的な国との話し合いである。英雄と名の付くキリクが背後で睨みを利かせると文官も安心しただろう。

デルフの大領地が好戦的なのは農地が欲しいからだ。南部地方に頼らない自分たちだけの土地が欲しかった。それを他国から奪おうという考えが、昔からある。国境線は時代によって変わってきたが、最近はシュタイバーンが昔からの土地を取り戻した状態で維持しているようだ。

ともあれ、元々争い事の多いデルフの情報は、他国の王侯貴族だけでなく冒険者も欲しがった。冒険者は隊商の護衛もする。揉め事の多い国には夜盗も多い。皆が、自分の身を守るためにアンテナを張っていた。

土の日、シウは挨拶回りに忙しかった。最初に出向いたのは商人ギルドだ。しばらく顔を出せないかもしれないと伝えるためもあった。その理由を口にする前に、担当のシェイラが「また何か拾ったの？」と呆れ顔になる。

第三章

パイプの使い途

「今度は卵石？　動物？　それとも、また人間？」

どれも経験があるだけに、シウは曖昧に笑うしかなかった。

「そうだわ、その拾った人間のリュカ君ね、なかなか素質があるそうよ」

「そうなんですか！」

思わず笑顔になると、シェイラも微笑んだ。

「ええ。各ギルドが集まる会合で自慢されたわ。そうそう、会合と言えば、薬師ギルドで面白いことをするそうね。あなたが発案者だと聞いたわよ」

「寄付制度のことかな。あれは皆で考えたんだよ？」

「ふふ。まあいいわ。楽しかったから。試験的に稼働し始めているそうよ。楽しみね」

「はい」

「そうだ。カイロも順調に発売されているわ。今年は早い段階から用意を始めたのに、例年より寒くなりそうでしょう？　慌てて増産に入ったそうよ」

「やっぱり、そうかあ。去年の今頃より寒い気がしたんだ」

シェイラが「そうなのよね」と、困惑顔で窓の外を見る。王都は通路に雪が積もらない工夫をしてあるが、それでも次から次へと降り続けるのは見ているだけで寒々しい。

気持ちの問題だけでなく、実害もある。王都の外では雪が積もり始めていた。

冬といえども流通は止められない。商人たちは他の街や領から、あるいは他国から品を運ぶ。今年の雪は量が多くて隊商は大変らしい。専用の馬車を使い、魔道具があるとはいえ移動は命がけだった。

その移動に使われるのは大きな街道だ。街道を整備するのは国の仕事でもある。雪を退けるために駆り出されるのは軽微犯罪で奴隷になった男たちだが、命に関わることから休憩を多く取る。そのため遅々として進まないようだ。

商人ギルドでの挨拶が終わると、次は冒険者ギルドだ。シウが中に入ると、雪掻き要員を求める声が聞こえてきた。壁にも「魔法使いならば尚良し」と大きな紙が貼られている。かなり切羽詰まっているようだ。

ルシエラに戻ってきたという報告と、しばらく来られないという挨拶で来ただけだったが、一つぐらい引き受けた方がいいのだろうか。シウが掲示板を眺めていると、背後から声を掛けられた。

「シウか。もしかして引き受けてくれるのか？」

職員のルランドだ。

「本当は、しばらく忙しいから休むって連絡にきたつもりだったんだけど。こんなに大変だとは思ってなかった」

「急に雪が増えてな。冒険者だけじゃ難しいんだよ。火属性持ちの魔法使いがいてくれりゃあ楽なんだけど」

「その場合、護衛してくれる人を付けてくれるの？」

「あ？　ああ、魔法使いにか。そりゃまあ、どのみち組み合わせて行くことになるからな」

第三章

パイプの使い途

「それなら、シーカーの生徒に頼んでみたらどうかな。去年の夏、手伝いに来た子たちなら引き受けてくれるかも。僕からも声を掛けてみる」

「そうか！　その手があったな」

ルランドはウキウキした足取りで走っていった。

受付で詳しく話を聞くと、火属性持ちの冒険者は軒並み、雪掻き要員として出払っているそうだ。ククールスもいなかった。彼は火属性魔法のレベルは高くないが、それ以外の能力が高いため駆り出されているようだ。雪だろうと魔獣は出てくる。雪掻き要員の護衛も兼ねているのだろう。

上級冒険者の多くは護衛仕事で南に向かったままで、王都のギルドには等級の低い冒険者しか残っていない。そんな彼等にも仕事はある。王都の外壁沿いの雪掻きだ。近くの畑まででも道ができれば農家の人も助かる。雪の下に保管した野菜や、土の中で育つ野菜もあるのだ。

シウはふと「ゴーレムを使えばいいのに」と考えた。とはいえ、アマリアほどの土属性魔法に優れた魔法使いでなければ扱えないだろうか。さすがに上位貴族の令嬢に伝手もないだろう。あったとしても冒険者ギルドが頼むのも難しい。

後日、こっそり聞いてみよう。シウなら世間話の延長線として相談できる。

「とりあえず、近くの森や村までの道を作ればいいのかな？」

「ええ。でもかなり大変な作業よ。それに、すぐ積もるの」

「一回こっきりの作業じゃないもんね。ちょっと考えてみるよ」

シウが今日だけ手伝ったとしても意味がない。多少の助けになっても、雪は毎日降るのだ。積もるごとに雪は重みで固くなっていく。

「王都みたいにできればいいのにね」

と、自分で呟いてハッとした。つい先日、シウは温泉水を引くためにパイプを作った。それと同じだ。地下水を汲み上げ、消雪道路を作ればいい。

もちろん弊害はある。汲み上げすぎたことで地下水が枯渇したとニュースで聞いた。対策として考えられる方法は「使用した水を濾過装置に通してから戻す」だ。自動汲み上げポンプの製作も含めると大変だろうか。しかし、魔道具にすれば簡単にできそうだ。そこをケチる必要もない。

シウは頭の中で、すでにどう動けばいいのか考え始めていた。

幸い、地下水は常に一定の温度が保たれている。王都のように温水を使わずともいい。また、王都と違って万が一の落盤を気にしなくてもいい土地だ。雪掻きを要する街道沿いに人は住んでいない。

ただし、パイプを街道沿いに設置する作業は時間がかかる。手作業になるからだ。

「あの、ちょっと思いついたことがあるので商人ギルドへ行ってきます」

「あ、はい」

呆気に取られる職員に見送られ、シウは冒険者ギルドを後にした。

シェイラはシウがまた来たので怪訝な顔だった。ところが、消雪道路について話を始めると途端に目を輝かせる。

「地下水はあるのね？　そして地下水ならば雪が溶けるのね？」

「はい。王都のように温水を使わずとも可能です。勝手に出しっぱなしにしておけばいい」

「その代わり機材の設置と、穴を掘る作業がいるのね。あとはパイプの設置かしら」

「それにメンテナンスが必要です。毎回、僕がやるわけにもいかないです。毎年の作業になりますが、今ほど人員は必要なくなります。冬期始まりのメンテナンス、あとは期間中の見回りでしょうか」

「ええ、ええ。これは大きな事業になるわね」

「一つ、考えていることがあって」

「何かしら？」

「アマリア＝ヴィクストレムさんがゴーレムを作れることは知っていますよね？」

「もちろんよ。彼女の作った小さなお人形は、今とても人気があるの」

「ゴーレムに式紙を使って指示を出せます。その場で土ゴーレムを作るのではなく、作業用ゴーレムを最初に作っておけば魔力も温存できる。ゴーレムなら、冬場の作業もさくさくと進められるでしょう。たとえば大型機械の設置も簡単ですし、必要な資材の運搬も楽になる。ゴーレムに雪掻きをさせるのは高価すぎて厳しいけれど、限られた期間なら事業的には運用も可能かと——」

「もちろんだわ！」

シェイラが食い気味に答える。シウはその場にパイプを取り出した。

「それと、このパイプは凍り難い素材で作っています。参考にどうぞ」

『待って。高温水を通さなくても凍らないのね？　すごいわよ。これで冬の間、あちこちで起こる氷詰まりを解消できるわ！」

「え、そうなの？」

「地熱水が使えるところはあまりないのよ。ほとんど暖炉の熱を利用しているから、まずは家中に行き渡らせるでしょう？　その後に道路へ排水する形になるの。そうなっちゃうと冷めるのよ。貴族街は魔道具か、ふんだんに薪を使えるので問題はないの。けれど下町は違うわ。だから冷たくなった水が流れちゃう。普段ならそれでもいいのよ。だけど、建物の作りによってはひどく冷たくなる場所もあるわ。そうなると氷詰まりを起こすし、パイプの劣化も早くなるの」

冬に水漏れを起こすと大惨事だ。水が道路に溢れだし、凍ってしまう。

「さて、このパイプの特許はどうなっているのかしら？」

「あ、お願いします。特許料は要りません」

「あら、それはダメよ」

「条件付きでなら構いませんよね」

独占禁止のための登録だ。普通に使う分には利用料は取らない。

「分かったわ。他には、ええと、掘削機だったかしら？」

「はい。掘削機とパイプ設置機、濾過装置もこちらで用意します。今日中にできるかな。

アマリアさんには――」

「わたしからお願いに上がるわ！」

シェイラは元気に叫ぶと「忙しくなるわよ～」と言って、部屋を出ていった。残されたシウはシェイラの秘書に謝罪され、静かに部屋を出た。

第三章
パイプの使い途

そのまま屋敷に戻ると、シウは鍛冶小屋に入り浸った。装置を作るのに夢中だ。

その間、ロトスはほとんど鍛冶小屋にいた。時々、庭に出てフェレスたちとの雪遊びに交ざる。見えないような場所で、結界も張っているので近場なら出てもいいと言ってあったのだ。しかし、すぐに戻ってきた。

（あいつら、ガキだぜ。雪遊びが楽しいのはチビの間だけだ……）

と、冷えた足を火の前に翳す。その雪の中で楽しく遊んでいたのは子狐だったはずだが、シウは何も言わずに笑顔でスルーした。

夜になるとアマリアから連絡が入った。自分にできることがあって嬉しいと、事業に賛同する旨の内容だ。

更に、明日の夜までに作業ゴーレムを作れるという。というのも、すでに稼働できるゴーレムがあるらしい。あとは改造するだけだ。

それだけではない。彼女は明後日、ゴーレムを連れて現地に行くと言い出した。その行動力に驚く。シウは、アマリアがキリクに毒されてしまったのかと、ほんの少し不安に思った。

シェイラからも連絡があった。正式に認可はまだ下りていないが動いてもいいそうだ。

ちなみに翌日、こういう話があると冒険者ギルドには報告を済ませた。喜んでいたが、それとは別に雪掻き要員は必要らしい。建物の陰など、細かな場所はどうしても人の手でないと無理だからだ。

魔法使いの応援は引き続き募集中だそうで、ギルドから正式にシーカーへ話を通す話になっていた。シウも友人に声を掛けると約束して、この日は依頼を受けずに帰った。幸い、昨日の雪掻きは順調に進んだそうだ。

依頼を受けなかったのは、フェレスたちを先にコルディス湖の小屋に運んでいたからだ。平日はロトスが留守番ばかりになるので、少しでも気分転換をさせてあげたかった。

慌てて《転移》で戻ったところ、全員がまだ寝ていた。シウはホッとして、いつものように朝食を作ってから皆を起こして回った。

その後は一日中、採取や狩りをして過ごした。フェレスやクロ、ブランカにとっては馴染みの作業だ。ロトスはほぼ初めての経験になる。

(森の中なんて二度と入らないし絶対嫌だって思ってたけど、アイテムの宝庫なんだな！)

シウが薬草について教えている時は「ふーん」と興味がない様子だったのに、貴重で高価だと告げるや大騒ぎだ。ロトスは尻尾をフリフリ、自分でも探すと張り切った。

(俺、ゲーム世代だからな。こういうの大好きなんだ。あっ、このキノコは？)

「それ、毒だよ。口に入れるだけでも危険だからね」

第三章

パイプの使い途

（げっ……）

口を使って切り取ろうとしていたロトスは、慌てて踏鞴を踏んだ。万が一、口に含んでも解毒薬はあるが、気を付けるに越したことはない。シウは苦笑した。

遊び終わると、皆を、特にロトスの反応を期待して温泉風呂に連れていった。

すると、やはり元日本人だ、とても喜んでくれた。

しかも、ぷかぷか浮きながら泳ぐという可愛い姿を見せてくれる。フェレスやブランカのように飛び込むこともない。クロは桶に入って遊覧船ごっこだろうか。皆が楽しそうだ。

シウももちろん楽しい。

温泉風呂を作って良かったと、肩まで浸かってしみじみ思った。

◇◆◇◆◇

光の日は王都を出て作業を行う。

シウは、昨日の外出で楽しそうにしていたロトスを見て一緒に連れて行くことにした。

本人にも確認を取った。おとなしくしていると言うので背負い袋の中に入れる。いつもの魔法袋は薄っぺらにし、その上からロトス入りの袋を背負う形だ。背負い袋には外の景色が見えるよう、覗き穴を作ってあげた。

「窮屈じゃない？」

（うん。全然大丈夫。中で方向転換もできるし、毛布もあるから）

「だったらいいんだけど、何かあれば声を掛けてね」

きゃんきゃんという鳴き声は小さい。念のため防音魔法も掛けてある。

(ありがと。外に連れてってくれるの、めっちゃ嬉しい)

狭いのに可哀想な気もするが本人は喜んでいる。それならいいかと、シウはフェレスたちを連れてギルドに向かった。


今回の件はシウが勝手にやっていることだ。正式な認可は下りていないものの、シェイラには動いていいと言われている。商人ギルドも、いつの間にか「シウに指名依頼」という形で冒険者ギルドに依頼を出してあった。

アマリアは冒険者登録をしていないが、商人ギルドでは登録がある。そちらで指名依頼とするようだ。

そのアマリアは、しっかりとした冬の旅装で待っていた。彼女の背後には幾つもの荷馬車が並んでいる。分解したゴーレムを運ぶためだ。

冒険者ギルドではシウたちに「護衛を付けよう」と言われたが、正直なところ、下級冒険者ばかりなら逆に足手纏(あしでまと)いとなる。小型ならともかく、中型以上の魔獣が多数出てきた場合、シウはアマリアや幼獣たちを優先するだろう。その間に下級冒険者が――といった事態は避けたい。遠回しに告げると、ギルド本部長は苦笑いで納得してくれた。

王都を出るまで、シウたちはアマリアの馬車に乗せてもらった。王都の門を過ぎるとフ

第三章

パイプの使い途

エレスに乗る。馬車を降りる際、アマリアは心配そうだった。

「寒くありませんか？」

彼女は馬車の中でも冬用ローブに包まれ、もこもこしている。

「大丈夫。フェレスが風属性魔法で囲んでくれるし、僕自身の装備も温度調節があって寒くないいんだ」

「それでしたら良いのですが。いつでも馬車の中に戻ってくださいね？」

「はい」

出てきたのには訳がある。フェレスがシウを乗せたがるのもそうだが、ロトスが喋れないのは可哀想だった。同じ空間内では動くことさえできない。多少動いても喋っても問題ないようにしてあるが、ロトスが緊張して固まっていたのだ。外に出てシウが話し掛けると、ホッとした様子が伝わってくる。そして、矢継ぎ早に話し始めた。

（やべぇ、めっちゃお嬢様だった。すげぇ綺麗だよね？　シウ、もしかしてやっぱりチートハーレムしてない？）

シウは笑って否定した。

「アマリアさんには婚約者がいるよ？」

（マジかよ！　ちくしょう、出会って数秒で失恋か。くそ〜）

テンション高く話す様子が面白い。シウは笑った。

それから、話題を提供してみようとキリクについて教えた。

「アマリアさんの婚約者は、キリク＝オスカリウス辺境伯なんだ。今年四十歳になるのかな。彼には『隻眼の英雄』という二つ名があるんだよ」

(何、その、中二病な呼び名は。やべぇじゃん。ていうか、四十歳？　ロリコン？)

「アマリアさんは十九歳だから、違うと思うよ。確かに歳の差はあるけどね」

(え～。めっちゃ羨ましいんだけど。俺も貴族に転生させてもらえば良かった！)

などと安易に言うから、シウは貴族がどれだけ大変なのかを説明した。主にシウ視点ではあるが、礼儀作法に付き合い、領地があれば運営がどれほど難しいのかを教える。特にキリクの治める領地は厳しい。魔獣のスタンピードの話まで聞かせたところで、実験現場に到着した。その頃には、

(俺、貴族キライ。絶対イヤダ)

と、ロボットのように呟いており、シウは少々脅かしすぎたと反省した。


王都を守るように建てられている外壁を過ぎれば、畑がしばらく続く。やがて森が現れた。一つ目の森と呼ばれる場所だ。

街道は森の脇に沿って続いていく。数えて三つの森を過ぎると、広大な草原地帯が広がる。草原といっても起伏はあるし岩場もあった。ところどころに小さな森や村もある。とはいえ、見渡して感じるのは「何もない」だ。冬はどこまでも白い景色と灰色の空しか見えない。

晴れた日なら、遠く離れた北側にうっすらと山脈が見える。冬場は降雪のせいで視界が悪い。雪も積もっており、方向感覚が怪しくなる者も多いという。

第三章
パイプの使い途

せめて街道の場所が分かっていれば不幸な事故が防げる。

一行はまず、一つ目の森の手前で馬車を止めた。荷車もギシギシと音を立てて止まる。

「試運転で穴を開けてみます。パイプを通せるようならそのまま進めるつもりです。その間、アマリアさんはゴーレムの試運転をお願いします」

「分かりましたわ」

寒空の下、長々と作業はできない。各自で試運転を始めた。可能ならば今日中にゴーレムの作業確認まで進めたいと話してあった。

シウは空いた荷車の一つを借りて、作った機材やパイプを置いた。魔法袋に入れてあったものだ。

ふと、荷車を担当していた家僕(かぼく)が寒そうにしているのが見えた。シウがカイロを渡すと「どこかで落としてしまったので助かります」と喜ばれる。カイロは最近になって一日に一個、上司から渡されるようになったらしい。以前はなかったものだから有り難いと言うけれど、外作業のある家僕にカイロ一つでは足りない気がする。

話を聞いていたロトスも同情した。

(今の俺は毛皮たっぷりで寒さはあんまり感じないけどさ。雪の降る中でカイロ一個なんてブラック企業じゃねぇか)

昨日は雪を寒がっていた気がするが、シウはそれには触れずに答えた。

「前は、そのカイロもなかったんだ」

(マジか～。あ、カイロって高いのか？　ていうか、カイロ、こっちにもあるんだな)

「作ったからね。あと高くないはずだよ。特許料はもらってないもの。まあ、といってもいきなりカイロを買う庶民もいないかな。今まで寒さ対策として使っていた魔獣の毛皮があるんだ。冒険者は命が掛かっているし、それなりにお金もあるから買うだろうけど」

（待って。いろいろツッコミどころ満載じゃん。自分で作ったの？　すごくない？　シウは異世界でチート楽しんでるよね！）

何かが楽しかったらしい。背中でロトスが揺れているのを感じる。声も聞こえた。きゃんきゃんという子狐の鳴き声と同時に「ふっふっふ」と笑う声だ。

楽しいのならそれでいい。シウも知らず微笑みながら、作業を続けた。

ブランカは雪に喜んで走り回っている。フェレスは警戒中だ。一応、王都に一番近い森なので冒険者が常に魔獣を狩っている。安全ではあるが、彼にとってはそれが仕事だ。同じく、クロも見張りを頑張っている。彼の居場所は背負い袋の上だった。ロトスが笑って揺らしても器用に立っている。

「よし。取り付け完了。あとは回すだけだね」

地面に穴を開ける機械は考えた末、魔道具ではなく機械式にした。似たような装置が存在するからだ。壊れても修理がし易(やす)い。また、歯車に油を注すといったメンテナンスは必要になってくるが安上がりで済む。

ハンドルはゴーレムが作業できるように大きくした。人力で回す用のハンドルもある。ゴーレムが使えない時や場所を考えてだ。今回はゴーレム用のハンドルを取り付けた。といっても、試運転の終わっていないアマリアのゴーレムを使うわけではない。

魔法を使う。第三の方法だ。ハンドルを挟むように頑丈な羽を取り付け、その羽に風を送る。第一や第二の方法ならともかく、魔法を使ってのハンドル回しは各個人の能力によって差が出そうだ。どれだけの風量が必要なのかを実測する意味でも、今回は第三の方法で試掘する。

まずはゆっくりと風を当て、徐々に風量を増やした。ハンドルがグルグル回り始めるとドリルが地面を掘り始める。上手くいったようでシウはホッとした。

地下水脈のある場所までドリルが到達すると一旦引き上げる。次にパイプを通す機材をセットした。パイプを落としながら、地盤を固めるための薬剤も同時注入する。これは魔道具にした。地盤によって薬剤の注入量を変えるからだ。掘り進めるだけのドリル装置とは違う。パイプをスムーズに落とすのもジョイントが繋がったかどうか確認するのも魔道具製でないと難しい。計測器そのものがないからだ。魔法による探知で調べるのだから、それならもう魔道具にしてしまった方が良かった。

セットしていたパイプがどんどん落ちていく。これが面白いのか、視察に来ていた商人ギルドの職員が前のめりで眺めている。家僕たちもだ。

すでに辺り一面に水が溢れ出ている。温度はシウの想定通り、十五度あった。周辺にあった雪が溶けている。つまり、びちゃびちゃだ。泥だらけになりそうだと気付き、どちらがいいか差し引きで考えると「まだ泥の方がマシか」との結論になった。

地下水の汲み上げ作業は問題なく終わった。

アマリアの方もゴーレムの試運転が済んだ。こちらも問題ない。早速、ゴーレムに穴開けの作業をやってもらう。

その間、シウは街道沿いに穴あきパイプを取り付ける作業に取りかかった。これは商人ギルド、そして冒険者ギルドの職員も一緒になって見学する。この作業は単純だ。いずれは奴隷に任せる。穴を開ける作業や地下へパイプを通す機械は業者を募って依頼するそうだ。冒険者でもできるだろうが、機械を扱うのなら専門家の方がいいらしい。

「パイプの取り付け、簡単そうですよね」

「簡単じゃないと壊れた時に困るから」

シウが苦笑すると、職員の一人が「壊れるのですか」と問う。

「物には寿命があります。それに事故が起こるかもしれない。魔獣が踏み潰すとか」

「あ、なるほど、そうですよね。では、この部分だけ取り外せばいいのですか？　上手くできていますね」

メンテナンスも大事だ。誰でもできるようにと、なるべく簡単にしている。

「うーん、だけど、土で固めているところは汚れがひどくなりますね」

作業しながら振り返ると、すでに荷車を含めて皆の足元が水浸しになっていた。

「雪掻きをしないで済むんだ。足場の掃除ぐらい楽なもんですよ」

そう言うが、想像以上にひどい。日本ではアスファルトで舗装していたからできたことだった。その日本でも消雪道路にはデメリットがあったのだ。何事も万全とはいかない。

第三章

パイプの使い途

「……そうだなあ。あの、城壁近くに、掃除専門の店を作るのはどうでしょうか」

シウの案に、商人ギルドの職員が「それは良い！」と返す。ただ、これは苦肉の策だ。とはいえ他に案もない。職員もだろう、話を進める。

「貴族用と庶民用、冒険者用などで分けるのもいいですね。手間や技術も違います。分けた方が逆に良いでしょう。いや、シウ殿、ありがたい！」

商人ギルドは商売の種を見付けると途端にこれだ。シウは苦笑で頷いた。

その後も穴あきパイプを設置していく。アマリアの方もゴーレムに機材の使い方を覚えさせることができた。実際に稼働させる職人のために、式紙を何度も書きなおして命令を系統立てる。おかげで、アマリア以外の人間が動かしても問題なく動かせた。

さすがはゴーレムのプロ、アマリアだ。

第四章

聖獣の王への報告と同郷人会

The Wizard and His Delightful Friends

Chapter IV

ロトスは昨日のお出掛けがよほど楽しかったようで、翌朝になっても折に触れて話をした。背負い袋の覗き穴からしか見えない世界でも、彼にとっては初めてのものばかりだ。馬車の中にいたアマリアだけでなく、窓の外に見える王都の様子が興味をかき立てるのだろう。コルディス湖に行った時も楽しそうではあったが、人の気配を感じられる王都の方が喜びは大きいようだ。

朝、シウを見送るときまで尻尾が孔雀のように広がって楽しげだった。このまま機嫌良く一日を過ごしてくれるといいが「今日は人化を頑張るんだ」と宣言したのを聞いて、シウは「張り切りすぎて疲れないようにね」と笑って返した。

その日、シウは雪掻きの件をプルウィアに相談した。彼女を含めたクラスメイトたちは、夏休みにも冒険者ギルドで仕事を受けている。ただの手伝いとしてではなく、ギルド会員の登録を済ませてバリバリ稼いだ生徒もいたほどだ。

シウの話を聞いて、冬にも仕事があるならと皆が乗り気になる。

「学校終わりの隙間時間でとはいかないから、休みの日だけになると思うけど」

「それでも護衛付きで仕事ができるなら有り難いわよ。それより、水撒きパイプとやらがあるのなら街道の雪掻きはなくなったってことでしょう？　わたしたちにできる仕事はあるのかしら」

「王都の外壁沿いには畑があるからね。近場だし、壁沿いだから人の手で細かく作業するらしいんだ。だから下級冒険者用の依頼になる。それに畑の近くで水を出しっぱなしにするわけにはいかない。今後もパイプは敷かないと思うよ」

「そうなのね。あら、でも、冬に畑って？」

「冬でも育つ野菜はあるんだよ。他にも地面を掘って半地下で育てる方法もあるし。冬の寒さで甘味が増したり畑でそのまま保存できたりもするんだ。というか、冬でも新鮮な野菜が食べられるのをなんだと思っていたの」

　シウの問いにプルウィアが目を泳がせる。

「だって王都は人が多いでしょう？　魔法使いも多いから、てっきり魔法か何かで新鮮に保っているとばかり……」

　魔法袋で保管していると思っていた生徒もいる。ひょっとすると、貴族ならあるかもしれない。けれど、魔法袋は高価だ。食材の保管に使用している人は少ないのではないか。食材を空間庫に溜め込んでいるシウが言うのもおかしいが。

「あー、僕は参加が難しいかも。やってみたいけれど、奴隷と一緒に仕事をするのは外聞が悪い。親にも怒られる」

　ルイスが困惑顔で言う。シウは頷いた。貴族の彼等にとっては大事なことだろう。

「奴隷の人たちは街道沿いの雪掻き要員からパイプ設置要員に鞍替えだから、さっき話した外壁沿いの雪掻きには配置されないと思うよ。それに外壁沿いの依頼には護衛として冒険者も付くんだ。万が一、小さな魔獣が現れたとしても彼等に任せておける」

「そうなの？　だったら、わたしは行くわ。ルイス、あなたも等級を上げたいと話していたじゃない。地道な依頼を受けると喜ばれるそうよ。一緒にやりましょう」

「ルフィナ嬢が行くのなら僕も行くよ。ウェンディやキヌアはどうする？」

「わたしは止めておくわ。寒いのは苦手よ」

顔を顰め「もう本当に嫌なの」とウェンディが言えば、プルウィアが笑い出す。

「ウェンディったら、毎朝のようにパンツスタイルが良いと話しているものね」

「ちょっと、プルウィア。レディの秘密をバラさないでくれるかしら？」

「わたしも気持ちは分かるわよ。ねぇ、セレーネ」

「何故そこでわたしに話を振るのかしら」

女子たちが騒いでいると、キヌアが苦笑いで小声になった。

「そういう女子の情報をバラされる側の気持ちになってほしいよね」

「どんな顔をすればいいのか悩むよな。まあだけど、女性のスカートが寒いということは分かったね」

と、男子たちがコソコソ話し合う。

「レナートはどうするんだい？」

「僕も参加しようかな。等級を上げる際のポイントになるんだよね」

「アラバさんやトルカさんたちにも声を掛けておこうか」

アラバとトルカは古代遺跡研究に所属する生徒だ。魔獣魔物生態研究と同じ研究棟にあり、どちらにも所属するシウを介して互いが親しくなった。

「ギルドには話が通っているし、シーカーの生徒だと言えば会員じゃなくても喜んでもらえるはずだから。僕が引率できなくてごめん」

第四章

聖獣の王への報告と同郷人会

「いいよいいよ。情報ありがとう」

「後はこっちで打ち合わせておくから、シウはもう帰りなよ。連れて帰った動物の面倒を見ているんだよね？」

と、促される。シウはフェレスたちを連れて教室を後にした。その間も、女子たちはまだ楽しそうに笑い合っている。彼女たちの話は尽きないようだ。


屋敷に戻ると、シウは神妙な表情のロランドから手紙を渡された。

「あ。まずい」

「で、ございますよね……」

ロランドも差出人名を見ているから、シウと同じように溜息を漏らした。手紙はシュヴィークザームからだった。彼の契約相手であり、王子でもあるヴィンセントの封蠟を使うという小狡い技を使っている。王太子の手紙なら無視できないと思っての所業だ。

「行くしかないか」

手紙は「冬休みが終わったのに来ないのは何故なのか。また飛んで行くぞ」という脅しに近い内容だった。ラトリシアに所属する聖獣の王ポエニクスが、シュタイバーンの貴族であるブラード家に飛んできたら大問題だ。しかも「遊びましょ」と訪う相手は冒険者のシウである。ラトリシア貴族の反感を買うのは必至だ。

シウとシュヴィークザームは友人関係にある。長い休暇明けに再会を望むのは当然とも言える。ただ、ロトスが落ち着くのを待ってから紹介したかった。シュヴィークザームの考えも知りたい。どう切り出せばいいかと考えていたが、なるようになる、という気もした。

「お返事はいかがいたしましょうか」

「明日の午後で。あ、どうしよう、前にお昼を出したからなあ。食べずに待ってしまうかもしれない。午前の授業が終わったら急いで行くことにします」

「では、そのようにご連絡致しましょう」

「ありがとう」

「それと、こちらも」

「えっ、まだあるの？」

差し出された手紙はシウ宛だった。裏を見ると、エドヴァルド＝グランバリと記されている。

「あっ。ええと、同郷人会かな」

「そうしたお話がございましたか？」

「ありました。だとしたら、カスパルにも――」

「届いてございました。調整する必要がございますね」

シウが首を傾げると、ロランドはカスパルの事情を教えてくれた。彼はラトリシアに戻ってからもパーティーに引っ張りだこで忙しいらしい。確かに最近は顔を合わせる機会が少なかった。夜はロトスたちといるし、シウは朝が早い。

元々カスパルは典型的な夜型人間だ。朝に顔を合わせることはほとんどない。

+第四章+

聖獣の王への報告と同郷人会

「そんなにパーティー三昧なんですか」

「ええ。上位貴族のご令嬢と他国の英雄を婚約に導いた立役者として、お話を聞きたいと望む方々が多うございます」

「うわー、謝っておこう……」

「いえいえ。社交を避けてばかりで当主様が嘆いておられましたから、良いきっかけとなりましたでしょう。最近の坊ちゃまは大変ご立派でございます」

ロランドはカスパルがパーティーで人気者になっているのが嬉しいようだ。カスパルの気持ちを思うとシウは苦笑するしかなかった。


夜、遅い時間に遊戯室を覗くとカスパルが疲れた顔でソファに座っていた。テーブルの上には本が置いてあるのに読めていないようだ。シウはカスパルにそっと古書を献上した。

それからエドヴァルドの手紙について聞くと、やはり同郷人会によるお茶会への招待状だった。風の日の午前中になっているのは、夜会続きの貴族を気遣ってだろうか。

「夜会の翌日だから、本音を言えば朝寝をしたいのだけどね」

「週末も夜会続きですよ」

ダンが従者としての立場で発言する。表情は友人らしく、笑顔だ。カスパルは苦笑で返した。

「仕方ない。貴族の家に生まれた者の義務だ。シウに古書をもらったのだし、しばらくは我慢するさ。幸い、冬は人が少ない。そろそろ一巡する頃だから話題性もなくなるだろう」

　そう言うと、本の表面を撫でた。

「ところで、シウ。拾ってきた子は元気かい？」

「うん。ただ、廊下に人の気配があるとどうしても警戒してしまうみたい。僕といる時ならそこまで怯えた様子はないけれど、一人だと不安なようだよ」

「そう。まあ、大丈夫だというのなら構わないさ」

　せめて人型になれるのなら変装でもさせて外に出せるのだが――。

　シウが部屋に戻った時に見たのは落ち込んだロトスだった。全く、人化の兆しがない。藁にもすがる思いで頑張っても、その藁が一切感じ取れないようだ。

　慰め、寝かしつけた後に遊戯室へ来ていたシウは、思い出して眉尻を下げた。


　部屋に戻ると、寝ていたはずのロトスが起きているようだと分かった。フェレスたちは部屋を行き来するうちに廊下側の部屋で寝てしまったらしい。ロトスだけが一人で作業部屋にいる。静かに、ただ、もぞもぞと動く。そう言えば、この日シウが戻った時も部屋の隅で待っていた。その姿を思い出すと胸が痛む。

　シウが作業部屋に入ると、ロトスが顔を上げた。

「どうしたの。寝られなかった？」

（うん。あのさ。えっと、あの、俺ってバカだろ。ごめんな。迷惑ばっかりで）

「迷惑なんて思っていないよ」

第四章

聖獣の王への報告と同郷人会

（うん、だけどさぁ）

もじもじと、前脚を何度も動かす。俯く姿がいじらしい。シウは微笑んだ。

「僕こそ、ごめんね」

きょとんと顔を上げるロトスに、シウは笑ってウインクした。

「チートじゃないからね。もし僕がチートだったら、聖獣を取り上げられずに済むだけの力を振るえた。堂々と一緒にいられるよね。それに、ロトスを辛い目に遭わせた王を懲らしめられた」

ぽかんと口を開けていたロトスが、やがて耳をピコピコ尻尾をフリフリと、忙しなく動かし始めた。

（えー、いや、それやっちゃうと魔王にならない？　魔王チートも面白いけどさ。いくら俺でも王政とか権力がどんだけヤバいかは分かるし。この世界で生活していくなら、この世界のルールに従うべきだし。シウは全然悪くないだろ。俺がダメなんだって）

「ロトスはダメじゃない。まだまだ幼獣なんだよ。分からなくても当然だ。人化も焦らなくていい。狭いけど、またリュックに入って外に行こうよ」

「きゃん……」

ロトスは「うん」と小さく答え、獣としての習性なのかシウに体を擦りつけた。照れ臭いのか「にゃはは」と笑って、お気に入りの毛布で作った寝床に逃げ込む。

その後を、シウやロトスの声で起き出してきたフェレスが追う。クロとブランカもだ。ブランカは寝ぼけ眼でよろよろしているが、ちゃんと追いついた。

幼獣二頭がロトスの寝床に入り込み、それを囲むようにフェレスが寝転ぶ。まるで「自分たちも仲間だ、一緒にいよう」と言っているかのようだった。ロトスが毛布から顔を出し、小さく鳴いた。

フェレスの優しさにシウはいつも救われている。彼がいるからクロもブランカも優しい子になった。ロトスも慰められるだろう。

シウは自分の毛布を持ってきて彼等の横に並んだ。フェレスがさりげなく尻尾を掛けてくれる。シウもフェレスの存在に慰められていた。

翌日、シウが王城の門で待っているとアルフレッドが迎えに来てくれた。彼はヴィンセントの秘書官の従僕になる。シウとは本好き仲間だ。案内してもらう間に本の話をよくする。

「アルフレッドが来てくれたってことは、ヴィンセント殿下に挨拶しないといけないのかなあ」

「少しだけお時間ができたようなので『顔を出す』と仰っていたよ」

そのままヴィンセントの執務室に行くのかと思えば、案内されたのはシュヴィークザームの部屋だ。シウは顔馴染みの近衛騎士らに挨拶し、中に入った。むすっとした顔のシュヴィークザームが目に飛び込む。反対側のソファには、足を組んだままお茶を飲むヴィン

第四章

聖獣の王への報告と同郷人会

セントがいた。

シュヴィークザームはシウを見るなり目を輝かせた。聖獣たちの多くは人型になれても、人間のような表情を作るのが苦手だ。シュヴィークザームも元々は無表情だった。しかし、雰囲気や目の色で案外と感情は伝わる。

「よく、来た！　さあ、我の部屋へ行こう」

応接間の隣にある私室へ行こうとするも、ヴィンセントが待ったを掛ける。

「シュヴィ、まずは挨拶からではないのか」

ムッとするシュヴィークザームに「まあまあ」と手で合図し、シウはヴィンセントを見た。

「ヴィンセント殿下、お久しぶりです」

「ああ。お前は相変わらずのようだ」

チラッと、シウの後ろにいるフェレスを見た。更に、大きくなったブランカと、シウの肩に乗ったままのクロにも視線を向ける。

「本当に、相変わらずだ」

どこか呆れているようにも見える。フェレスに猫の鞄を背負わせているからだろうか。しかし、それは本獣が望んだものだ。決してシウの趣味ではない。いや、可愛いと思ってはいるのだが。

そもそも、貴族でもないのに三頭の希少獣持ちは珍しい。昨年は妬みゆえの嫌がらせもあった。貴族が難癖を付けてフェレスを接収しようとした事件もあったが、ヴィンセントはシウを守ってくれた。シウがシュヴィークザームと仲が良いのも理由の一つだろう。

何より、キリクが後ろ盾になっているからと公言しているからでもあった。

「オリヴェルと親しくしているようだな。あれも、最近は落ち着いて明るくなった。将来についても前向きだ。乳母の件ではシウに助けてもらったと感謝の言葉を口にしていた。知らずに、礼の一つも言えなかった。悪かったな」

「いいえ。オリヴェル殿下が落ち着かれたのなら良かったです。勝手に遊びに来たこともありますし、ご迷惑じゃなければそれで十分です」

「迷惑ではない。シーラやカナンとも遊んでくれたようだ。ありがとう」

シーラとカナンはヴィンセントの子供で、シウは彼等と何度か遊んだ。

ヴィンセントは美形ではあるが表情筋が動かず、どことなく蛇を思わせる風貌だ。口調も冷たい。仕事に対しても厳しいと聞いたことがある。しかし、我が子にはちゃんと愛があるようだ。

「また何か妙なことを考えているな？」

「いえ」

シウがぶんぶん頭を振ると、シュヴィークザームがじれた様子で戻ってきた。

「もういいのではないか。挨拶はとっくに終えたと思うのだが？」

そう言ってシウの手を引っ張る。ヴィンセントは肩を竦め、シウは会釈で退出した。

忙しい身だ。ヴィンセントはその後すぐに部屋を出ていった。本当に挨拶のためだけに来ていたらしい。

第四章

聖獣の王への報告と同郷人会

シュヴィークザームの私室に入ると、彼は早速ソファに座った。

「シュヴィ、元気みたいだね」

「いつも通りだ。それより、シウ。来るのが遅いのではないか？」

「僕も忙しいんだよ」

シウがポンと返すと、シュヴィークザームは「む」と唇を尖らせた。最近、人間らしい表情をするようになった。ただ、女の子がすれば可愛い表情も、無表情の青年がするとおかしみがある。シウは笑いを堪えて本題に入った。

「シュヴィに相談というか、頼みたいことがあったんだけどなあ」

「何？」

ソファにふんぞり返っていたシュヴィークザームがパッと起き上がる。

「頼みとは何だ。言ってみるが良い。普段、おぬしには世話になっているからな。たまには我の力を貸してやろう」

「ありがと。その前に確認なんだけど、シュヴィも聖獣だから嘘はつけないよね」

「む、そんなことはないぞ」

「ヴィンセント殿下に問い詰められても喋らない？」

うむむ、と唸る。

「……ヴィン二世に隠し事か？」

「うん。といっても、悪事じゃないよ。ないんだけど、伝えてしまうと殿下が大変になる」

「うむ？」

「迷惑を掛けてしまうんだ。彼だけじゃなくて周りにも」

シュヴィークザームは「ふむ」と、考える様子だ。シウは続けた。

「そうだとしてもシュヴィに相談したい、力を借りたいと思ったんだ。ずっとじゃない。落ち着くまでの間だけ黙っていてくれたらいいんだ。でも無理かなあ」

シュヴィークザームの様子を眺めると、彼は「うむむ」と唸り始めた。

頼られて嬉しい気持ち半分、しかし隠し事ができない自分の性格も分かっているから不安が半分、だろうか。

結論が出る前に、シュヴィークザーム専属のメイドがやってきた。カレンだ。彼女がお茶の用意をしてくれる間に、シウは昼食の準備に取りかかった。

この日の昼食はお好み焼きにした。冬キャベツが美味しいからと昨夜作ってみたら評判が良かった。特にロトスが鉄板を囲んで作る形に喜んだ。彼の祖母は関西人で、焼き方に煩かったそうだ。その教えを受けたロトスが「コテで押さえるのはダメなんだって」と楽しげに教えてくれた。山芋もたっぷり入れるらしい。

ロトスは、摺り下ろしの際に出来る山芋の端っこを「一緒に混ぜて」と頼んだ。誰に当たるか分からないそれを、子供の頃に楽しんでいたようだ。ほくほくしてとても美味しく感じたらしい。

第四章

聖獣の王への報告と同郷人会

その話を聞いたフェレスたちも、誰に当たるのかとワクワク顔で待っていた。残念ながら、誰に当たったのかは分からなかった。勢い良く食べるフェレスやブランカが飲み込んでしまったのだろう。そうだとしても楽しい時間だった。

シュヴィークザームにも昨夜の楽しい出来事を話して聞かせた。

案の定、子供みたいなシュヴィークザームは「山芋の欠片(かけら)」に興味津々だ。

カレンも一緒になって鉄板の上を眺める。彼女はメイドという立場ではあるが、今は一緒に食事を摂(と)る仲間だ。他に誰の目もない。ここだけの秘密である。

シウはロトスに教わったルールでお好み焼きを作った。ジュージューと音まで美味しそうだ。ソースを掛ければ部屋いっぱいに匂いが充満する。マヨネーズも掛けた。

ゴクリと唾(つば)を飲み込む音の元はシュヴィークザームだ。鉄板を睨(にら)むように見つめている。

「もうすぐだから。はい、仕上げに青海苔(あおのり)と鰹節(かつおぶし)」

「おお！　動いているぞ！」

「まあ。これはなんですか？　生きているのですか？」

「違います。これは食べ物です。熱のせいで動いているように見えるだけで」

食べやすいよう切り分けてから各自の皿に載せた。

「岩猪(いわいのしし)とイカ、エビが入っているからね。僕はこのまま次の焼きそばを作るので、先に食べてて」

二人ははふはふ言いながら食べ始めた。熱いが、勢いは止まらない。ロトスも話していたが、お好み焼きは熱々が美味しい。

フェレスたちには少し冷ましたお好み焼きを出したが、それは彼等が早食いだからだ。冷まさないと舌を火傷してしまう。

シウはちょこちょこと摘み食いをしながら焼きそばを仕上げた。

「使用する食材はほぼ同じなんだけど、味や食感が違うでしょう？」

「うむ。全然違う。作る過程でこれほども変わるのだな」

「こちらも美味しいですわ」

焼きそばはオスカリウス領の竜騎士たちにも人気だ。以前、シウが披露したところ、人気になって自分たちでも作るようになった。今では隊の定番メニューになっている。

シュヴィークザームやカレンにも喜んでもらえて何よりだ。

食事が終わると、シウは魔法を使って部屋の匂いを消した。鉄板も綺麗にする。この鉄板を使って今度はデザートを作る。二人ともまだお腹に入るというので休憩なしだ。

「それは何だ？」

「蕎麦粉で作った生地の素だよ。今日はガレットにするね。いろんな食べ方ができるんだ」

「ふうむ」

ガレットは作り慣れている。専用の器具も生産の授業で作ったばかりだ。生地を丸く広げるための器具である。ロトスに教えてもらって形が完成した。

生地を焼く間にトッピングの材料を取り出し、小皿に入れて並べる。

第四章

聖獣の王への報告と同郷人会

「とっぴんぐ、となっ？」

「好きな具材を乗せるんだ。端から順番に、角牛の乳で作った生クリーム、カスタード。チョコレートにナッツ類、あとは果物だね。ジャムはここに並べたよ。シナモンを入れたリンゴ煮は新作だね」

「おお！」

新作と聞くと声を上げた。シュヴィークザームは早速リンゴの甘煮を選んだ。シウが生地に置いて、くるりと巻くと「なるほど」と納得した。

「美味い！」

「まあ、もちもちした食感でございますね。美味しいですわ」

「組み合わせは自在だからね。僕のオススメはオレンジピールのチョコ掛け。ナッツと生クリームにチョコを掛けるのも美味しかったよ。自分の好みを探すのも楽しいから考えてみて」

シウの提案に、シュヴィークザームは俄然やる気を出した。どれがいいか組み合わせを考える。当然、作ったものは自分で食べるから、すぐにお腹がいっぱいになったようだ。もう動けないとソファに横たわる。楽しい一時だった。

満腹で寝転びながらも、シュヴィークザームはシウの話を覚えていた。

「さあ、我に頼みたいという話をしてみるが良い」

少々偉そうな態度にも見えるが、悪気はない。彼の話し方は以前の契約相手である国王

第四章

聖獣の王への報告と同郷人会

や、今の相手のヴィンセントに影響を受けているのだろう。

カレンはシュヴィークザームの言葉を受けて、サッと席を外した。

「たとえばの話なんだけど。聖獣の卵石を発見したら王族に献上するよね」

「うむ。そうだ」

「規則、というと語弊があるが、まあそうだな」

「絶対的なルール、この世界の規則でもあるのかな」

シュヴィークザームが「拾ったのか？」と視線で問う。シウは首を横に振った。拾ったのは卵石ではない。

「前に話したかもしれぬが、理由はある。保護だ。悪事に利用されぬためにもな」

「保護した人が、その王族が悪人だった場合はどうなるんだろう？」

「む、それはいかん。待て、何故そのようなことを聞く」

「古書を読んでいて気になったから？」

シウの適当な答えを、シュヴィークザームは疑わなかった。

「ふむ。王が悪事を働くようであれば、その時代の聖獣の王が守護するのが道理よ」

「今だと、シュヴィが守護することになる？」

そうだと頷くシュヴィークザームに、シウはもう少し突っ込んだ質問をした。

「本当に守れる？　シュヴィは聖獣の王だから強いのかもしれない。でも相手は他国の王だよ。国際問題に発展しないかな」

「確かに、そういう意味では問題かもしれぬな。しかし、仮定の話をされても困るぞ」

言いながら、シュヴィークザームはシウの心を読もうとしてか強く目を見る。

「……まあ、守り抜くしかあるまい。親は我が子を守るものだ」

「国を巻き込むよ。戦争を仕掛けてくるかもしれない」

「おぬしは我に何を言わせたいのだ」

「安心できる答え、なのかな。僕がシュヴィの立場なら怖いと思う。自分の判断で戦になるかもしれないんだ。どっちを取るか、なんて選択もできない。それなら王一人をなんとかすればいいと考えてしまう」

「おぬし、案外と過激だったのだな」

ルールは、どこまでなら破っていいのか。どういう理由があれば許されるのか。シウには分からない。

ただ、ロトスを殺そうとした人間の下には絶対に帰したくない。守り切れる力はあると思っているが、できれば堂々と暮らしたいに決まっている。

シウが欲しいのは特例だ。シュヴィークザームに認められたという「安心」が欲しい。

シュヴィークザームは、シウが「たとえ」で話しているのではないと気付いたようだ。

「その可哀想な卵石は、今は保護されておるのか？」

「うん。あ、卵石じゃないんだけどね」

「であれば、尚更に我の力が要るではないか」

何故もっと早く来ないのだと怒り始める。シウは叱られながらもホッとした。シュヴィークザームが少しも迷わなかったからだ。それが、こんなにも安心できるとは思わなかった。

シウは簡単に流れを説明した。迷惑を掛けるかもしれないと躊躇した部分についてもだ。

「……そうか、我に遠慮してか。力ないことを憂慮したか。この国の未来を案じたか」

そうだとしても相談してほしかったと項垂れる。聖獣の王は、シウが思う以上に聖獣を思っているようだった。

「それだけじゃないよ。その子は助けた僕に信頼を寄せている。お互いの波長も合った。だからだろうね、聖獣のルールについて説明したら『離れたくない』と願われた」

「我の下に来れば安全だというに、お主と離されることを恐れたか。それほどまでに辛い経験であったのだな。今が少しでも楽しいのであれば良いのだが」

「人型になれたら、もう少し自由にさせてあげられるんだけどね。それに成獣になったら力も自在に使えるようになる。それまでの辛抱だね」

「うん？　まだ人型にはなれぬのか？　幼獣であろうと転変はできるはずだが……」

「本人にも理由は分からないみたい。僕も人化スキルのことはさっぱりだし」

「ふむ。一度会えぬか」

「それは僕も願ったりだけど、どうやって？」

シュヴィークザームがブラード家に飛んできたら、ヴィンセントどころか王都中に知れ渡る。そもそも、ヴィンセントにロトスの存在を知られたら「保護」されてしまう。

その後が問題だ。シュヴィークザームの庇護下にあって幸せに暮らすのならまだしも

――ロトス自身は自由がないと嫌がっていたが――ウルティムスにバレた時に「絶対に守ってくれる」という保証がない。

シウはシュヴィークザームを信用しているが、政治は信用していない。法など時勢で簡単に変わる。

だから、絶対にバレるわけにはいかない。せめてロトスが成獣になるまでは。

シュヴィークザームも分かっているから安易に飛んでいくとは言わなかった。悩ましげに考え込む。

「僕も連れてこようかと考えはしたんだ。だけど、王城の門には『危険な魔道具を身に着けていないか』検査する魔道具があるよね。簡易だから通り抜けられるけど、この国は魔法使いが多いし、どこで気付かれるか分からないもの」

シウも自分に万全の力があるとは思っていない。

「ふむ。少し考えてみるとしよう」

「うん。あ、さっきの話は全部架空の話だからね」

「分かっておるわ。やれ、おぬしのことだ、バレたらどぞこに逃げる気でおるのだろう？」

シウは曖昧に笑った。皆に迷惑を掛けたくないから、なるべく下手な逃げ方はしないつもりだが、最悪のパターンについては考えている。

シュヴィークザームはふっと息を吐いた。

「シウよ。我が同族の子をよろしく頼むぞ」

第四章

聖獣の王への報告と同郷人会

「はい」

安心をくれたシュヴィークザームに、シウは尊敬の念を込めて頷いた。

とはいえ、シュヴィークザームだ。シウはくれぐれも内緒だと念を押し、帰路に就いた。


帰宅後、ロトスに今日の出来事を話して聞かせた。シュヴィークザームがどんな聖獣なのかも説明する。しかし、聖獣の王としてロトスを守りたいという気持ちは確かだ。憐れみの心を持つシュヴィークザームの話は、ロトスの心を軽くするだろう。

「それにね、僕に万が一のことがあってもフェレスがいる。彼は頼りになるよ。もちろんシュヴィもだ。シュタイバーン国にはキリクだっている」

（キリクって、あの綺麗なお嬢様の婚約者か）

「そうだよ。オスカリウス辺境伯って言えば有名だからね。誰でも知っている」

（リア充なんだよな。くそー。でも、頼りになるのか。分かった、ちゃんと覚えておく。だけど、万が一とか怖いこと言うのは止めてくれ～）

シウは笑って頷いた。

（その前に人化だよなぁ）

「できなくても、今ならまだウルペースのフリができるよ」

ウルペースは騎獣だから偽装がし易い。ただし、尻尾を隠す必要はある。シウが広がった九本の尻尾を見ると、ロトスが気付いて振り返った。しかし、小さな体では全体像が見えないようだ。見ようとして追いかけるうちにグルグル回る。ブランカのように尻尾を咥えるまではいかない。

（俺、三頭身だよな。狐なのにまんまるだし、もこもこしてる。もうちょっと格好良いのを期待していたんだけど）

「大人になれば変わるんじゃない？　子供のうちは皆コロコロだよ。ブランカも猫、いや、ライオンやトラの子供みたいだった」

　フェレスは猫型騎獣だから、幼獣の頃は猫そのものだった。

（そっか。あ、狐って顔がみょーんと長いんだよな？　しまった。俺、柴犬ならタヌキ顔が好きなのに）

「ロトスは本当に『格好良い』だけで種族を選んだんだねえ」

（シウは？）

「僕は記憶があればいいな、ぐらいだったから。そのせいかな、前世の顔に似てる」

（そういや、お嬢様やお付きの人たちとシウの顔付きは少し違わないか？　なんか薄い気がする）

「僕の顔はシャイターン人に近いみたいだね。この世界には多くの人種がいるから、僕の顔ぐらいじゃ悪目立ちはしないよ。それより、聖獣の人型の方が目立つね」

（あー、言ってたっけ）

「人型になった時にも黒い部分があるといいよね」

（うぇー。そういうの願っていたら現れないかな。頼む、俺の人化、頑張って！）

　格好良いのは好きでも悪目立ちは嫌だと、ロトスは悩ましげにグルグル回り始めたのだった。

◇◆◇◆◇

授業のない木の日に、シウはまたロトスを背負い袋に入れて王都を出た。冒険者ギルドで採取の仕事を受けたからだ。

外壁を過ぎると早速フェレスに乗って飛ぶ。すると、眼下に作業中の人々を見付けた。もうパイプの設置が始まっている。順調のようで、一つ目の森から三つ目の森までの街道がしっかりと見えていた。

三つ目の森を過ぎると平面の雪景色がしばらく続く。ロトスは背負い袋の中から「すごいすごい」と感動の声の声を上げた。

そのうちにミセリコルディアの山並みが見えてきた。そこかしこに雪は積もっているけれど、木々の間までは埋まらない。その空間のおかげで山の場所が分かる。

山脈に続くシアーナ街道の入り口も見えた。隊商が踏み固めているからだろう。実際、奥の方に隊商の一団が進んでくるのが《全方位探索》で分かる。冬であろうと流通は止まらない。彼等は無理をしてでも山越えする。その分、魔法使いを多く雇うようだ。

シウたちは街道を逸れて山の中に入った。何度も分け入った場所だ。フェレスの飛行には迷いがない。

いつもの休憩場所に到着すると、シウは魔法で雪を払った。剝き出しとなった地面に、小屋を取り出して設置する。見ていたロトスが「アイテムボックス、いいなぁ！」と羨ましそうだ。

「ロトスが人型になれたら作ってあげるよ」

（マジでっ？　やったぁ！）

喜んで飛び跳ねる。素直に感情を表すロトスに、シウは微笑んだ。本当は今すぐにでも作ってあげたい。しかし、彼のやる気を保つため「ご褒美」とした。


山ではロトスと採取に勤しんだ。見分け方や切り取り方、効能について説明する。

その間、フェレスがクロを指導したがっていたので任せることにした。もう飛行ができるクロに、スピードマニアのフェレスがうずうずしていたのだ。一緒に飛び回りたいのだろう。安全に気を付け、無理をさせないと約束してから二頭を送り出す。

ブランカには「命令厳守」の訓練をさせる。彼女の運動能力は高い。成獣になって飛行できるようになれば、あっという間に追いつける。それよりも大変な「我慢」を覚えさせたい。シウは採取しながら、時々ブランカに目を向け注意した。

「尻尾が動いているよ」

「ぎゃぅ」

「ジッとしているだけの仕事もあるんだ。これぐらいが我慢できないようならブランカには乗れないなぁ」

「ぎゃぅんっ？」

そんなのは嫌だ、と鳴く。シウは内心を隠し、キリッとした表情で続けた。

「フェレスは僕の指示通りにできるよ？　だから乗りやすい。僕もブランカに乗って飛びたいんだけどなあ」

チラリとブランカに視線を向ける。わざとらしい口調と演技ではあったが、ブランカには通じたようだ。

「ぎゃぅ、ぎゃぅ！」

ぶーたん、がんばる。

そう言って、尻尾を体に巻き付けた。それから脚で尻尾を踏みつける。動かないようにするためだろうか。その姿が面白くて可愛くて、シウは笑いを堪えた。

しかも、ロトスまで同じ格好で座り込んだ。尻尾をクッションのようにして待ての体勢だ。その姿にシウは吹き出してしまった。ロトスは「知らないうちにこうなってた」と首を傾げている。釣られたのだろう。彼の場合はブランカほど教え込む必要はなさそうだ。


昼食はバーベキューにした。

（雪の中でバーベーキューって最高の贅沢じゃね？）

ロトスが飛び跳ねて喜ぶと、ブランカも一緒になって飛び跳ねる。彼等は白地に黒の模様があるせいで、きょうだいのようだ。仲も良い。遊びの延長の取っ組み合いを始める。フェレスが相手だと簡単にあしらわれていたので、その逆の立場がブランカには嬉しいらしい。

こうして見ると、ブランカはクロに遠慮していたようだ。ぶつかってのし掛かる、といった真似はしなかった。

「ほら、遊ぶのは止めて食べよう。冷めちゃうよ。ロトスもブランカの相手は適当に切り上げていいんだからね」

（分かった。おーい、ブランカ、ご飯だってよ）

「ぎゃぅぎゃぅぎゃぅ〜」

（お前さぁ、メシメシ言うなよ。女の子だろ？　え、子分の話し方？　フェレスが言ってた親分と子分の話か？　もう意味わかんね。シウ、こいつらホント、大丈夫か？）

笑いながら文句を言う。

「あはは。でもさ、獣が意思を持って話すんだよ。それってすごくない？」

（そりゃまあ、不思議というか、すごいけど。あれ、待てよ。俺の場合は『あの子、聖獣なのに超賢い』って言われるのかな？）

にやけているのが分かる。ロトスは獣の姿だろうと表情豊かだ。

シウは否定も肯定もせず、笑って頷いた。


午後は魔獣狩りだ。少し早いかもしれないが、シウはロトスに魔獣を倒す場面を見せたかった。彼に、そこらの魔獣が聖獣より強いとは思ってほしくない。怯む相手ではないのだ。今はまだ幼獣のロトスも、あっという間に成獣となる。そうなれば無敵だ。

まずは、山二つを越えた先に魔獣を見付けたので向かう。フェレスに乗っての移動だ。

現場に着くとシウは飛行板に乗り換える。ブランカは地上に降ろした。飛行板に乗せられないほど大きくなったからだ。それにフェレスが狩りの仕方を教えるという。

シウはクロとロトスを飛行板に乗せ、上空からフェレスの戦い方を見た。

獲物はルプス、狼型の魔獣である。ルプスは三匹で、群れとも呼べない数だ。フェレスなら簡単に倒せる。

ルプスは跳躍力があり、シウがホバリングしている上空四メートルの高さなら届いてしまう。囮のつもりでギリギリの高さを飛んでいたが、ロトスは「まさかここまで来ないだろう」と思っているのか余裕の表情だ。飛行板の先端に立ち、覗き込んでいる。

フェレスはルプスに挑発を繰り返し、一匹ずつに散けさせて追い込んだ。ルプスが囮役のシウに飛びかかろうとするところを、間合いを一気に詰めて倒す。

一撃必殺だ。喉元に嚙みついて骨を折る。その様子を間近で見ていたロトスが体を震わせた。彼には生々しすぎたのか、怯える様子が伝わる。

ブランカは反対に興奮していた。自分もやりたい、倒したいと思っている。しかし、自分にその実力がないことも分かっているようだ。何度も前のめりになり、また戻るというのを繰り返している。残りのルプスを倒せるのではないか。自分に問うているようにも見えた。

そんなブランカを、フェレスが「にゃ！」と鳴いて止める。まだ無理だと諭したようだ。

見ていたルプスがブランカに狙いを定めた。気付いたブランカが脚を踏ん張る。立ち向かう気でいるらしい。

シウがロトスを見ると、さっきまで怯えていたのに今度はハラハラしている。

「大丈夫だよ」

背中を撫でると、強張っていたロトスの体から力が抜けた。

「フェレスがいるんだ。それに、僕も見守っている」

（うん）

シウの言葉通り、フェレスはブランカに飛びかかろうとしたルプスを倒した。一匹は前脚を使って目を傷付け、その間にもう一匹の喉を噛み砕く。倒したと同時に、目をやられて倒れ込んだルプスに止めを刺した。

（うぉぉー。すげぇ、フェレス、超カッコイイ！）

尻尾が高速で動く。クロも「きゅぃきゅぃ」と鳴いてフェレスを褒め称えた。

もちろんブランカも大興奮だった。


近くには岩猪もいて、ついでに倒す。岩猪はその場で解体した。

「初めてだったら気分が悪くなるかもしれないけど、大丈夫？」

（うん。俺も男だ。慣れなきゃなんないんだし、見る！）

張り切って堂々と見学していたロトスだったが、内臓を取り出したところで離脱した。よろよろと木陰に向かう。シウがフェレスを見ると、彼も気付いていてロトスを追いかけた。護衛はフェレスに任せる。

ロトスは吐き気だけでなんとか持ちこたえた。ところが、シウがフェレスに「ご褒美」

+第四章+

聖獣の王への報告と同郷人会

として内臓の一部をあげたところで耐えられなかった。今度は木陰まで走る余裕もなく、その場に蹲る。

シウは「よく頑張ったよ」と慰め、浄化魔法を使った。

落ち込んでいたロトスだが、王都に戻った頃には気分が浮上していた。行きと違って帰りはゆっくり冒険者ギルドを見学できたからだ。ざわめくギルドの内部や冒険者たちの姿が楽しかったらしい。

そして疲れたのだろう、屋敷に着くと同時に寝てしまった。

ブランカも寝てしまい、それならと全員を部屋に置いて賄い室に向かう。そこには休憩中のメイドやリュカがいた。シウも一緒にお茶を楽しみながら、リュカに今日の出来事を聞いた。

子供の成長は早い。以前はシウにべったりだったリュカが、薬師の師匠に学び始めて大人になった。性に合ったのだろう、とにかく毎日が楽しそうだ。

指先が緑色に染まって取れないのだと、笑う表情も柔らかい。

「師匠はね、作業が上手くできたら頭をこんな風に撫でてくれるの。ちょっと、おとうみたいだったよ」

真似てみせる時のリュカの頭がぐらんぐらんだ。シウだけでなくメイドたちも笑う。

「大きな手なんだね」

「うん。僕も、あんな手になりたいな」

「なれるよ」

「うん！」

えへへーと笑って、耳をピコピコさせる。子供は笑顔で幸せなのが一番だ。この子が父親を失った悲しみは一生消えないが、幸せな出来事が多くあれば少しは埋められるだろう。ロトスにも幸せな出来事が多くあるといい。シウはリュカの笑顔を見てそう思った。

金の日の午後、シウはいつもの如くヴァルネリに張り付かれていた。せっかくなので先週の続きを話す。

「魔力の保有量が多いと使える固有魔法も多いんでしょうか」

「そう言われているけど例外もあるしね」

ヴァルネリがシウを見る。

シウの魔力量は二〇だ。人族の平均値と同じである。これはヴァルネリも知っていた。更に、シウが固有魔法を持っていることにも気付いている。彼の言う「例外」に、シウも含まれているようだ。

シウは話題を少し変えた。

「魔獣は人間を襲って食べますよね。魔力がどこにあるのか本能的に分かっている」

「それ、そこ、微妙だよね。魔獣に魔力探知機能が付いているんじゃないかと思うよ。魔獣の生態には詳しくないから分からないけどさ」

「器官があるかどうかは僕も分かりません。だけど、彼等は分かっている。だって、魔力の多い人間から襲うもの」

以前は熱量が見えているのだと思っていた。しかし、それなら選り好みする意味が分からない。彼等はただの獣よりも人間を好むし、その中でも魔力の多い者を選ぶ。更に言えば、人間より魔力の多い騎獣を狙った。

「魔獣のことはいいよ。だって実験したところで言葉で伝えてくれないからね！」

ヴァルネリは院生や生徒に固有魔法を増やす実験もしている。シウも巻き込まれ掛けた。固有魔法はそう簡単に増えないから、後天的に増やせたシウに興味があるのだ。

「それより、この間の話だ。魔法の残滓を追う魔法。ずっと考えていたんだけどね――」

と、話題が続く。

「やっぱりどう計算しても魔力が膨大に必要だ。人間には無理だよ」

ハイエルフは人間になるはずだが、そういうことではないのだろう。

「聖獣なら可能かもしれないね。そうだ、ポエニクスとか！」

「先生、念のため言っておきますけど、聖獣の王に対して『実験に付き合ってほしい』なんて言い出さないでくださいね」

「……」

シウが半眼になると、ヴァルネリは視線を逸らした。しかしすぐ、シウを見て笑う。

「でも、魔力の残滓を追うためだけに大量の魔力を消費するだなんて、ロマンだね！」

「そうかなあ」

「ロマンだよ！　僕の研究に通ずるものがある」

そう言うと、ヴァルネリは猛烈にメモを取り始めた。何かのスイッチが入ったらしい。次々と考えが浮かぶのだろう。書いている内容が滅茶苦茶だった。チラッと見ただけでは、シウのような凡人には理解できない。このメモを解読できるのは天才のヴァルネリに慣れた秘書だけだ。

しかし、この時の会話がシウに閃きをもたらした。その日は屋敷に戻って魔道具の試作に勤しんだ。翌日になると早速冒険者ギルドに駆け込んで「試作品を試してほしい」との依頼を出した。

「魔力量の偽装、ですか。この魔道具が魔獣避けになると？」

職員が魔道具を矯めつ眇めつ眺める。

「まだ研究の段階です。魔獣が魔力を探知して人間を探しているかどうかはハッキリとしていません。だから、魔獣避け煙草や薬玉を使わない人に頼んでみたいんです」

「分かりました。ですが、依頼料が高すぎるような」

「だって、魔獣避けを使わないということは魔獣が狩りたいからですよね。魔道具が効いたら寄ってこないじゃないですか。獲物を探し回るのは大変ですよ」

「ああ、それで。分かりました。ですが、他の依頼の合間でも構わないと書いてありますよね？　そうなると、やはり依頼料が高めでは？」

✦第四章✦

聖獣の王への報告と同郷人会

「構いません。僕の依頼はただの実験ですから」

職員は苦笑したものの、依頼を受け付けた。

シウでは実験にならない可能性が高かったので助かる。なにしろ基本の魔力が少ないのだ。それなのに一緒にいるのは小型希少獣から聖獣と幅広い。

とりあえず、実験は数を重ねた方が正確性の高い結果を得られる。試作品は十を用意し、壊れない限りは何度も使用してもらうよう職員に渡した。

屋敷に戻るとヴァルネリに提出する書類を作った。研究している間に固有魔法が生まれてしまったからだ。基礎属性魔法のレベルが低くても使えることから、頑張れば他の人も増えるのではないだろうか。これなら発表しても問題ない。

むしろ、実験の結果にもよるが、広く知らしめた方が魔獣の脅威に怯えなくて済む。

シウは卒科のための点数稼ぎにもなるし良いことずくめだ。


午後は休む。昨日からずっと一心不乱に開発していたため、皆をほったらかしにしてしまった。主にロトスへのお詫びを兼ねている。ちなみに昼食は彼の好きそうなハンバーグにした。お子様ランチ風にして出すと「俺はもうそんな歳じゃないぞ」とプリプリ怒っていたが、がっつくように食べていたので内心は喜んでいたのだろう。

庭ではフェレスとクロが空間を縦に使った訓練を始めた。ブランカは恒例の「待て」を中心に、時折「美しく見える」所作を学ぶ。ただ座るだけでも、前脚を真っ直ぐに揃えたり重ねたりと種類は豊富だ。フェレスを見て育っているのに、ブランカはなかなか覚えられないようだった。

皆が飽きてきたら厩舎に行く。馬を見て、次に角牛を見学だ。久しぶりなので、シウは角牛のお世話に励んだ。その間、ちょこまか動き回るブランカを角牛が嫌がったので、フェレスに連れて出してもらう。クロはシウと一緒に残った。ロトスもだ。

（これが牛？　ありえねーだろ。なんだよ、この規格外の大きさ）

怯えるというほどではないにしろ、及び腰だ。ロトスからすれば角牛のサイズは桁違いである。驚くのも無理はない。

「大きいけど性格はおとなしいんだよ。魔獣でもない。ただ、怖がりだからパニックになりやすい。暴れると小屋を突き破るらしいよ。誰もが飼えるわけじゃない。ここは頑丈に作ってあるから大丈夫なんだ。それに美味しい餌があると覚えている。すっかり慣れたみたい」

（へぇ、そうなんだ！）

「角牛の乳は最高級品でね。ブラード家の料理人たちが余剰分でチーズを作ったり菓子にしたりして店に卸しているんだよ。その売り上げだけで餌代以上を稼ぐんだ。もちろん僕らも恩恵に与っている。ロトスも角牛乳の果実オレ、飲んだよね？」

（あれ、美味しかった！　それにチーズもとろとろで最高〜）

家畜が餌代を稼ぐなんてすごいと、ロトスは素直に驚いた。

ところが、その後で急に落ち込む。尻尾がしょんぼりと垂れて見るからに可哀想な姿だ。

「どうしたの？」

（だって。俺、タダ飯食らいじゃん。稼ぎもないし、ヤバいよ）

角牛と張り合ったらしい。

「そんなこと考えなくていいよ」

大体、それを言うならクロやブランカも稼いでいない。

ロトスはなまじ二十歳だった頃の記憶がある分、純粋な子供になれないのだ。

シウも同じだった。思い当たるあれこれを口にするのは恥ずかしいが、かつてシウが言われた言葉を連ねてみる。

「ロトスは子供なんだから、子供みたいにしておけばいいんだよ。いつかは大人になるんだ。それまで子供らしくしていればいい」

（でもぉ……）

「無理して大人にならなくてもいいんだ。僕もよく言われたから気持ちは分かるけど」

（そういや、シウの場合は元がお爺ちゃんだもんなぁ）

同情めいた視線にシウは苦笑いだ。

「そう。だから大人ぶった言葉遣いや態度を取っちゃう。知らない人からすれば背伸びした子供だよね。そりゃあ、変な子に見えたと思う」

（今は普通なんだろ？　懐はでっかいけどさ。喋り方とかも子供みたいじゃん）

「まあね。年齢に精神も引っ張られるから。お爺のままだと引きこもってたね」

（引きこもり！）

「今は行動的だよ。……だよね？」

思わず確認すると、ロトスはうんうん頷いた。

（超行動的。シウがお爺ちゃんのままだったら絶対やってなかったことをやってる。ほら、俺も助けてもらったし）

「うん。ロトスも年齢に引っ張られていいんだよ。もっと子供でいよう。そう、幼獣なんだから赤ちゃんでもいいんじゃないかな」

（えっ、それはヤダ。赤ちゃんプレイなんてマジで無理。勘弁して！）

自分の言葉に大受けし、ロトスは笑いながらその場でグルグル走り回った。

風の日は同郷人会に招かれており、シウとカスパルは馬車に乗ってエドヴァルドの屋敷に赴いた。フェレスたちも一緒だ。彼等もおめかししている。
フェレスはピンク色の水晶で飾り付けた首輪を着けていた。光り物の好きな彼が吟味して選んだピンク水晶である。
クロには翡翠と青玉を脚環にして着けた。羽根にも小さな飾り玉を取り付ける。重ければ削ろうと思っていたが、問題ないそうだ。嬉しそうに眺めている。
ブランカは拾ってきた宝物の中から琥珀を取り出し「絶対これ」と言わんばかりにシウへ押し付けた。ブランカにとっては「シウの目とおなじ」であることが大事で「おそろい！」だと喜んだ。

第四章

聖獣の王への報告と同郷人会

シウが「三頭のオシャレ」についてカスパルに教えていると、どうやらクロも同じ考えで色を選んだと判明した。彼の場合はフェレスとブランカの瞳の色だった。ところが、ブランカが「シウとお揃いを選んだ」事実を知って、ショックを受けた。

先を越されたと思ったのだろうか。あるいは思い付かなかった事実に慌てたのか。シウの座る席の後ろに入り込む。

シウとカスパルは笑いを堪えるのに必死だった。

話を変えようとして、ダンがフェレスに「その石を選んだ理由」を聞くと――。

「にゃにゃにゃにゃ〜」

ピンクが可愛かったから。ただそれだけらしい。さすがはマイペースのフェレスだ。しかもブランカやクロの話を聞いても気にしていない。答えを聞いて全員が笑った。

エドヴァルドの屋敷は馬車で十分ほどのところにあった。貴族街の中でも王城に近い。屋敷も立派で、立地的にも規模的にもよく空いていたものだと思う。シウの疑問に気付いたカスパルによると「ラトリシア貴族から数年単位で借りているのかもね」とのことだ。

領地に引きこもり、必要最低限しか王都に出てこない貴族もいる。たとえば王都の屋敷が先祖代々のものとして、今代では維持が厳しい場合には借りてくれる人がいれば有り難い。シウは「なるほどなあ」と納得した。

門を過ぎ、屋敷内の停留所に馬車が着く。何台もの馬車が停まっている様子からも、シウたちの到着が遅かったと分かる。それでも慌てないのが貴族だ。カスパルはリコの手を借りながら、ゆったりと降りた。そして、出迎えた執事に鷹揚に挨拶する。

　カスパルは執事の案内で屋敷に向かって歩き出した。その後ろを、ダンが従者らしく付いていく。シウも真似ることにした。ところが、気付いたダンに前を歩けと視線で怒られる。諦めてカスパルの横に並んだ。

「君も往生際が悪いねぇ」

「だって」

「『だって』は、使ってはいけない言葉だよ？」

「はぁい」

　豪華なアプローチを抜けると、開け放たれた大きな扉の向こうにホールが見えた。ホールも広いが、奥に続く大広間がもっと広そうだ。あちこちの扉が開いており、明るい調子の音楽が流れてくる。

　シウが「貴族のパーティーはすごい」と感心していると、

「庶民もいるからかな。気を遣って、こぢんまりとした催しにしたようだね」

と、カスパルが言う。シウは内心の驚きを隠して曖昧に頷いた。


　エドヴァルドは大広間の入り口に立ち、客人それぞれに挨拶中だった。

「やあ、カスパル。それにシウも！　そちらは、ダンだったかな」

「久し振りだね、エドヴァルド。元気そうじゃないか」

「こんにちは、エドヴァルド先輩。お招きありがとうございます」

+第四章+

聖獣の王への報告と同郷人会

「おや。君、そんなことは露ほども思っていないよね？」

カスパルが横から突っ込んでくる。シウは笑って無視した。エドヴァルドは苦笑いだ。

「君たち、随分と仲が良くなったようだね。同じ科で学んでいたとはいえ、一緒に住むことで信頼関係が生まれるのかな？」

「ロワルにいた頃も仲は良かったはずだが？　ねぇ、シウ」

素っ気ない物言いで返す。カスパルらしい口調と態度ではあるが、知らない人からすればハラハラするようだ。何かあったのかとチラチラ見ている人がいた。

もちろん、シウよりエドヴァルドの方がカスパルとの付き合いは長い。彼がこういう人だというのも知っている。エドヴァルドは全く気にせず、

「君は変わらないね。まあいいさ。奥へどうぞ。皆が集まっているよ」

と、手で大広間を示した。

この日の集まりは「同郷人会」だ。客として招かれているのはシュタイバーンの出身者ばかりである。シーカー魔法学院の生徒以外にも、たとえば外交官として派遣されている貴族や、他に商人などがいる。そのため年齢に幅があり、生徒とそれ以外で大きく分かれていた。大人組にはグランバリ家の執事や家令が付いているようだ。

エドヴァルドはシーカーの生徒を中心にホスト役を務めている。しばらくして、シウたちのグループにも挨拶にやってきた。

「でもまさか、クレールとディーノが仲良くなっているとはね。驚いたよ」

「いろいろあったからね」

クレールが苦笑する。

「そう、だから、君が同郷人会を催してくれて良かった。学校では堂々と話せないこともあるからね」

「なるほど。僕が知らない情報もあるようだ」

エドヴァルドは上位貴族だから情報も多く集まるだろうが、詳細までは分からない。クレールはちょうど良い機会だと、彼にシーカー魔法学院で何があったのかや気を付けるべき事柄を告げた。

特にヒルデガルドが起こした事件はラトリシア貴族に悪い意味で広がっている。社交で嫌味を言われる可能性もあるのだ。上手く躱すためにも正しい情報を知っておいた方がいい。

また、優秀なエドヴァルドなら必須科目を早々に修了するだろう。その次に選択する専門科目の情報は大事だ。実際に受講した者の話は新入学者のためになる。

「ニルソン教授は傲慢な考えの持ち主だ。声の大きい方だから戦略指揮科では幅を利かせている。授業内容を考えても、サハルネ教授の方が良いと僕は思うよ」

クレールはどちらの授業にも出ているから比較ができる。どんな内容だったのか、具体的な例を交えて説明した。

「そうなのか。実際を知っている生徒に聞かねば分からぬことばかりだな。確かにこの場を設けて良かったようだ。しかし、わたしばかりが得をしてしまうね」

第四章

聖獣の王への報告と同郷人会

「他の生徒や後輩に返してくれたら良いさ」

二人が気さくに話すのは、クレールが年上で、かつ生徒会長としても先輩であったからだ。エドヴァルドはクレールに敬意を払っているのだろう。

ディーノはクレールの横で頷くだけだった。シーカーではエドヴァルドの先輩になるとはいえ、クレールほど付き合いはないことや身分の違いを弁えてのことらしい。

学校の食堂では貴族らしからぬ態度のディーノだが、今は貴族の顔をしている。

シウは他人事のように彼等を見ていたのだが、突然話が振られた。

「シウ、君の噂はロワルでも聞いていたけれど、こちらではもっとすごいのだね。挨拶回りを兼ねたパーティーに参加したところ、何度も君の名前が出てきて驚いたよ」

「えっ」

「知らぬは本人ばかりなり、ってね」

シウと同じように無言でいたカスパルが口を挟む。チラリと視線を向ければ「ふふ」と楽しそうに笑った。

「貴族社会でシウを知らない者はいないさ。ラトリシアでも、エドヴァルドがシュタイバーン出身だと聞けば当然シウの話題を出すだろう。君、この国の王太子殿下と何度もお目に掛かっているだろう？　その上、聖獣の王とも仲が良い。名を知られる要素ばかりだ。君だって自覚しているよね」

シウは溜息を吐き、頷いた。

「望むと望まざるとに拘らず、いつの間にか巻き込まれているんだ」

周囲の人が笑う。貴族であれば名が売れることは喜ばしい。先ほどの例であれば、自慢こそすれ、溜息を吐くようなことではなかった。それが面白いようだ。

「シウは良いことも悪いことも引き寄せちゃう性質(たち)だからな」

ディーノが小さく突っ込むと、クレールが吹き出した。

エドヴァルドが腕を組む。

「ふむ。悪いこととはヒルデガルド嬢の件かな。ベニグド＝ニーバリ殿の話もあったね。では、良いことというのはなんだい？」

エドヴァルドが問う。答えたのはお澄まし顔のディーノだ。

「そりゃあ、卵石を手に入れた件でしょう。しかも騎獣が二頭と、小型希少獣とはいえ賢いグラークルスだ。幸運すぎませんかね」

「それは確かにそうだね」

エドヴァルドがシウを見た。肩の上に、クロがちょこんと乗っている。

フェレスやブランカはクロと違って体が大きいため、皆の迷惑にならないよう大広間の端にいた。従者が集まるスペースで、ダンやコルネリオが面倒を見てくれる。彼等は彼等で従者としての情報交換中だ。

「本当だ。とても賢そうじゃないか。おとなしくしていられるし、偉いものだ」

褒められたと気付いたクロが、恥ずかしそうにシウの髪に隠れようとした。もちろん無理だ。頭は髪の中に隠せても、体は見えている。

「おや？」

「照れたみたい。クロ、恥ずかしがらなくてもいいのに」

「可愛いねぇ」

皆が褒めそやす。クロは注目されて益々シウに身を寄せた。最終的には髪の毛を咥えてツンツン引っ張る。どうしていいか分からなくなったらしい。

「きゅぃぃ……」

カスパルも目を細め、その場が一時ほんわりとした空気に包まれた。


今回、シュタイバーン国からシーカー魔法学院に入学するのは、エドヴァルドを含めて五人だ。毎年五人から十人ぐらいの人数が入学することを思えば、今年は少ない。

大抵は魔法（高等）学校を卒業してシーカーに入学する。稀に、留学という扱いで入る生徒もいた。シーカーに入学するために必要なのは、実は推薦だ。シウたちも魔法学校を卒業した上で学校の推薦を受けている。

他に、たとえば地方で学ぶ子供もいるだろう。一人で学ぶには限度があるため、ほとんどは高名な魔法使いに師事している。その師匠に推薦をもらい、シーカーの一般入試で合格すれば入学は可能だ。魔法使いのレベルにもよるが、足りなければ他にもシーカーの教授か、あるいは自国の宮廷魔術師など複数の推薦をもらえばいい。

しかし、一般入試を経て入学できる子は一握りだという。狭き門だ。

ラトリシア人は違う。ラトリシアは元々魔法使いを尊ぶ国だ。魔法学校も各地にある。魔力量が平均値の二〇しかなくとも入学できるほどだ。誰でもというと語弊はあるが入学は容易だった。そして、シーカーへの進学もし易い。内部進学と同じだ。試験を受けずに推薦だけで入ってくる。だからか、他国の生徒の方が成績は良いようだ。勉強に対する姿勢も違う。

そうした話を先輩方から聞けるのも面白い。

シーカーには成績表もなければ、提出した論文にも点数が付けられて戻ってくるわけではない。シウはそんなものかと思っていたが、実はクラス担当の教授に聞けば教えてもらえるものらしい。

順位の付け方も、受講する科の中で付けられている点数を元に平均値を割り出す。この情報を元に、ラトリシアの生徒たちは有望な生徒を自派閥に引き込んだり、あるいは捨て駒にしたりするというのだ。シウは「へぇぇ」と相槌を打って、皆の話に耳を傾けた。

ちなみに、同郷人会にはバルバラとカンデラも来ている。昨年、ヒルデガルドが起こした騒動の余波でラトリシアの生徒たちに虐められていた令嬢たちだ。

今は、教授のオルテンシア＝ベロニウスの家に下宿している。侍女見習いをさせてもらいながら、通学中だ。

二人は下位貴族の娘だから、こういう機会は大事らしい。将来有望な男子を見付けては話し掛けている。シウのところにもやってきた。

「シウ殿。ぜひ、カスパル様やエドヴァルド様を紹介していただけませんか？」

虐められていた頃が嘘のように、今は元気だ。シウは苦笑し「はいはい」と頷いた。

第四章

聖獣の王への報告と同郷人会

翌日、シウは屋敷の中で物づくりに励んだ。ロトスを外に連れて行ってやりたいのはやまやまだが、何人かの冒険者に頼まれていた「雨除けグッズ」の制作をコロリと忘れていた。幸い、ロトスはシウやフェレスたちがいれば「お出掛け」にそこまでの欲求はないようだ。シウの手元を興味津々に眺めている。

雨避けが欲しいと頼んだ冒険者は、飛行板での使用を想定していた。飛行板はスケートボードのような形で、しかも空中に浮かんで飛ぶから不安定だ。速度を上げた時の状態を安定させるため《把手棒》を付けることもできる。持ち手の付いた棒だ。キックボードに似ているだろうか。

この《把手棒》には雨避け機能が付いている。ところが、冒険者の多くは「風を感じたい」といった理由で付けたがらない。たぶん、格好良さも求めているのだろう。

ともあれ、飛行板に乗ったまま雨雪を避けたいのが彼等の希望だ。

シウの個人的な意見を言えば、普通の雨合羽か蓑でも十分に間に合う。シウが小さい頃は、爺様に訓練と称して編笠と蓑で雨の降る山中を歩かされた。油引きされた雨合羽は水を弾き、特に重さは感じなかった。多少邪魔にはなるが、雨の中の行動とはどのみち視界も動きもマイナスばかりだ。

「さて。どういう形がいいかな。雨合羽より良いものってある？」

今のシウには相談相手がいるので有り難い。ロトスが一緒に考えてくれる。

（飛行板に乗ったままだろ？　傘は無理だもんな。片手運転だ。あ、自転車に傘を立てる奴はどうよ。関西のオバちゃんの必須アイテム）

「《把手棒》を嫌がる冒険者だよ。使わないいんじゃないかな」

（あ、そうか。我が儘な奴等だな。大体さ、冒険者が雨の日に仕事すんなっつうの）

そういうわけにもいかない。それはロトスも分かっている。これは彼の「ツッコミ」だ。

「笠だと両手が空くんだけどなぁ」

ただ、蓑と同様に藁で編むため見た目が「猟師」だ。ところが、

（あっ、それいいじゃん！）

と、ロトスが後押しする。

（俺、そういうの、どっかで見たぞ。なんか現代風になってんの。高校の時に、自転車通学してた友達がネットで見付けて悩んでたんだ）

「へぇ。若い子が使うなら藁製じゃないんだね？」

（うん。なんとかファイバー素材って奴。分かるかな？）

「それは分からないけど、つまり軽量の素材であればいいんだよね。あとは視界の確保か。魔道具じゃないパターンも作って、いや、スイッチのオンオフでもいいかな」

（なんで？　そもそもさぁ、魔道具でちょちょいっと雨を弾けば良いんじゃね？）

強力な結界を発動させれば雨に濡れずに済む。しかし、シウとしては高価な魔道具を避けたい。庶民でも使えるものを作りたいからだ。

第四章

聖獣の王への報告と同郷人会

「魔核や魔石は高いんだよ？　仕事のたびにバンバン使ってたら破産するよ」

（えっ、でもシウはバンバン使ってるじゃん）

「僕は自分で魔獣を狩るからなあ。生産魔法で加工はできるし、魔道具も自分で作れる。元手が掛からないんだ」

（チートは言うことが違うな～）

シウは首を傾げ、ふと思い出して空間庫から《日除け眼鏡》を取り出した。

「これ、どうかな。雪の反射対策として作ったんだ。雨避けにも良くない？」

（夏のお姉さま方の完全日焼け防止ルックじゃん）

ロトスの言い方にシウは笑った。《日除け眼鏡》はどちらかと言えばゴーグルに近いと思っていたが、幅広にすればフェイスカバーに似ている。

「これなら虫やゴミにも当たらなくて済むし、いいかもしれないね。表面に水を弾くコーティングをしようか。あとは、笠の前方を透明にして視界を広げよう」

ロトスは「いいんじゃね」と答え、他にも面白グッズはないのかと続ける。

シウはこれまでに作った魔道具を幾つか取り出し、いつもの注意事項を告げた。

「遊ぶのはいいけど気を付けて。それと集中し始めたら周りが見えなくなるから、僕の近くには来ないこと。あ、いろいろ置いてあるけど、口に入れちゃダメだよ」

（わーってるって！　いくら、俺が獣になったって言っても、そんなことやるわけじゃん。そんな、落ちてるものをさぁ――）

言いながら尻窄みになっていく。どうやら思い当たるフシがあるらしい。シウは聞かなかったフリをして作業を始めた。

外で遊んでいたフェレスが「まだかなー」と鍛冶小屋の窓から覗いてくる。ちょうど集中が切れた時だった。シウは手を止め、一息つく。

時間は昼前で、横を見ればロトスが寝ている。シウはロトスを籐籠に入れると、小さな毛布を掛けて外に出た。クロが最初にやってきてシウの肩に乗る。次にブランカがシウの足に体当たりだ。大型犬サイズにまで育ったブランカにぶつかられると倒れてしまう。咄嗟に《身体強化》を掛けたものの、踏ん張りが要った。

見ていたフェレスがブランカに怒る。

「にゃにゃにゃ、にゃにゃにゃにゃにゃにゃにゃ！」

主に対して扱いが雑だと叱っているようだった。それから、こうやってやるのだぞ、と実演してみせる。

「にゃにゃにゃーん」

何故か甘えた声で鳴き、シウに体を擦りつけた。これはこれで踏ん張っていないと体が揺れてしまう。とはいえ、ちゃんと力加減ができていた。シウの体格を把握しているからこその手加減だ。

「よしよし。さすがはフェレスだね」

シウが褒めると、フェレスはむふむふと鼻息も荒く嬉しそうだ。尻尾もブンブン振る。猫型騎獣だが性格はまるで犬っぽい。

第四章

聖獣の王への報告と同郷人会

ブランカは自分がやらかしたのだと気付いて落ち込んだ。

「ぎゃぅ、ぎゃぅぎゃぅぎゃぅぎゃぅ」

こぶん、おっきくなっちゃってさみしいと、育った自分を嘆いている。思う存分甘えていられた幼獣時代を懐(なつ)かしんでいるのかもしれない。

そう言えば、最近は抱っこで運んだり背負ったりというのが減っていた。シウの小柄な体格では大型犬サイズを背負うのは厳しい。シウは少し考え、ブランカを撫でた。

「受け止められなくてごめんね。だけど、僕はブランカが大きくなって嬉しいよ」

「ぎゃぅ?」

「立派な大人になったって証拠だもん。ブランカが毎日ご飯をしっかり食べて訓練も頑張ったからだよ。それに、大きくなればブランカにも乗れるよ。僕は早くブランカに乗ってみたいな。クロも乗せられるようになるよ。ロトスもだね」

「ぎゃぅ、ぎゃぅぎゃぅ！」

乗せる、いっぱい乗せる、と頼もしい返事だ。ふんふんっと、こちらも鼻息が荒い。

尻尾もゆらゆら揺れる。フェレスの尻尾はふさふさと広がっているけれど中身は細い。

ブランカの尻尾は太くて長かった。地面を掃くように、時折バタンバタンと叩(たた)く。

「ぎゃぅ！　ぎゃぅぎゃぅ〜」

もっといっぱい大きくなると宣言したブランカは、ウキウキしながら屋敷へと急いだ。

昼食の時間だから「お腹が空いた」のもあるだろうし、都合良く解釈(かいしゃく)して「大きくなるためにはいっぱい食べる」と考えたのだろう。はたして。

「ぎゃぅぎゃぅぎゃぅ～」

即興で作られた「ごはんのうた」を歌いながら駆けていく。

「きゅぃ……」

クロは溜息めいた鳴き声で、呆れた様子だった。フェレスはと言えば、

「にゃにゃにゃ、にゃにゃにゃ……」

ふぇれよりおっきくなるって言った、とショックを受けている。

もちろん、フェレスは騎獣の体格の違いについては理解していた。でもそれとこれとは違う。頭で分かっていても、改めて告げられるとショックなのだろう。

シウは歩きながら「小さい体だと他の子より小回りが利くし機動力も高くなる」とフェレスを慰めた。それはまるで自分に言い聞かせているようで、シウは表情を作るのに苦労したのだった。


雨除けグッズが完成すると、シウはその日のうちに商人ギルドへ持っていった。

シェイラは、冒険者になら売れるだろうと太鼓判を押した。

「ここは襟芯素材なのね。手に入りやすい、どこにでもある素材ばかりだわ」

試作品を手にしながら確認していく。

「前方が透明なのはスライムの配合を変えたからです。視界が広がるでしょう？ それから、以前作った《日除け眼鏡》と重ね付けもできます。飛行中はどうしても虫や埃(ほこり)が目に入ってしまうから」

「考えたわね。それに、まとめ販売ができるわ。ふふふ」

商魂たくましいシェイラの笑いに、シウは少しだけ身を震わせた。が、気持ちを切り替えて書類を渡す。

「魔核を嵌めて、魔力をごく少量通したら魔道具としても発動します。風属性魔法がベールを作って雨雪を弾く形です。魔核が勿体ないので必要ない時は止めておけます。計算上では、毎日使って一年以上は使えるといったところかな」

「相変わらず使用魔力量まで計算しているのね。実験結果の書類も付けてくれるし、あなた、商売人向きよ？」

今からでも冒険者を止めて商人ギルドに来ないかと笑顔で誘う。時々あることだ。その度にシウは毎回お馴染みの台詞で返す。

「お断りします」

シウも笑顔でシェイラも笑顔、秘書の女性だけが「代わり映えしないやり取りですね」と呆れ顔で会話を締めた。

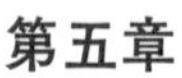

第五章

厳冬期の危機と竜の脅威

The Wizard and His Delightful Friends
Chapter V

樹氷の月に変わり、一年で最も寒い季節となった。今年は厳冬だと言われている。気温も低い上に雪が多い。

庶民街では温度の低下とメンテナンス不足により、温水パイプがあちこちで詰まった。そのせいで排水溝に溢れた水が凍り、転倒事故が増えている。詰まった箇所の周辺は当然、雪が解けない。処理が追いつかず、積もった雪が山になって凍り始めているのだとか。

更に、庶民たちの薪が足りなくなる恐れも出てきた。

薪はすぐには用意できない。乾燥させて使えるようになるのは翌年だ。昨年が暖冬であったなら薪も余っていただろう。残念ながら昨年も寒い冬だった。綱渡りの状態で薪を掻き集めていた。今年も同じか、むしろ大変になりそうだ。

もっとも、急いで薪を作りたいのなら裏技もある。乾燥を自然に任せるのではなく、魔法を使えばいい。とはいえ、薪を十分に乾燥させられるような魔法使いは限られている。しかも定期的に作業できるとなればごく少数だ。

優秀な魔法使いは国に仕えている。その多くが貴族だ。貴族が「庶民のために働く」ことは理想であるが、そう簡単にはいかない。献身の心を持てるかどうかは個人の資質によるし、彼等にも本業がある。それに庶民の暮らしに関心がない、あるいは情報が入ってこない人もいるだろう。

庶民の方にも、困り事の度に貴族を頼るといった考えがない。彼等が頼るのは身近な存在だ。こうした突発的な事態に応じるのは大抵が冒険者ギルドである。

依頼者は町会や付近の商家だろうか。ともあれ、町会ならば国からの補助を得られるため気軽に依頼を出す。商家も慈善事業を兼ねて自腹を切る場合もあった。

別件で来ていたシウは、騒がしいギルド内で訳知り顔の冒険者にこれらを教わった。


シウがギルドにいるのは、頼んでいた依頼の結果が出たと連絡があったからだ。

ちなみに事情を教えてくれた件（くだん）の冒険者は「薪が足りなくてよー。家が寒いからギルドに温まりに来た」と笑った。寒いと文句を言う割には、お酒を飲みながらどこか楽しそうだ。他にも似たような境遇の冒険者が飲んでいる。

「仕事はないの？」

「俺は魔力が少ないんだよ。まあ、それ以前に火属性がないからな」

「木属性はある？」

「ああん？　薪を作るのに木属性は関係ないだろ？」

その背後を早足で通り過ぎようとしていた職員が、勢いよく振り返る。クラルという名の若者で、シウとよく話をする仲の良い職員だった。

「木属性魔法が使えるなら薪を作れるよ！　誰が持ってるの？」

普段はおっとりとした、おとなしい青年だ。それが今は目が血走っている。クラルはシウの姿を見付けると「あ、シウ」と笑顔になった。

「ちょうど良いところに。シウも手伝って」

「えっ」

「少しでもいいんだ。あ、そのへんでボーッとしている人たちも手伝って！」

「えっ、俺らか？」

「仕事だから！　依頼書出すから！」

　シウたちはタジタジとなりながらクラルに付いていった。行き先は大型の荷が置ける第二倉庫だった。


　木の切り出しは、さすがに国が動いてくれたようだ。宮廷魔術師の中でも、特に空間魔法の得意な魔法使いが王領直轄地から転移魔法を使って運んでくれた。切り出しは専門官が行ったらしい。枝打ちもされており、薪にし易そうな木々が倉庫に積まれている。

　倉庫内では魔法の使える冒険者たちが働いていた。主に火属性魔法を使っているようだ。熱気で倉庫内が暑い。シウと共に連れられてきた冒険者は最初こそ「あったけー、ここにずっといたい」と騒いでいたが、そのうち「やっぱりいいや」と意見を翻す。

　クラルは空いている場所に皆を誘導すると、さっさと仕事を割り振った。

「皆さんには、薪をサイズ通りに切る作業をお願いします。荷運び仕事もありますよ。張り切って仕事しましょう！」

　依頼書もパパッと作成してしまった。あまりにも素早い。シウが「クラル、すごい」と感心していると、彼は頭を掻いた。

「もう切羽詰まってて。宮廷魔術師が嫌がらせのように大量の木を持ってくるんだ。収容できる量を大幅に超えているから『少し減らしてほしい』と頼んだら『じゃあ、もう仕事しない』って言うんだよ。仕方ないから内務職員も参加して処理してる」

第五章
厳冬期の危機と竜の脅威

「うわー。ひどいなあ」

「実はさっき表に行ったのも依頼書を出すためだったんだ。手伝い要員を増やそうと思ってね。そこに暇そうな人が大勢いたから、問答無用で引っ張ってきた」

「僕もね」

「シウが暇人じゃないのは分かっているけど、ついでにね」

と、冗談を言う。シウが呼ばれた件を職員のクラルは知っているのだろう。しかし予定の時間はまだ先だ。少しなら手伝えると請け負った。

　クラルは元々、魔力量が人族の平均値しかなかった。しかも、一般的にはマイナーだと言われる木属性の魔法持ちだ。そのせいで自分に自信がないようだった。そんな時、シウが「節約すれば魔法を何度も使える」ことや「木属性でも便利に使える」と教えたらやる気になった。働きながら勉強を始め、今ではメキメキと上達している。

　最近は自宅の分のみならず、冒険者ギルドで必要な薪まで彼が用意していた。

　さすがに今回のような分量は一人で作れない。

「だから、木属性持ちの冒険者を集めて講習会を始めることにしたんだ。実地でね。あとは作業を細かく分担させればいいかなと」

「適材適所だね。冒険者は体力もあるし、なんでもやれそう」

　薪を作るのに火属性魔法で乾燥させるしかないと思っていた人たちは、木属性魔法で水を抜けると知って驚いた。実は水属性魔法であっても作れる。水を外に移動させればいいだけだ。どちらも薪になる。ただ、慣れが必要だ。イメージにないと上手く発動されない。

そのどれも持っていない冒険者は、木を薪のサイズにしたり運んだりと立ち働く。なんだかんだで依頼を真面目に受ける姿を見て、シウも作業を始めた。

昼頃、ルランドが倉庫にやってきてシウは思い出した。クラルもだ。

「あ、忘れてた。ごめんなさい」

シウがルランドに謝るとクラルも慌てて頭を下げた。ルランドは苦笑いで手を振った。

「ここ数日、クラルはこれにかかりきりだったろう。いっぱいいっぱいだったのは分かっている。シウも手伝ってくれてありがとうな」

「ううん」

「一段落したら、例の結果について説明するから――」

と言いかけたルランドに被せる形でクラルが声を上げる。

「ここはもういいです！」

そろそろ落ち着いたからと、早口で続ける。ルランドは笑った。

「そうか。じゃあ、シウを連れて行くぞ？」

「はい。シウ、ありがとう。それと、系統立てて各自に役割を割り振るって考え、すごく分かりやすかった。他の仕事にも活かせそう」

作業しながら、今後を考えてシステム化するよう勧めていたのだ。今後も厳冬が続くのであれば木材が大量に運び込まれるだろう。毎回、この調子でやっていればいつか破綻する。勉強熱心なクラルならそのうち思い付いただろうが、マニュアル化は前世日本で生活していたシウの方が詳細に教えられる。

ルランドは微笑ましそうにクラルを見ていた。部下の成長した姿が、上司には嬉しかったようだ。

シウの出した依頼を受けてくれた人は多かった。《魔力量偽装》と名付けた魔道具は全部で十個。一人二人が依頼を受けてくれたら御の字だと思っていたが、何人もが何度も試してくれた。

使用した際の感想ももらった。ただ、字が書けない冒険者もいる。綺麗な文字は職員が代筆したようだ。注釈があるのも職員の手によるものだった。

「えーと」

自力で書いてくれたと思しき感想文を前に、シウは戸惑った。

「ははは。いや、うん、分かるよ。下手だもんな。シウはソロでやるから他の冒険者の実際を知らんだろう？　でもこれが普通なんだぞ」

字が書けない冒険者も多い中、忙しい合間に覚えようと頑張っている。働きながら勉強の時間を捻出するのは意外と難しい。クラルもそうだったが、偉いと思う。シウは書類を大事に持ち直した。

「真剣に書いてくれたことは分かるよ」

見ているうちに段々と癖が見えてきた。こうなると、味のある字に思えるのだから面白い。シウが読み進めていると、ルランドが覗き込んできた。

「読めるのか？　なら、シウに翻訳の依頼を出したいな」

笑っているので冗談だろうと分かるが、そう言いたくなるだけの癖字持ちがいるようだ。

「今回の依頼の窓口は俺だ。口頭でも聞いている。そこには載っていない、奴等がちょいと口にしたような内容も知っているぞ」

それは彼が代筆した冒険者の分だろう。なにしろ、シウの手元にある書類には、

「まじゅーがよってこねーから、けものばっかりかっちまったぜ！　うさぎうまい」

と書いてある。狩った兎の味の感想まで求めていないが、字の癖といい、シウのツボに入った。

代筆した書類も読む。丁寧にまとまっていた。

「おおむね、問題なさそうだね」

「ああ。俺もまさか、魔獣が人間の魔力量をここまで見分けているとは思わなかった」

「そういう器官があるのかと思ったけれど、解体しても見付からないんだ。どうなっているんだろう」

「獣の本能ってやつかね。探知もそうだろ？　魔獣は誰に教わらずとも自然に魔法を使う。中にはとんでもない魔法を使う奴もいる。とはいえ、だ。他の冒険者にも聞き取り調査をしたが、ここらあたりにいる魔獣には下級冒険者程度の探知能力しかないぞ」

「魔力を嗅ぎ取る力がそこまで高くないのかも。確かに、必ずしも魔力が高い人を一番に狙うとは限らないみたいだった。魔獣のレベルによるのかもしれないね。どちらにせよ、魔力量を見極められるのだとしたら怖いと思う」

第五章

厳冬期の危機と竜の脅威

「実験に協力してくれた奴等は、それでも脅威じゃないと結論を出していたぞ。やりようはあるってな」

「そうだとしても危険は危険だよね。本能的に嗅ぎ分けるんだもん。逆にそれを餌にして釣るって作戦は立てられるけど」

「そりゃ、成功してこその話だしな。となると、人間が魔獣に勝るのは数か？　それに組織だって動けるところか」

ルランドが腕を組んで答える。シウは頷いた。作戦を立て、大勢で追い詰めれば魔獣は倒せる。実際に大型魔獣を討伐した際も大勢で挑んだ。それに人間は変われる。学ぶことで新たな知識を蓄積できるのだ。必要以上に魔獣を恐れなくてもいい。


実験結果も出て《魔力量偽装》の使用具合と魔獣の生態についてが分かった。

ただ、もう少し研究を深めた方がいいかもしれない。魔道具があるから安心だと慢心してもいけない。魔道具はしばらくの間お蔵入りだ。

その次に、シウは雨除けグッズの件を話した。商人ギルドには特許申請を出したばかりで商品化は先になる。ただ、冒険者にせっつかれていたので試作品を先に渡す。

「ほほう、これがそうか。ていうか《雨雪避け笠》か。名前がそのまんまじゃねぇか」

笑いながら、ルランドは試作品を数人の冒険者に預けると言った。

「飛行板に乗る奴等に渡しておく。使用の感想は後でいいか？　いや、シウが直接聞いてみるか？　訓練場にまだいると思うぞ」

「ううん、止めておく。そろそろ帰らないと。チビたちを置いてきたから」

「そういや今日は連れてきていなかったな」

「新しい子が寂しがると可哀想だから置いてきたんだ」

「なんだよ、また拾ったのか？　今度はなんだ。角牛じゃないよな」

と、からかう。ギルドの職員たちもシウがいろいろ拾ってくるのを知っている。

「王子様にも角牛を拾って帰るよう勧めたんだろう？　あんまり変なものは拾うなよ。人に勧めるのもな。俺は本当に驚いたんだからな」

肩をバンバン叩かれ、シウは逃げるようにギルドを後にした。

木の日はコルディス湖で過ごす。出掛ける前に首輪をロトスに着けた。偽装魔法の術式が付与してある。本当は首輪を嫌がるのではないかと心配したシウだったが、ロトスは平気だと言う。むしろ、火竜の革で作ったと知って喜んだ。その場でグルグルと回る。

（これで魔力量と見た目も偽装されたってことだよな）

「うん。今は魔力量を一に、見た目は犬にしてみた」

（犬っ？　なんでさ）

「動きが犬っぽいから？」

（ええっ、マジで？　どこがだよ。俺的には狼なんだけど。あ、狼カッコイイよね）

九尾の狐が良かったと言っていた割には狼を格好良いと言う。ロトスはミーハーだった。

シウは笑いながら、格好良い狼の話をした。

「騎獣には狼型もいるよ。フェンリルっていうんだ。絵本にも載っていたよ。覚えてる？」

まだ字が読めないロトスはフェンリルの名を忘れていたようだ。きょとんとした後、

（でも強くないんだろー）

と、返す。

「騎獣の中だと、ちょうど真ん中ぐらいかな」

（じゃあ、やっぱり九尾の狐がいい。あっ、そうだ。『普段は子犬、その実体は狐の王』とか名乗るの、どうよ。超カッコイイ気がする。うん、やっぱ、犬でいいや）

ロトスによると、落差があればあるほど「カッコイイ」らしい。「狼だと中途半端に強いから犬がいい、むしろ犬で」と言われた。

シウはロトスが来てから笑う回数が増えたような気がする。彼の面白い話を聞きながら、シウたちは《転移指定石》を使ってコルディス湖に着いた。

ロトスにも魔道具を使ったと説明する。シウが作ったとは言わず、拾ったものだと誤魔化した。素直な彼は「ほぇー、すごいなー」と信じ、少々胸が痛むシウだった。

この、拾った物は自分のもの、という考えにはロトスも驚いた。この世界ではネットワークが完璧とは言えない上に、人的余裕もない。そのため、日本のように「拾った物を警

察に届けると落とした人に届く」といった仕組みがなかった。

そうは言っても、貴重品や大事な物だと判断すれば近くのギルドや役所に届ける。特に遺品だと分かればそうした。当たり前の考えだ。街の外であれば、あるいは大きな物なら難しいが、どこで取捨選択するにしろ人々は道徳意識を持って行動する。

これが盗賊の持ち物であれば全く別だ。見付けた者が全てを得る。盗賊の討伐に対しても許可は要らない。むしろ推奨されている。

シウがしばらくは不思議に思っていた話を、ロトスは割とすんなり受け入れた。

（ファンタジー物にはあるあるだもん。ラノベでもよく出てくるぞ）

「そうなの？　僕は最初は抵抗があったなあ」

（シウの前世、爺さんだったからだろ？　そういうのダメそうじゃん）

年齢や時代は関係ないような気もするが、カルチャーショックを受けたのは事実だ。そもそも「絶対悪」だとする魔獣への考え方にビックリしていたし、魔法も驚きであった。

という話を続けようとしたものの、ロトスの意識がフェレスたちに向いた。彼等はすでに遊びに夢中だ。転移に慣れているので到着してもすぐ遊べる。周りを気にしないのは探知ができていて脅威がないと分かっているからか、あるいは大物なのか。ともあれ、シウはロトスを促した。

「遊んでおいで」

ロトスは「きゃん！」と鳴いて、フェレスたちに向かった。

元気いっぱいに飛び跳ねるロトスを迎え、ブランカがはしゃぐ。クロは巻き込まれまいと飛び上がり、フェレスは引率しようとして一緒に巻き込まれた。そうなるともう同じ目線で遊びが始まる。

まるで幼稚園のようだ。シウは小さい子たちが楽しげに遊ぶ様子を眺められることに幸せを感じた。すると、ロトスが走って戻ってくる。

（シウ、シウ、目がお爺ちゃんになってる。落ち着きすぎ。今はもう子供なんだからさ、子供らしくバカやろうぜ！）

くいくいとズボンを引っ張られ、シウも湖に向かった。

午前中はシウの作った木製カヌーに乗ってコルディス湖を遊覧した。ゆったりと進むカヌーから眺める景色は、フェレスに乗って飛んだ時とは違う見え方だ。ロトスは景色の美しさに感動して大袈裟なほど喜んだ。カヌーから身を乗り出して湖の透明さに見入る。

ブランカはフェレスに乗って遊びながらの飛行訓練だ。クロが後を追うように飛んでいく。時々、ブランカがフェレスの背から飛び降りようとするのを二頭が止めた。彼女は飛べると思うのだろうが無理だ。湖の水もかなり冷たくなってきた。落ちるなら、せめて浅いところがいい。運ぶのにも難儀する大きさに育ったのを、ブランカだけが気付いていなかった。

午後からは山に入った。

フェレスはクロを連れて奥に行く。子分を育てるのが楽しいらしい。着々と子分化計画が進んでいるのはいいが、心配性のシウは「あまり無理はさせないようにね」と注意した。

ブランカはロトスと一緒に採取を覚えさせる。

さすがに最近はブランカのやらかしは少ない。散々「やってはいけない」ことをやってきた彼女だが、シウが本気で叱ったことは繰り返さないのだ。ただ、全部を覚えていないので、不安になると振り返ってシウの顔色を窺うようになった。一瞬でも立ち止まって考えてくれるのならそれで構わない。

しかし。

「ブランカ、前を見て歩いて。ぶつかるよ」

注意するそばから木に頭をぶつけ「敵はお前か！」といった様子で怒り始める。

「ぎにゃっ！」

「ブランカも八方目を覚えないとね」

（問題はそこじゃねぇだろ。あいつマジで騎獣の中では上位になるのか？）

「まあ、騎獣にも個性があるから」

苦笑いで答えながら、シウはロトスを見下ろした。コロコロとした可愛い姿で、とてもウルペースレクスに見えない。もちろん口には出さなかった。シウはロトスが格好良い姿に憧れていることを知っている。

「それはともかく、ロトスも覚えようね。ブランカより賢いんだ。期待しているからね」

（げっ、やぶ蛇だった！）

ロトスは顔をギュッと顰め、それから「はっぽーもく！」と叫んで雪に突っ込んだ。鼻を突っ込み、薬草を探す。

八方目とは四方八方に視線を巡らせる、武術の奥義に近い。体は前を向いていても目の端にまで気を配る。そのうち見えない部分の気配まで感じ取れるようになるのだ。

先ほどのロトスの動きとは全く違う。本人も冗談のつもりだ。何より楽しそうにしている。シウは指摘するのを止め、採取を続けた。


小屋に戻ると、シウは薬草の処理に取りかかった。フェレスたちは休んでいるがロトスは興味津々で眺めている。

(なあなあ、それってお高いんだろ？　超貴重って言ってたもんな)

「一冬草(ひとふゆそう)？　高いよ。最上級薬の素材だからね」

現在、レシピが知られている薬の中では最高級ポーションの材料となる。怪我(けが)の直後であれば欠損部位さえ修復してしまう。

それらに必要な材料を教えると、ロトスは「すげぇ」と声を上げた。

(竜の肝臓とか、材料名だけでもファンタジーじゃん！)

「一応、内緒ね？　本来なら、本職の最高位の人が一子相伝レベルで伝えるほど大事なレシピになるそうだから」

(シウはどうやって覚えたんだ？　ぶっ飛び爺ちゃんは元冒険者で樵(きこり)だったんだろ。さすがに薬は作れないだろうし)

ロトスが爺様のことを「ぶっ飛び爺ちゃん」と呼ぶ度に笑いが込み上げる。シウはなんとか気持ちを落ち着かせて答えを口にした。

「禁書庫に本があったんだ。あ、許可はもらっているからね。だから配合だけなら知っている人は意外といるんだ。知っていても作れないだけでね。素材も貴重だし、作る際に魔力を練り込む作業がやっぱり高レベル者じゃないと難しい。僕は素材が豊富に使えたから実験もできた。魔力の扱いもたぶん上手い方だと思う。だから作れる。普通は無理な話だから内緒にしてね」

もし使用する機会があっても「爺様にもらった」や「知り合いのエルフにもらった」と言い訳すればいい。どちらも会えないのが大前提だ。調べようがない。

(分かった。お約束だな!)

とは、ラノベのお約束とやらだろう。シウは分からないままに「そうだね」と答えた。

ロトスはシウの手元を眺め、そのうちに小さな前脚でせっせと素材を集め始めた。お手伝いをしてくれるらしい。その中には珍しい虹石もあった。ロトスが見付けた素材だ。これも貴重で、視力回復薬の元になる。お手柄だと褒めると、その場でグルグル回って照れていた。

材料を集めると、今度は鼻を使って丸まった葉を伸ばしてくれる。

その姿がリュカに重なる。彼も、シウの薬作りを楽しそうに手伝った。草花や茸類、木の根に石が薬になるのだ。不思議で面白く感じるのだろう。薬で治る人々の姿を見るのも嬉しそうだった。

そう微笑ましく眺めていたシウに、ロトスがポロリと零した。

(これがお金になるんだもんな。考えただけでワクワクする~)

確かに対価は必要だが、シウはロトスの現金な考えに笑いを堪えるのが大変だった。

食後、温泉に仲良く入っているとロトスが質問してきた。

(そういえば薬草の中に雪積草ってあったじゃん。前の世界でもあったんだよな？　肉とか野菜もそうだけど、本当に似てるものが多いんだな)

「そうだよね。あと、昆虫も」

(おお、昆虫！　そうだよ。『虫は地球外生命体だ』って言ってる人もいたぞ。なのに、こっちの世界にもいるんだから不思議だよな～)

「差は、魔法があるかないかかな？　あとは似てる気がする」

(え、待って。前の世界に竜はいなかった！)

「昔の地球にはいたかもよ。ほら、恐竜がいたんだもの」

絶滅した可能性もあると話せば、ロトスは「おおーっ」と興奮した。シウの話を熱心に聞く。ふと、孫がいたらこんな感じだっただろうかと考える。

「水分も取らないと」

少しだけ冷やした水を飲ませると、ごくごくと美味しそうに飲んだ。

(ふぃー、気持ちいいなぁ)

熱い湯が嫌いだというので温めにした温泉に、皆がぷかぷか浮かぶ。

話に飽きたロトスがブランカにちょっかいを掛ければ、すぐに遊びが始まった。

クロは木桶に乗ってのんびり涼み中だ。たまにお湯に浸かるが、溺れているのではないかというような水浴びの仕方で、シウをハラハラさせる。分かっていても気になるので、クロが木桶に戻るまでシウはチラチラ見てしまった。

フェレスは浮かぶのに飽きたら潜水し、それも飽きれば飛び込んで飛沫（しぶき）を上げる。

ブランカとロトスが邪魔しに行けば追いかけっこの始まりだ。シウはクロが巻き込まれないよう木桶を手元に寄せる。

「みんな、元気だね」

「きゅぃ」

のんびり長風呂を楽しめるのは、ここにスサがいないからだ。普段は「のぼせますよ」だとか「転びやすいお風呂場で遊ばないこと」といったお小言が落ちる。

シウは自分でも自覚しているがフェレスたちに甘い。何より遊んでいる姿を眺めるのが好きだった。もちろん、スサの心配も理解しているから、普段は彼女の言う通りに気を付けていた。

しかし、今は誰もいない山奥だ。皆が自由に振る舞うのをそのままに、シウもこっそり「お風呂で泳ぐ」という行為を楽しんだ。

週末のギルドは相変わらず騒がしい。特に冬の王都は冒険者が少なくなる。少ない人数で依頼を回すため、誰も彼もが大忙しだ。

降雪は止まず、試作品の《雨雪避け笠》を「すぐにでも商品化してほしい」とせっつかれた冒険者ギルドは、シウの返事を待つまでもなく商人ギルドに話を通した。特許申請の書類は迅速に処理され、すでに幾つかの商家で製作が始まっているとか。

試作品も奪い合いで、シウがギルドに顔を出すと「もうないのか」と聞かれる始末だ。

それだけ雪が多い。

ゴーレムを使った街道へのパイプ敷設事業もなかなか進んでいないようだ。現場で作業するのは人間だ。命の危険を感じる寒さと吹雪で度々ストップしてしまう。

パイプ設置が終わるまでは並行で街道の雪掻きも行われる予定だったのに、そちらの方は完全にストップだ。奴隷とはいえ軽微犯罪者だ。過酷な作業には就かせられない。

国もここにきて慌てたのか、宮廷魔術師が出てきた。どちらの作業現場にも休憩場所を作るようだ。その護衛仕事も冒険者ギルドに割り振られる。


シウが騒がしい中を進むと、受付に地元の魔法学校生の姿を見掛けた。高等学校の中には制服やローブが決まっているところも多い。見分けが付きやすかった。シーカーの生徒もいる。顔馴染みになったのか互いに挨拶し合っていた。

シーカーは大学校という位置付けなので年齢に関係なく上の立場になる。だからだろう、緊張して挨拶するのは地元の生徒の方だった。

気軽に挨拶を受ける中にはプルウィアの姿もあった。彼女はシウを見付けるや手を振って走り寄る。

✦第五章✦

厳冬期の危機と竜の脅威

「おはよう、プルウィア。今から依頼を受けるの？」

「ええ。今日は城壁外に行くの。リエトさんのパーティーと一緒よ」

「三級冒険者が雪掻き？」

シウが驚くと、どうやら半分ボランティアだと分かった。本来は休暇日だったところを後進たちのために出てきたのだとか。シウが感心していると、リエトと同じパーティーのドメニカが耳打ちした。

「若くて綺麗なエルフの女の子に良い格好をしたいだけなのよ。リエトもジャンニも鼻の下が伸びきっているわ」

「そ、そうなんだ」

「よく言うぜ、ドメニカよう。お前だって、魔法学校の若い奴等に乙女(おとめ)みたいな顔を向けてるじゃねぇか」

「なっ！　あたしは先輩として指導しているの。あんたたちとは違うわ」

「へいへい」

「ちょっ、シウ、違うからね？　絶対に違うんだから」

「うんうん、分かった。だから、そんなに引っ張らないで」

「絶対よ？　あたし、そんな軽い女じゃないんだから！」

ぐいぐい服を引っ張られてフラフラしていると、ジャンニが助けてくれた。シウに「悪いな」と手で合図する。そのままドメニカはどこかに連れて行かれた。

シウが苦笑いで見送っていると、背負い袋の中からロトスが話しかけてくる。

（冒険者ギルドのイメージそのものじゃん。ていうか、あのお姉さん拗ねてたけど、全然イケてるのになぁ）

「もしかして年上の女性が好き？」

（そうかも。ていうか、俺、チートハーレムを目指してるから。ハーレムってのは、門戸を広くしておくべきなんだ）

「ふうん。つまり、節操なしって感じ？」

思わず呆れ声で返すと、ロトスが「いや、あの」と焦った様子だ。まだ何か言おうとするのを、シウは小声で制した。ルランドが来たからだ。

「シウ、悪い、待たせたな」

「いえ」

「さっきの依頼、やっぱり違う奴に行かせるわ。お前さんにはこっちを頼みたい」

人が足りない時は、職員側で依頼を選別する。今回もそうだ。

シウに回されたのは、ミセリコルディアにしかない薬草の採取だった。雪の中、苦もなく飛んでいけるのは騎獣持ちぐらいだ。飛行板でも速く飛べるかもしれないが、なにしろ寒い。吹雪であれば《雨雪避け笠》を着けていたとしても、それ以前に視界が悪くて危険だ。騎獣ならば騎乗者を風属性魔法で守ったまま現地まで飛べる。

「感冒薬は多めに用意していたらしいんだがな。他のは例年通りしか作れなかったそうだ。しもやけ、咳喘息、神経痛もか。足りなくなる恐れがあるとさ」

「分かった。じゃあ、行ってくる」

第五章

厳冬期の危機と竜の脅威

「おう。それと、ギルド前からの発着許可が出ている。いつも悪いな。頼むぞ」

シウは首を横に振り、急ぎギルドを出た。表には数人の冒険者がいて、フェレスたちと遊んでいる。こんな寒い日に盗むような人はいないだろうが、毎回誰かしらが見ていてくれるのだ。本当なら厩舎(きゅうしゃ)に預けるのが筋だが、なにしろ冒険者が相手をしてくれる。

シウは「ありがとう」と口にし、騎乗帯を着けたままのフェレスに飛び乗った。フェレスも「にゃん」と皆に挨拶している。

冒険者たちは飛び立つ時まで外にいた。「頑張れよー」と手を振り、フェレスは尻尾(しっぽ)で返答だ。ブランカもクロも振り返って「ぎゃぅ」「きゅぃ」と挨拶した。

ブランカはシウの前に座らせ、騎乗帯に繋(つな)げた幅広の紐(ひも)で固定している。そろそろ乗せるのも厳しい大きさだ。クロはシウの肩から下げた袋に入っている。こちらも重くなってきた。

王都を出たところで、シウはロトスの入った背負い袋を体の前に移動させる。覗き穴(あな)から見える景色は前方に進んでいる方がいいだろう。

どうせならと、背負い袋の上部から顔も出させた。

(うわー、すげぇ、めっちゃ吹雪いてる!)

こんな景色は初めてだと興奮する。しかも上空から眺める吹雪だ。

(スキーに行った時は快晴だったんだよな。東京だと、積もっても最大五センチメートルだぜ。豪雪地帯はこんなに大変なんだなぁ)

「僕もこんなにすごいのはラトリシアに来てからだよ。イオタ山脈は常緑樹が多いから、吹雪いていたとしても木々の上が見えないんだ。雪ももっと重い感じかな。しんしんと降るんだ」

そんな話をしているうちに、ミセリコルディアの入り口ともいえる街道沿いの休憩場に到着した。車のチェーン着脱場のようなものだ。ここで山脈に入る前の準備を行う。いくら大街道とはいえ山脈内を進むのだ。危険は多い。護衛の冒険者は馬車を降りて警戒に入る。戻りも同じだ。長く続いた緊張を、ここで少し解く。

たとえば冬の隊商は、地竜に専用の木組みで作った雪分け専用具を取り付けて移動するという。前方から雪掻き車、排雪列車という車列で進む。また、雪を嫌がる地竜を宥(なだ)めるために調教魔法を持った魔法使いが必要だ。他にも専用具の不具合に対処するための生産魔法待ち、火属性を持つ魔法使いを常に置いておく。

街道には雪を掻き分けた跡が残っていた。うず高く積み上げられた雪の底は、ガチガチに凍っている。いつ倒れてくるかも分からず、隊商は緊張を強いられながら山脈を越えただろう。

少しでも倒壊を避けようと、シウは見える範囲の雪を片付けた。

念のため上空から問題がないかを確認し、その後は街道から外れて飛んだ。

手っ取り早く採取しようと《全方位探索》の範囲を広げる。生物を検索から外せば大量の情報に惑わされずに済む。あっという間に目当ての薬草類を見付けた。

現場に到着するとマップがなくても分かる。経験則だ。

「ロトス、そこにユキノシタがあるよ」

指差すと、ロトスが「ここほれワンワン」と言いながら頭を突っ込む。本人が楽しければ構わないのだが、シウは「本当にそれでいいの？」と思う。

とにかく虹石を見付けて以降、ロトスは採取を楽しんでいる。

ブランカも探しているが時折目的を忘れているようだ。採取のはずなのに地面の下まで掘っている。

フェレスは周囲を警戒して滞空飛行だ。クロにも一緒にやろうと声を掛ける。シウは慌てて止めた。

「フェレス、クロにはまだホバリングは難しいよ」

クロは確かに魔法を扱えるようになっているし、飛行も安定してきた。鳥型希少獣は成長が早い。半年で成獣になるのではないかとも言われるが、シウとしてはまだ子供だと思っている。あまり求めすぎるのも、特に真面目なクロにはプレッシャーになって良くない気がした。

フェレスは「にゃ？」と首を傾げた。「そう？」といった感じだろうか。

「クロは優秀だから教えたくなるのは分かるけど、ゆっくりね」

「にゃっ！」

その返事がロトスには面白かったようだ。

（なんか『イエッサー』みたいじゃん！　さすが親分だぜ）

と、鼻の先を土で汚したまま大爆笑した。

ほどなく、依頼に必要な薬草を採取し終わった。

本当は空間庫に山ほど在庫はある。時間停止だから新鮮なままだ。しかし、依頼を受けた時はちゃんと採ることにしていた。ただ、この時に「ついでだから」と「予備」として多めに採取するから在庫が増えるのだ。

それも終わった頃、ブランカが自分で採った木の根を見せにきた。

「齧(かじ)ってるから、これはダメだね」

「ぎゃぅ」

「これは齧(かじ)っていると売り物にならないんだ。覚え難いよね。次は頑張ろう。採る時は根っこを噛(か)み切(き)ってね。だけど、横にあった眩木(くらみき)と間違えなかったのは偉いよ」

よしよしと、ブランカの首元を撫(な)でて褒める。眩木はアルカロイド系の毒を含んでいる。生で齧ると、体の弱い者なら死に至る場合もあるのだ。しかし、薬としても使える。毒にも薬にもなるという典型的な薬草だ。

シウがブランカに「教えたことをちゃんと覚えていて偉い」と褒めていたら、ロトスがぼそりと零した。

（覚えてなくても大丈夫だっただろ？　状態異常回避の付与をしてあるって言ってたじゃん～）

シウはにこりと笑って、ロトスを視線で制した。幸い、ブランカには聞こえなかったようだ。彼女に知られると「大丈夫なんだ」と考えて危機意識が疎(おろそ)かになる。

シウは自他共に認める心配性なので安全対策をガチガチに施しているが、だからといってそれでいいとは思っていない。シウが先に死んでしまったら、残された皆はどうなるのか。そういう意味でも彼等には多くの情報を与えたかった。

一頭になっても生きていけるだけの力を付けさせたい。

爺様と同じだ。シウを一人でも生きていけるようにしてくれた。同じように、シウも皆に力を与えたかった。

◇◆◇◆◇

時間が余ったので、フェレスとクロは訓練と称して飛んでいった。

シウたちは沼地でレンコンの採取だ。こういう余った時間にせっせと採っておく。

（そういや、コタツはどうなったんだ？）

少し前に「薪が不足している」と世間話をした。その際、ロトスが「コタツは作らないのか」と提案してくれたのだ。魔道具ならば魔核や魔石が電気代わりの動力となる。

ただ、それらは庶民にとって高い代物だ。代替案がないか、考えていた。

「石焼き案も捨てがたいんだけどね。竈に放り込んで、それをコタツの真ん中に入れておくっていうのはなあ」

（問題があるんだな？）

「うん。怪我をしそうだ。移動の時もそうだし、もし子供がいて暴れたりしたら落ちるかもしれない。火傷も怖いし、火事になるのも怖いよ」

（あ、そうか）

ロトスが、ふむふむと頷く。子狐姿でやるものだから可愛い。シウは微笑みながら、話を続けた。幾つか案を出しては二人であぁだこうだと話し合う。

その間も、レンコンの採取は続く。沼には入らない。水属性魔法を使って中を移動させ、風属性で端に寄せる。引き上げるのは木属性を使った蔓だ。

（魔法、すごいよな。俺も、もっと勉強するぞ〜）

ロトスは沼の周囲を飛び跳ねながら興奮した。

「落ちないようにね」

注意すると、シウは雪の上に積まれたレンコンを洗う作業に移った。

シウが「今晩の料理にレンコンを使おうかな」と考えていると、ブランカがウロチョロし始めた。

（あ、俺が行く。シウは続けてて）

ついでに探検してくる、と告げてロトスが走っていった。

見送りながら、シウは少し前から気になっていた感覚に集中した。一人になったからこそ気になったとも言える。

しばらく《感覚転移》をあちこちに飛ばし、それが何かを探し当てる。姿は見えないが気配に覚えがあった。

第五章
厳冬期の危機と竜の脅威

「もしかしたら竜かな」

少し考え、ガルエラドに通信魔法を掛けた。

「(ガル？　今いいかな)」

ガルエラドには最新型の通信魔道具を渡してあった。通信が繋がる前にピピピと音が鳴る仕組みだ。いきなり通じるわけではないから慌てることもない。

受け手は通信魔道具を稼働させれば話が通じる。

「(ああ。どうした、シウ)」

「(さっき、竜の気配を感じたんだ)」

近くまでは辿り着けたはずだ。《感覚転移》を通してでも分かる、強い竜の気配を感じ取った。

「(シウは今、ラトリシアにいるのだったな。となると、アイスベルクか)」

「(そこに思い当たる竜がいるの？　偵察してこようか)」

「(気配というからには、大きな魔素のうねりを感じるのだな？)」

「(うん。火竜の大繁殖期と似てる気がした。もう少し、おとなしいかな)」

「(前触れかもしれん。おそらく、クリスタルムドラコだろうと思う。大丈夫か？)」

古書でしか姿を見たことのない竜種の名だった。希少すぎてドラゴンと同列扱いされるほど、今の時代では伝説の生き物扱いだ。

たとえば水竜と火竜は同格になる。クリスタルムドラコも竜種なので同じ括りだ。とはいえ、魔力量で考えるならば、クリスタルムドラコは水竜たちより遙かに格上だ。その点もドラゴンと同列に語られる所以だった。

現代の書物では水晶竜という呼び方をし、ある地方では氷竜とも呼ぶ。彼等は寒い場所を好み、普段は万年氷の下で静かに生活していると言われていた。竜種であることから大繁殖期もあり、その時期になると活発に動き始める。

それが人間の生活圏に重なってしまうと大災害を引き起こす。

「(大丈夫。ちょっと偵察するだけだから。周囲に被害が及びそうなら間引いてみる。ダメならガルを呼ぶよ。それでいい？)」

「(それで構わん。シウに任せよう。お前なら大丈夫だとは思うが、万一もある。こちらの仕事は早めに片付けておこう)」

「(あ、ごめん。今、仕事中だったんだ？)」

竜の動向を見張り、暴れる竜を導くのがガルエラドの仕事だ。今は竜たちの大繁殖期に入っているので間引く作業もある。余計な被害を出さないよう事前に弱い雄を倒すのだ。なにしろ、この時期の雄は雌を巡って壮絶な争いに突入する。

ガルエラドは竜人族の中でも強い戦士になるが、さすがに興奮した竜の相手をするのは重労働だ。しかも――。

「(今回はレヴィアタンだ。若いから、さほど手はかからんだろう)」

シウは「うわあ」と内心で声を上げた。リヴァイアサンとも呼ばれる海竜だ。火竜よりレベルは下になるが、相手は海の生き物だ。足場がない中では倒すのに苦労しそうだった。海に潜られたら海上に出てくるまで待つしかないのもやりづらい。

シウは心の底から同情した。

「(が、頑張ってね……)」

ガルエラドは「はは」と笑ったようだった。溜息めいた声にも聞こえたのは、彼が攻めあぐねているからだろう。彼は以前「竜たちはギャーギャーとうるさくて会話にならない」と零したことがある。特に海竜は「話が通じない」らしい。海に潜っているせいで、くぐもって聞こえるのだろうか。それでなくとも大繁殖期の雄は気が昂ぶっている。意思の疎通ができなくなるのだ。シウにも経験がある。

ガルエラドの仕事を増やすのも可哀想だと思い、シウは一人で水晶竜をなんとかしようと考えた。

まずはフェレスたちを呼び戻す。

やや急ぎ気味に昼食を済ませると移動の準備を始めた。ロトスには背負い袋の中に入ってもらう。転移を見られたくないというのもあった。それに、いきなり竜を間近に見るのは勇気が要るものだ。普通なら恐怖で動けなくなる。

ロトス本人は、竜の話を聞いて「ガチのファンタジーだ！」とはしゃいだけれど、魔獣討伐でショックを受けた彼には早い気がした。

それはクロやブランカにも言えるが、ロトスよりはまだ魔獣に慣れている。

とりあえず様子見してからだ。シウはフェレスに乗り、ブランカを落ちないように固定すると、クロを胸の袋に入れて《転移》した。

行き先はアイスベルクだ。シウがいたのは「ミセリコルディアの森」と呼ばれる大山脈の中ほどになる。山脈は東西に長く、中央付近にシアーナ街道が縦断している。この山脈の北東にアイスベルクはあった。地域名であり、大遺跡の名でもある。

付近は年中凍った山々が連なり、踏破が難しいことでも有名だ。遺跡自体は氷の山の一つにある。中腹から麓にかけての広い範囲がそうだ。

その遺跡らしき場所の真上に転移してから気付いたが、水晶竜の気配は更に北東から感じ取れた。もっと険しい場所に住んでいるようだ。先に《感覚転移》を飛ばすと、山全体が氷で覆われているのが分かった。地下まで氷で埋め尽くされている。

古書によると、水晶竜は他の竜と違って滅多に繁殖行動を行わないとあった。大繁殖期だからこそ、重い腰を上げたのかもしれない。

シウはもう一度《転移》した。空から見下ろすと、アイスベルクよりも冷たい風景に見える。ところどころに穴や割れ目があって《全方位探索》で視ると地下に続いていた。

水晶竜の住処は地下の空洞になるらしい。繁殖するならするで、そのまま地下に留まってくれたらいいのにと思う。しかし、そうも行かないようだ。空洞は全部が繋がっているわけではない。そもそも、水晶竜は巨体だ。無理に通れば地上にも影響はある。

地上の崩落を心配してかどうかは不明だが、何頭かが顔を出し始めた。これから移動を始めるようだ。だから気配が濃厚になったのだろう。

離れた場所にいたシウにも伝わるぐらいだから、これからもっと騒がしくなる。

幸い、厳冬期にアイスベルク遺跡を訪れる研究者はいない。先ほど転移した際にも人の

第五章

厳冬期の危機と竜の脅威

気配は感じられなかった。その代わり、離れた場所に警戒中のエルフがいる。彼等もシウと同様に水晶竜の波動を感じたのだ。かなり離れた場所から窺っている。

シウの姿に気付いた様子はない。それもそうだ。遠見魔法を使ったとしても見えないぐらいの距離にある。それだけエルフは水晶竜の力を恐れている。

「この辺りがウィータゲローになるんだろうな」

古代帝国時代の地図にあった名だ。生が凍るという意味がある。

シウは急いで脳内にある記録庫の本を読み直した。どうやら当時から水晶竜が住んでいたようだ。読み飛ばしていたのか忘れていたのか、ともあれ知らない事実を見付けた。大繁殖期の時に大掛かりな討伐隊を組んで水晶竜を間引いていたらしい。当時の魔法使いの魔力量はよほど多かったのだろう。現代だと、討伐隊を組んだぐらいでなんとかなる相手ではない。

本に載っている水晶竜の推定魔力は八百五十だ。ドラゴンが千を超えると言われているのを考えれば、人間が彼等を同列に語るのも理解できる。

シウは見晴らしの良い場所に《転移》し直した。山頂近くにある崖の、張り出した岩場だ。氷で覆われているが中身は岩である。

足場を土属性魔法で作り直すと《固定》し、更に結界を張った。二重に張ったのは、内側の温度を上げるためだ。外は命の危険を感じるほど温度が低い。フェレスは耐えられるかもしれないが、人間のシウや鳥型のクロでは無理がある。ロトスとブランカも体は耐えられても子供だから寒さは応えるはずだ。

「ロトス、どうかな。寒くない？」

（全然問題ない。なあ、まだ顔出しちゃダメ？）

「うーん、もう少し待って」

ロトスには、移動の最中は常に隠れているようにと言ってある。人の目があるかもしれない。今もエルフが遠くにいる。「視」えないとは思うが念のためだ。

水晶竜への耐性も考えたい。

そもそも、辺り一帯が寒々しい景色だ。見ても楽しくはない。

シウが鑑定したところ、ここは大昔は火山だったようだ。草木の生えない岩山である。やがて雪が降り積もり、溶けないまま氷山となった。生が凍るとはよく言ったもので、見渡す限り生き物の気配がない。

氷山の割れ目から水晶竜が顔を出すぐらいだ。

彼等は魔素を吸収することで生命を維持しているのだろうか。何かを食べているような様子がない。というのも、住処と思しき地下に食事をした痕跡がないのだ。それに、体が高濃度の魔素で充満しているように思える。

鑑定魔法は通らない。

水晶竜に魔素が充満していると分かったのは、シウが体内魔素の流れを把握できるようになったからだ。外からでも見える。魔獣もよく観察しているが、水晶竜ほど魔素が充満している生き物は初めてだった。まるで水風船のようだと思う。突いたら弾け飛ぶような、空恐ろしさを感じる。もちろん、そんな真似はしない。

もし突けたとしても、大量の魔素が溢れ出るだけだ。結果、ミセリコルディア中の魔獣が恐慌を来すことになる。あっという間に魔獣スタンピードの発生だ。ウィータゲローには生き物がいないから大丈夫、などとは言えないほどの魔素量だった。

シウは想像しただけでブルッと震えた。

（どうかした？）

「ううん。なんでもない。ちょっと寒くなってきたから」

（シウには毛がないもんなぁ）

呑気な声に、シウは笑った。

「そうだね」

眼下には、ゆっくりと地上に出てくる水晶竜が見えた。次から次へと、まるで冬ごもりしていた虫が這い出てくるような姿だ。

よくよく見ると、水晶竜たちは割った氷を食べている。一緒に口に入った岩土をペッと吐き出す。どうやら彼等は氷を食べるらしい。大きな体を維持できるような栄養素があるとは思えないので、あくまでもおやつ感覚だろう。

しばらく様子を眺め、水晶竜に気付かれていないと分かるとシウは次の作業に移った。

警戒中のエルフに能力の高い応援が来た場合を想定し、空間魔法を使って景色を歪ませる。もしここまで視えたとしても、エルフにはズレた場所が見えるはずだ。

それからフェレスに乗せていたブランカを見晴らし台に降ろした。クロやロトスの入った背負い袋もだ。幼獣たちの護衛はフェレスに頼む。さすがのフェレスも、眼下に見える水晶竜たちを相手にどうかしようとは思わないようだった。

ただ、逃げるだけなら負けないと意気込んでいたし、その際には囮にもなると宣言した。頼もしい発言に顔が綻ぶが、全てを素直には受け止められない。火竜と追いかけっこした時も楽しかったし、と漏らした言葉が彼の本音に近いからだ。

「ありがとう。だけど、追いかけっこはしないし、囮にもならなくていいからね。ここで静かに待っていること。分かった？」

「にゃ！」

返事はいいのだ。シウは笑って、フェレスを撫でた。

「ロトス、もう少し我慢してくれる？」

（わかったー。なんか知らんけど気を付けてな）

「うん。ちょっとだけ見てくるね。危険がないかどうかの確認だから、気にしないで。皆もいるから」

そう言うと、シウは見晴らし台から飛び降りた。

風属性魔法を使ってふんわり下り立つと、その時になって初めて水晶竜たちがシウの存在に気付いたようだ。「ナニコイツ」といった視線を向けてくる。が、すぐに意識の外となった。彼等は番いの相手を探すのに忙しい。

シウなど、水晶竜からすれば塵や埃だ。人間で言うところのコバエだろうか。

第五章
厳冬期の危機と竜の脅威

おかげで間近に観察できる。

水晶竜はキラキラと輝くウロコを持った、歩く宝石のような生き物だ。それはそれは派手である。性格は温厚で、普段の生活からも分かる通り基本的には引きこもりだ。今は大繁殖期中だから活発に動いている。氷を削り、いや、抉るほどに走り回って相手を探す。

体長は十五メートルから二十メートルほど。竜種の中では中ぐらいになる。羽も翼もなく、飛べない竜だ。

形は火竜や飛竜と似ており、ドラゴンに近い。たとえばワームと呼ばれる地底竜、蛇蠍のようにも見える砂漠竜とは形が全く違う。そもそもシウは、地底竜や砂漠竜が竜種だというのが不思議であった。しかし、古代からドラゴンの血を引くとして語り継がれているのだから仕方ない。

さて、水晶竜がようやく雌を見付けた。突進し、そのまま押し倒そうとする。ところが体格の良い雌が大きな尻尾で振り払った。魔法は使わないらしい。こういう場合は物理的な行動に出るようだ。

断られた雄が別の雄とかち合った。大繁殖期の雄は気が荒い。争いが始まった。

その上、他の場所からも続々と地上に出てきた水晶竜がいる。その中の雄が争いに参加し始めた。

竜の大繁殖期は普段と違い、雄一頭のハーレム構成となる。負けた雄には死が待っている。それだけ壮絶な争いとなるからだ。

地響きも相当なもので、遠く離れたエルフの里にも届いているはずだ。ここから一番近いエルフの里はククールスの故郷ノウェムになる。恐慌状態に陥っているのではないかと同情した。

警戒中のエルフもおそらくノウェム出身者だ。シウが《感覚転移》で視ると、少しずつ移動を始めていた。ウィータゲローまでは来られないようだが、アイスベルクまでは進むつもりのようだった。北に向かって歩みを進めている。

ウィータゲローにまで来られたとしても時間はかかるだろうが、その前に片付けた方が無難だ。あまり騒ぎが大きくなるとハイエルフが動くかもしれない。

シウは水晶竜たちに交渉を試みることにした。

まずは、雄の争いが終わるのを待っている雌の竜にそっと近付く。

シウは以前、ガルエラドから竜語を習った。竜人族の里でも教わったので試すチャンスだとも思った。ところが――。

(あなた、訛(なま)りすぎてて言ってることがわかんないわ)

というような声が念話として伝わってきた。さすが竜種の中でも上位の水晶竜だ。意思がしっかりとある。彼等にしてみれば、ちっぽけな人族のシウが「自分たちの心の声を聞き取れるのか」と思うのだろうが。

ともあれ、シウが「ごめんなさい」と返せば、水晶竜の雌がびっくりした。

ロトスとのやりとりで慣れたせいか、意外と簡単に思念が送れたらしい。彼の場合は鳴き声とセットだったが、考えれば念話そのものである。

（あなた、本当に人族なの？）

（人族だよ。オリーゴロクスのガルエラドに頼まれて大繁殖期の手伝いに来たんだ）

（あら、そうなの。オリーゴロクスの者なら前にも来たわ。そう。おかしいと思ったら、これが大繁殖期だったんだわ。思い出した。そうだ、聞いてくれる？　なんだか体が変なのよ）

話す内容が自由だ。竜らしい気がした。何故、シウが竜人族たちの名を告げたのかが分かっていない。過去にも大繁殖期の手伝いをしたであろう彼等が何をしたのかも覚えていないのだろう。竜人族は周囲への影響を最小限に抑えたいから間引きを手伝った。

上位種である水晶竜にとっては、どうでもいいことだ。力のない者への思いやりに欠けている。もちろんそれが悪いわけではない。人間も同じだ。小さな虫を踏み付けたことに人は気付けない。虫にとっては一大事であってもだ。

シウは虫である。ただ、お願いするしかない。

（あまり暴れられると困るので、できれば早めに落ち着いてもらいたいんだ。そのために手伝えることはあるかな？）

（ああ、そうだったわね。あなたたち弱いからすぐ死んじゃうんだっけ。長老が、人族は弱いと話していたのよ。でも、変ねぇ。確か、大勢で来られると鬱陶しいから適当に嫌いな奴を差し出せとも話していたのよ）

シウは内心で苦笑した。すると、雌が突然口調を変えた。

(思い出したわ！　ねぇ、あたしの番いが前にあいつに殺されたの。ムカつくわ。あそこにいる、あいつ、殺しちゃってよ。オリーゴロクスならできるのよね？)

(え、いいの？)

(いいわ。その代わり一番強い雄は残してちょうだい。ええと――)

どれがいいかしらと品定めを始める。そこに、他の雌がやってきた。

(待って、あたしたちの話も聞いてよ！)

どすどすと駆け寄ってきた雌たちが騒ぐ。確かにギャーギャーと煩い。見た目は神々しいほど美しいというのに、口を開けばやかましい。二重音声で聞こえるので、余計に応えた。

やがて、残す一頭をどれにするかが話し合いで決まった。

(じゃあ、全員一致で決まりね。あの雄だけ残してちょうだい。残りは要らないわ)

(えっと、その、いいの？　だって仲間だよね？)

(要らないわ。大繁殖期の雄は乱暴なの。煩いし、面倒くさいの。番いも関係なくなるわ。それなら一番強い雄の子が産みたい。それに、いつまでたっても争いが終わらないじゃない。待っているのが辛いわ)

雌は雌で早く子作りをしたいようだ。イライラして体を揺すっている。気性が荒くなるのは雌も同じらしい。

(でも、殺してほしいと言われても、あなたたちの鱗は魔法を弾くから倒すのは難しい気

がするなあ）

どうやればいいのか悩む。水晶竜の鱗には、シウの無害化魔法と同じような作用がある。大抵の魔法攻撃を弾くらしいのだ。鑑定魔法ですら最初は弾かれた。先ほどから地道にじわじわ掛けてようやく表示されるようになったぐらいだ。時間が掛かりすぎである。

攻撃魔法の場合は反射もするそうだ。自分たちの撃った魔法攻撃が返ってくるのだから恐ろしい。

いつもの、大型魔獣への攻撃でよく使う空間魔法にしようか。シウが考えていると、雌同士が話し合って答えを教えてくれた。

（雄はあそこを切られたら死ぬわよ？）

（あそこって、あそこ？）

言葉は曖昧だったが、なにしろ念話だ。雌たちはシウにはっきりとしたイメージ映像を送ってきた。

シウは冷静に「そうですか」と答えたものの、ゾッとした。

水晶竜の雌たちが怖い。

とはいえ、さっさと行動に移さないのも怖い。雌たちが苛ついているからだ。

竜を倒す時は首を落とすものだと思っていたが、どうやら雄の生殖器を突き刺しても倒せると分かった。シウは言われた通り、やってみることにした。

真下にわざわざ潜るのもどうかと思い、その場に手を突き魔力を通す。氷の下には土がある。土属性魔法と、他に生産魔法も使えばいいだろう。

雄が争う真下、一番に「あいつやっちゃって」と指名された個体を目がけて土の槍を突き刺した。

土で作った槍をそのまま攻撃として放ったのではない。土中で作った槍を土台ごと持ち上げたのだ。生産魔法を挟んだのはそのためだ。圧縮した土は金属のように硬くなった。出来上がった槍は魔法の理から離れた。

無防備な生殖器は、雌に「水晶竜の雄を殺すにはそこしかない」と言わしめるほど繊細で弱かったようだ。槍に貫かれた水晶竜は、争っていた別の雄の首に噛み付いたまま絶命した。

(あら、一発だったわね。あなた、すごいじゃない。そう言えばオリーゴロクスの戦士は、足の間に走りこんで大長剣を突き立てていたわよ)

それはすごいと感心する。さすが竜戦士だ。彼等は度胸もある。

シウには出来ない芸当だった。まず、長剣を振り回せないだろう。

(この調子で間引いていくね)

(いいわよ。早くやっちゃって!)

自分たちでは雄を倒せないからと、応援される。

魔法を使える竜だが、シウのような使い方は考えたこともないようだ。理解できたところで使えるものでもない。なにしろ繊細な魔法が苦手らしいのだ。

雌たちの雑談めいた念話を聞きながら、シウは言われるままに次々と雄を倒した。

死骸も要らないというから空間庫に入れていく。

どさくさに紛れて「死んだ雄たちの巣を見てもいい？」と聞けば「勝手にどうぞ」との言質を取った。こんな時しか入れないような場所だ。不謹慎（ふきんしん）ながら少し楽しみになる。

あとは事務的に雄を倒し続けた。


最後の一頭になった雄は「いつの間に？」と不思議そうではあったが「あ、そうだ、雌と交尾しよう」と勢い勇んだ。雌たちに飛びつく様子が捕食のようで驚く。

雌たちは雌たちで、強さの順に並んでいたようだ。こちらは争うことなく、一頭ずつ相手をするらしい。多少は煩いだろうが雄の争いよりマシである。子供が出来ればそのうち静かになるはずだ。

シウはホッとした。

見晴らし台に戻る前に雄たちの巣にも寄る。置いてあったものをごっそりと空間庫に入れ、見晴らし台に戻った。ここまでで二時間だ。早いのか遅いのか、ともあれ憂いは去った。

◇◆◇◆◇

待ちくたびれた幼獣たちは安心できる場所で寝ていた。クロとブランカはフェレスの尻尾に包まれ、ロトスは背負い袋の中でだ。お気に入りの毛布に包まれてすやすやと寝ている。

シウが様子を見ようと開けてしまったため、光が入ってロトスが目覚めた。

「あ、ごめん。起こしちゃった」

（ううん、だいじょぶ。えーと、なんか分かんないけど、竜の争いがどうのって奴はもう終わったの？）

「うん。終わった。見てみる？」

シウの言葉で完全に目が覚めたロトスは「見たい見たい」とバタバタした。背負い袋から出してやり、抱き上げて見晴らし台の先に立つ。

眼下が見えるよう、少しだけ身を乗り出す。

（……えっ。ナニコレ、ヤバい。超高いし、超怖い。ていうか、何、あれ）

「竜だよ。見たいって言ってたよね？」

ロトスは目を見開いて固まった。

「えーと、あれは滅多に見られない希少な竜なんだ。水晶竜とか氷竜って呼ばれているんだよ。あ、見たことは内緒ね？」

（あー、うん。分かった。てか、シウは内緒の話が多いね）

「そ、そうだね」

（うん）

心ここにあらずといった様子で、シウは心配になってロトスの顔を覗き込んだ。彼の視線は水晶竜たちに釘付けだ。

「びっくりした？　ごめん。やっぱり、あんな大きな竜を見たら怖いよね」

まだ早かったのだ。元々ロトスは魔獣に怯えていた。解体の際も気持ち悪いと目を背けていたではないか。竜の姿を恐れる人は多い。シウは自分の迂闊さを反省した。

ところが。

（いやぁ、怖いっていうか。確かに怖いんだけど、それよりも、なんていうかさ）

ロトスは大きく息を吐いた。

（俺、やっぱり人間だったんだなぁって思って）

どこかサッパリした様子だ。それからシウの腕の中でもぞもぞと動きながら「下りる」と告げた。結界を張っているから安全なのだが、つい心配で数歩下がって地面にそっと置く。それなのに、ロトスは自分の足でトトトッとギリギリまで歩いていった。

ゆっくりと顔を出し、地上を覗き込む。

（聖獣ってさ、いろいろ美化されてるけど結局は獣なんだよな。俺、そっちの本能に引っ張られたみたい。だから人化ができなかったんだ）

「そうなの？」

（たぶん、そう。それに獣の姿がすごく楽。これが自然の姿だって思うんだ。あと、この姿だと捨てられないいんじゃないかって――）

「ロトス」

（思った気がする。あっ、分かってる、シウはそういうのじゃないって。でも、分かっても不安って消えないじゃん。本能的に甘えてたんだな。シウは優しいし、俺は未来なんて考えられないし、このままでもいいって思っちゃったんだよ。きっとな。だけど、こいつらの姿を見るとさぁ……）

　呆れ声で眼下を見つめる。

（獣ってヤバいな。俺、ハーレムやりたいって話してたけど無理だわ。特にああいうの、絶対無理）

「ええと？」

（いや、だって、あれ見てよ。あんな感じになるんだろ？）

　そう言われ、シウも地上に視線を向けた。

　水晶竜の交尾が続いている。どすんどすんと音を立て、まるで怪獣大決戦のようだ。地上の氷は削れ、岩が剝き出しになっている。辺り一面が災害に遭ったかのようだ。

　シウは、なるほどと頷いた。ロトスにとってはこれが衝撃だったのだろう。シウは山で生まれ育ち、生き物の自然の営みを自然と受け入れていた。ただの獣はもちろん、虫も鳥も、魔獣でさえも身近にあった。交尾の様子を見ても特に何も感じない。ただただ自然にある普通の景色だ。

　ロトスは前世が青年時代で途切れている。そして都会っ子だ。人間の綺麗な部分しか知らないのだろう。生々しい獣の営みに彼はショックを受けた。

　それが荒療治になったらしい。

（なんか変化できそう。やってみる。もし俺が変になったら助けてな？）

「分かった」

　答えると同時に、ロトスの周囲が白くぼやけた。一瞬だ。すぐに視界が晴れる。

そこに、白い肌と黒髪の幼児が立っていた。

年齢で言うなら二、三歳ぐらいだろうか。人型になった時の見た目は月齢に比例するようだ。シウが感心していると、ロトスが口を開いた。

（えっと、悪いんだけど羽織るものちょうだい。いくら幼児でも裸はちょいとマズいと思うんだぁ）

「あ、ごめん」

シウは急いで、魔法袋の中からという体で空間庫から服を取り出す。が、動揺していたせいか、最初に取り出した服が昔着ていた自作のシャツだった。今見ると、あまりにひどい。慌ててバオムヴォレの生地で作った新品の部屋着を出した。

この生地にはボンビクスの糸も交ぜている。魔法を付与し易い特殊な糸だ。おかげで生地にも魔力を通しやすい。シウはその場で装備変更魔法を使い、Ｔシャツを少し小さくした。それでもまだワンピースと呼べるほど長い。

「今はこれで我慢してくれる？」

「わかったぁ」

「あ、人語も喋れるようになったね」

「でも、まだ、したたたず。ろわいえご、むずいー」

舌足らずが言えてないのがまた面白い。シウは思わず微笑んだ。

「上手だよ。えらいえらい」

見た目や口調の幼さに、ついつい本物の幼児相手にするような声を掛ける。ロトスは満更でもないようだ。へっへーと、可愛い顔で照れ臭そうにした。

「それにしても良かったね。聖獣の人型とは違うよ」

シウが今まで見たどの聖獣の人型とも違った。

「そぉ？」

「うん。肌は確かに白いけれど、まろやかな色合いだね。乳白色というのかなあ。自然な色だ。髪の色も黒い。瞳は黒っぽい茶色かな。目立たないで済むよ」

「おー」

ロトスは頰（ほお）に手をやり、嬉しそうだ。人型の時の希望は「目立たない普通の色」だったから、安心もしている。

「どんな、かおかなぁ」

ワクワクもしている。シウは笑った。

それはそうと服装だ。Tシャツがいくら大きいとはいえワンピースにしかならない。その下には何も穿（は）いておらず、いくら結界の中が寒くないとはいえ見た目に寒々しい。

とりあえず、シウの冬装備の一つ「毛皮ベスト」を着せておく。下着は新品の予備はあっても大きさが違う。装備変更でもずれ落ちるだろうから、布を簡単に縫い合わせて穿かせた。更に、長いシャツの袖を切ってタイツ代わりにする。

かなりおかしな格好となったが仕方ない。

本当はロトスに聖獣姿に戻ってもらえばいいのだが断られた。次にまた人化できるかどうか不安なようだ。体に覚えさせておきたいと、自然に戻るまでは人型でいるらしい。

二人でゴソゴソしていると、気配でフェレスたちが起きた。

「にゃ？」

「ぎゃぅ……？」

「きゅぃ！」

フェレスが「あれ？」と首を傾げ、ブランカは「ちっちゃいにんげんだ」と驚く。クロだけが気付いていた。「よかったね」とロトスに声を掛ける。

「やっぱ、クロは、おとな～。フェレス、ブランカ、おれ、おれだよ！」

「にゃ、にゃにゃ！」

「ぎゃぅ！」

フェレスは「あれ、ロトス？」と気付いたのに対し、ブランカは分かっていないのに元気よく返事した。彼女らしい。シウは笑って、皆に説明した。

「この子はロトスだよ。人型になれるんだ。だけど秘密にしてる。とっても大事な話だから覚えておいてね。『このことは誰にも話してはいけない』。分かった？」

「にゃ！」

「きゅぃ！」

「……ぎゃぅ？」

最後の返事が怪しい。シウはブランカの頭を両手で持ち、ジッと目を見つめた。

「ブランカ、よく聞いて。絶対に内緒だよ。ロトスの話を誰かにしたら二度と会えなくなる、かもしれない。会えなくなると寂しいよね？」

「ぎゃっ、ぎゃぅ！」

いやだ、さみしい、と慌てる。

「落ち着いて。大丈夫、誰にもバレなければ離れないで済む。シウは両手でブランカの頭や首を撫でた。いよね。そのために内緒にするんだ。嘘がつけない皆にお願いするのは僕も心苦しい。だからね、せめて嘘をつくのじゃなくて黙る方を選ぼう。黙っていようね」

「ぎゃぅ、ぎゃぅ！」

わかった、だまってる！

ブランカは決意を込めて頷くと、シウの手から離れてロトスに突撃した。勢いよく体当たりされたロトスがすてんと後ろに転ぶ。その上に覆い被さり、ブランカが舐め回す。

「わ、ちょ、やめて。おもいー。おれ、ぺちんこなる」

ぺちゃんこになると言えないようだ。のし掛かられたロトスは完全に被食者の図だった。

シウは笑いながらブランカを引っ張り上げた。もう抱えるのが難しくなるほど大きくなった。シウでも重いと思うのだ、小さなロトスが重いのは当然だ。

「ブランカ、自分の体が大きくなったことを自覚しよう。潰れちゃうよ」

「ぎゃう！」

相変わらずハキハキと答える返事が優等生だ。シウは苦笑し、ロトスに《浄化》を掛けて綺麗にした。

第五章

厳冬期の危機と竜の脅威

水晶竜の交尾が雌を一巡して落ち着いたのを見計らい、シウは一番強い雌にそっと近付き「大きな巣に戻ってくれないか」と頼んだ。彼女が了承してくれたため、一行は地下に移動を始めた。少し落ち着いたようだし、地上でないと子作りができないわけでもなさそうだ。元々地下に住む彼等は「それもそうだ」と納得してくれた。

これで、水晶竜から溢れる威圧や魔素が消える。少なくとも威圧が消えればエルフは警戒を解く。魔素の方はしばらく漂うかもしれないが、それも徐々に消えるはずだ。

念のため、シウは辺り一帯を覆うぐらいの大きな結界を張った。魔素が外に流れなければ魔獣が活発化することもない。結界は、中の魔素が徐々に空気と混ざるような術式で作ってある。

ガルエラドには全て終わってから連絡を入れた。もう終わったと告げると、通信の向こうで笑っているような気配を感じる。どうやら自分の出番はないと予想し、それが当たったので笑ったらしい。

「(やはりな。シウ一人でなんとかするような気はしていた。しかし、大繁殖期の雌とよく話ができたものだ。その上、間引きした雄をもらってくるとはな)」

「(もしかして、まずかった？)」

「(いや。通常であれば、交尾の最中に他の雄の死骸は踏み潰される。とても横から奪えるような状況ではないからな。せっかくの素材が無駄にならずに済んで良かった)」

「(なんだ、そういうことか。あ、解体が終わればガルの方の魔法袋にも入れておくね)」

「(む。……ならば、少しだけ分けてもらえるか。だが、本来はシウの取り分だ。余分には要らぬ)」

一瞬の間は、真面目な彼の葛藤だったのだろう。しかし、シウが押し通すことが分かっている。だから折れてくれたのだ。とはいえ、続けて「いいか、少しでいい。数枚の鱗で十分だ。決して多く入れようとするな」と付け足す。

シウは笑って「そうする」と答えたのだった。

帰り支度を始めているとロトスがウトウトし始めた。人化で疲れたのだろう。抱っこの形でフェレスに乗せ、そのまま安全帯を取り付けた。向かい合わせだ。途中で目が覚めても目の前にシウがいれば驚かずに済む。

ブランカは更に前方に乗せ、こちらも安全帯をがっちりと取り付けて落ちないようにした。クロも一緒だ。

ロトスが寝ているのを確認してから《転移》する。先に《感覚転移》で視ていたため、王都から一番近い一つ目の森に飛んだ。あとは街道を少し進めば王都の外壁門だ。そこで一旦、ロトスをおんぶ紐で背負い直した。ローブを上から羽織り、更に認識阻害魔法を付与する。これでロトスの存在はバレない。

偽装工作が終わるとフェレスに王都上空を「ゆっくり」飛んでもらった。いくらギルド前での発着を許されているとはいえ、いつもの猛スピード飛行は禁止である。

フェレスはスピードを抑えてギルド前に降り立った。

その時も、ギルド内でも、ロトスを背負っていることは誰にも気付かれなかった。

表には目立つフェレスがいるし、幼獣のクロとブランカを連れて入れば彼等に視線が集まる。特にブランカはあちこち走り回った。冒険者たちは「おお、元気だな」「可愛い」と目を細め、シウを見ようともしない。クロもあえてなのか、彼等の意識を集めようと反対側に飛んでいく。

シウはその間に採取した薬草を提出して処理を終えた。

背中が盛り上がっていてもバレないのだから、クロやブランカたちの人気と認識阻害魔法のすごさに感謝だ。


屋敷に戻った時もほとんどの人には気付かれなかった。ただ、家令のロランドはシウの姿に違和感を覚えたようだ。彼はシウがいつも背負っている魔法袋が薄型なのを覚えている。しかし、何も言わなかった。黙って見逃してくれた。

屋敷の皆には、もう少し秘密にする予定だ。ロトスの人化がどこまで保つか分からない。話している最中にポンと聖獣姿に戻ったら驚くだろう。

人化が安定したら、今度は「幼児を拾った」と報告すればいい。そんなことを考えながら部屋に入ろうとしたら、リュカが自室から顔を出した。

「おかえりなさい、シウ！」

気配を感じて出てきたようだ。シウを見てパッと笑顔になる。ところがすぐに表情が変わった。「あれ？」と首を傾げる。

「にんげん？」

「あ、うん。そうだった、リュカは嗅覚がすごいんだっけ。えーと、ごめんね、内緒にしてもらえる？」

シウはどう言い訳しようか迷いながらも、内緒にしてほしいとお願いした。

リュカは神妙な顔で、

「……うん」

と頷いた。思い詰めたような顔だ。そして決意の籠もった声で続けた。

「シウ、僕と同じような子を拾ったんだね。大丈夫。僕、黙ってる。任せて」

師匠に学び始めたリュカは、急激に年相応の、いやそれ以上の大人ぶりを見せるようになった。人の機微にも気付く。今もそうだ。彼なりに考えたのだろう。

そして、それは当たっていた。

シウはリュカの成長が嬉しような、それでいて黙っていることへの申し訳なさで、どんな顔をすればいいのか分からなくなった。ただ、これだけは言える。

「ありがとう。もう少し待ってて。落ち着いたら皆にもちゃんと紹介するから」

「うん。分かってる。僕、その時にはお友達になれるよう頑張るね！」

「そうだね。……リュカ、ありがとう」

年齢よりも幼さを感じる喋り方だったリュカが、今はこんなにもしっかりしている。背もぐんぐん伸びた。大人になるのが早すぎる。

シウはやっぱり表情に困った。リュカの頭を撫でる手も、そのうち届かなくなるのだろう。

実際、獣人族の血を引くリュカは大きくなるはずだ。彼の家庭教師をしていたミルトたちも話していた。きっと、あっという間にシウの背を追い越すのだろう。五歳も下の子にいつ追い越されるのか。ほんの少し悔しい気持ちもありつつ、嬉しいような寂しいような不思議な思いでリュカと別れた。

部屋に入ると知らず溜息が漏れる。なんとなくホッとして、シウはロトスたちを奥の部屋に寝かせた。フェレスもゴロゴロすると言うので後を任せ、シウは急いでロトスの服を作った。

間に合わせの服だ。さすがに適当な布のままではシウが耐えられない。

取り急ぎ、寝間着や下着類を作る。

その他の、たとえばお出かけ用の服は街で買えばいい。ブラード家御用達の仕立屋に頼めば着心地の良いものを用意してくれるだろうが、会わせられない。体のサイズを測る作業は思った以上に時間がかかるのだ。

王都なら、既製品でも良い品を扱った店は多い。

シウは、ロトスにどんな服を買ってあげようかと考え、自然と笑顔になった。可愛い幼児服に思いを馳せ、翌日を楽しみに待つ。

その前にも楽しみはある。レンコンだ。

シウは厨房に入って、レンコン料理を作った。

レンコンはブラード家でも人気の食材だ。歯ごたえが良いと喜んでくれる。

女性陣はレンコンをおろして豆腐と合わせた「もちもち団子」が好きだ。これに醤油ベースの餡を掛けてあっさりといただく。

男性陣は同じ団子でも、刻んだレンコンを混ぜた上に揚げたものが好きだ。そこに熱々の餡を掛ける。歯ごたえと、濃い目の味が良いようだ。挽き肉を挟んだ「挟み揚げ」も人気が高い。

他にも、天ぷらにして大根おろしと天つゆでいただくのもアリだ。シウも気に入っている。この日は天ぷらにしなかったので、明日あたり料理長が天ぷら祭りを開催してくれるだろう。

この日は興が乗り、お弁当用にと何品か作り溜めを始めた。筑前煮やきんぴらだ。彩りに人参やインゲン豆を入れる。どれも空間庫で保管していたものだ。

シウはふと、夏に収穫したインゲン豆について思い出した。収穫したのは爺様の家の裏にある畑だ。手を入れずとも毎年のように育つ。

揚げただけのインゲン豆が爺様の好物だった。爺様はインゲン豆を食べる時、よく「生温くてクソ不味いビーアでもいいから飲みたい」と話していた。冒険者だった頃を思い出していたのだろうか。

その時の表情を、シウは今でも覚えている。

今のシウなら、冷えた「ビール」とインゲン豆の天ぷらを用意できただろう。でも、爺様にとっては温いビーアに素揚げしただけのインゲン豆が良かったのかもしれない。

シウは感傷めいた気持ちを吹き飛ばすかのように頭を振った。

急いで料理を仕上げる。きっとフェレスや幼獣たちがお腹を空かせているはずだ。

◇◆◇◆◇

光の日はロトスの服を買いに出掛けた。当の本人は留守番だ。ブランカも置いていく。幼獣であれば店内に連れて入れるが、物を壊されたら困る。もちろん、彼女がむやみやたらに暴れるとはシウも思ってない。しかし、急激な体の成長に心がまだ追いついていない状況だ。避けた方がいい。クロもお目付役として留守番をお願いした。

シウはフェレスを連れて、まずは貴族街に向かった。服装は、学校にも着ていける仕立ての良い服だ。ローブは替えた。赤い革の縁取りがある濃灰色のローブだ。不人気の色ではあるが、シウにとってはお洒落のつもりだった。

ブラード家は学校に近い場所にあり、貴族街から見て端になる。その先は大商人街とも呼ばれる場所だ。シウは一旦、貴族街に向かって歩いた。ところが、なかなか良い店がない。正確には、貴族が貴族のために作ったような店ばかりで紹介状がないと入れないようだった。チラリと見えたそれに気付いて諦めた。

次は大商人街に向かう。高級品を扱う店が立ち並ぶ通りは、普段なら素通りしている。この日はゆっくりとショウウインドウを眺めた。

すると、シウが騎獣を連れているからだろう、店の奥から男性が出てきた。

「何かお探しものでございますか、坊ちゃま」

気恥ずかしい声掛けではあるが、気にしない。シウは頷いて答えた。

「幼児用の、柔らかくて着心地の良い外出着を探しています」

店は紳士服を扱っているようだった。男児の服もあるかと思ったが、店員は申し訳なさそうな顔で頭を下げた。

「申し訳ございません。当方では十歳頃からの紳士服しか取り扱っておりません」

「そうですか」

「少し、お尋ねいたします。坊ちゃまはとても良い仕立て服をお召しになっておられますが、お探しの幼児服は仕立てでなくともよろしいのでしょうか」

彼にはシウの着ている服がどれほどのものかが分かるようだ。表情や態度は礼儀正しいのに、目がキラキラと輝いている。シウに分からないと思ってか、何度も視線が生地に向く。

「はい。これぐらいの、二、三歳ぐらいかな。男の子なので汚すと思うんです。成長も早いですから既製品でもいい。だからといって着心地は妥協したくない。良いものを贈ってあげたくて探しています」

「なるほど。そういうことでしたら、隣りの通りに『サイラスの店』がございます。既製服ではありますが縫製はしっかりとしております。貴族のお子様方も利用しておられますよ。坊ちゃまが仰られたように子供の成長は早いものです。大貴族のお子様でもなければ普段着から仕立て服を用意とはなかなか参りません。サイラスの店は皆様がよく利用なさっているようです。既製服組合でも評判の良い店ですよ」

「そうなんですね。では、寄ってみます。いろいろと教えてくださってありがとうございます」

「とんでもないことです。どうぞ、普段服のご入り用がございましたら、その際は当店へお越しくださいませ」

丁寧な挨拶で見送ってくれた。シウ自身はただの冒険者だ。そこまで丁寧に扱われる立場にないが、良い仕立て服に騎獣を連れていれば勘違いもされる。実際、高級店に合わせた服装をしたつもりだ。とはいえ、背中がむず痒い。シウはなんとなく肩を上げ下げして気分を一新した。

サイラスの店も立派な店構えだった。子供服を置いているとは思えない重厚感だ。客が貴族や大商人になるのだから当然だろうか。実際に来るのは使用人だとしても、見栄えは大事だ。

店員の教育も行き届いている。シウが店の前に立った瞬間に出てきたのだ。落ち着いた、丁寧な挨拶をくれる。

フェレスは店の前に作られた広めの休憩場所に繋いでくれた。そこだけ色を変えた石畳でお洒落だ。そして「ご心配でしょうから」と、店員が護衛として立つ。

店の気配りに感動しつつも、冒険者ギルド前のぐだぐだ感の方が自分には合うと思ってしまった。シウは内心で苦笑し、店内に入った。

「いらっしゃいませ、若様」

シウを担当してくれるのは、どうも偉い人のようだ。他の店員とは、着ている服が違う。既製服ではなく仕立てだ。マネジャーといったところだろうか。彼もまた、シウの服をチラリと見た。小さく頷く顔が満足げだ。

これはシウが八方目を使っているから分かっただけで、普通の人なら気付かなかっただろう。本来なら見えていないと思われる位置だったから、うっかりと表情に出た。

シウと目を合わす際には笑顔のみだ。

「何かお探しのものがございますでしょうか」

「あ、はい。二、三歳ぐらいの男の子の外出着と部屋着が欲しいんです」

「幼児服でございますね。贈り物でしょうか」

本人を連れてこない、あるいは店員を家に呼びつけないことから推測したようだ。シウは頷き、続けた。

「およそですけど、測ってきました」

メモを渡すと彼の目が輝く。

「とても分かりやすくございます」

「家に来てくれる仕立屋さんがどこをどう測るのか見ていたので、真似してみました」

「さようでございますか。若様はご記憶もよろしい、目端の利く方でございますね。大変、助かります。おかげさまで、このサイズでしたらちょうど良い服をお勧めできそうです」

　また背中が痒くなってきて、シウは曖昧に笑った。マネジャーはそれに気付いてか、店の中から急いで服を集めた。それらをテーブルに乗せていく。

「まだお小さいですと、ご本人様に強いこだわりはございませんでしょう。ですので贈られる方、あるいはご両親の好みに沿って決められるのがよろしいかと思います」

「そうですね。ただ、本人は格好良いものが好きらしいのです」

「おや。もうしっかりとした好みがおありなのですね。お小さいのに頭の良い方だ。でしたら、こちらはどうでしょう」

　彼はすぐさま可愛いタイプの服を省いた。傍に付いていた若い店員がサッと持っていく。彼の手際も良い。見苦しくないのだ。しかも、別の店員が追加で服を持ってくる。

　連携が素晴らしい。さすが大商人街にある高級服店だ。シウは感心しきりだ。

「こちらは、大人の着る服と同じ形にしてございます。しかし着心地は良く、首周りはこの通り、柔らかい素材でできております」

「あ、本当ですね。これなら子供でも苦しくないかな。ああ、いいなあ」

　ふにふにとした柔らかさに羨ましさを覚え、つい本音を漏らす。シウは慌てて言い訳した。

「僕もしっかりとした立襟が苦手でして」

　恥ずかしくて頭を掻くと、マネジャーは微笑んだ。

「実は、そうした方は多いのです。特にラトリシアは寒い国ですから、肩が強張るのでしょうね。そこに余裕のない作りの襟が合わさると凝りやすくなるのです。といっても、大人服はなかなか大胆に変更とは参りません。ですが子供服なら多少は融通が利きます。当店では、首周りの素材に型崩れしづらい柔らかな素材を使っているのですよ」

「それはいいですね。僕もここの服が良かったなあ。あ、もちろん、今の仕立屋さんは僕専用に緩めて作ってくれていますけどね」

「ええ、ええ。先ほどから気になっていました。生地がとても滑らかで美しく、その着心地の良さを想像してしまうほどです」

　生地を褒められると嬉しい。何故なら、元々の素材を開発したのがシウだからだ。

　高級綿のバオムヴォレを主体に、ゴム糸をこっそり仕込んだ布地は柔らかい。それにボンビクスの糸も交ぜていた。火属性魔法を付与することで、冬服はほんのりと暖かい。

「これは仕立屋さんと一緒に開発した生地なんです。生地自体に魔法を付与することもできます。何より肌触りが良いんです」

「それは素晴らしいですね」

　この店は既製服組合に所属しており、この生地については噂でしか知らなかったようだ。仕立屋組合では話が広がっている。といった話をすると、マネジャーはハッと表情を改めた。

「もしや、バオムヴォレの栽培を進めているシウ＝アクィラ様でいらっしゃいますか？」

「あ、えと、はい」

戸惑いながら頷くシウに、マネジャーが身を乗り出した。そして両手でガシッと握手する。

「開発されたと仰られた時にもしやとは思ったのですが、すぐに気付けず大変失礼致しました。まさか、あのアクィラ様とは――」

「え？」

「実は、我々既製服組合の中にも出資者がいるのです。かくいう、わたしどももそうでございます。昨年の夏には苗も根付き、良質なワタも採れたとか。今年の夏は期待できると聞いております」

マネジャーは興奮した様子で、やや早口になって続けた。

「仕立屋組合から、良い配合の生地が出るとは聞いておりましたが、我々まで実物は回ってきません。今こうして拝見できてとても感動しております」

他にも開発に携わりたいだとか、思うところを語り始めたところにオーナーがやってきた。店員の誰かが知らせに行ったらしい。

シウはたじたじになりながら、笑顔でテーブルの上を指差した。

「あの、とりあえず先に服を選んでもいいでしょうか」

「もちろんでございます！　いやぁ、アクィラ様がわたくしどもの店にいらしてくださるなんて――」

シウは苦笑いで誤魔化した。

しかし、この店にある服はどれも良かった。選ぶのが難しく、当初予定していた数を大幅に超えてしまった。

シウは自分自身の服には頓着しない。着回しも平気だ。だから、人の服を選ぶのがこんなにも楽しいとは思わなかった。

ただ、フェレスのスカーフを作っている時も楽しかった。何枚も作ったし、今も増え続けている。ブランカにも着ぐるみを作った。クロには脚環だ。単純に物づくりが好きなだけだと思っていたが、着飾らせたい気持ちがあるのかもしれない。

とはいえ、シウにはセンスがなかった。毎日どれを着たら良いか考えるのが苦手で、スサに上下セットを決めてもらっているぐらいだ。あとは決めた通り、順繰りに着回している。

それを思い出し、シウはマネジャーに「組み合わせも教えてください」と頼んだ。

マネジャーは張り切って多くのパターンを作ってくれた。


ちなみに、買った服を包んでもらっている間に紅茶と菓子が出てきた。

その時にシウのローブに話が及んだ。

「これほど素晴らしい素材を着こなしているとは、さすがでございます」

「ありがとうございます。ロワル魔法学院でもシーカーでも汚らしい色だと笑われたことがあったので、そう言ってもらえると嬉しいです」

「なんと！　それは、見る目のない方々だったのですね」

「貴族のご子息も多うございますのに、残念なことです」

マネジャーとオーナーは心底そう思っているようだ。悲しそうな顔になる。

「こちらは、グランデアラネアの糸だけで作られた生地でございますよね。最高級品ですよ。色も大変落ち着いた大人の色でございます。これは染めを失敗したのではありません。わざとこの色にしたのでしょう。確かに、若様のような年若い方には少々早いのかもしれません。しかし、赤の縁取りがそれを打ち消しております。若々しく、ぐっと引き締まって見えるのです。見事でございます」

シウは曖昧に笑って頷いた。マネジャーが話を続ける。

「しかも、この縁取りの革。相当な品とお見受けします。もしや、最高級のサラマンダー製ではございませんか？」

すると、オーナーが大きな溜息を漏らした。

「ロイド、お前もまだまだだね。それがサラマンダーのものであるものか」

「えぇ？」

「アクィラ様、こちらは竜種、しかも火竜の革ではございませんか？」

「ええと、はい。そうです」

店員たちがどよめく。聞こえていたらしい。というより、二人の声が大きいのだ。

その上、期待の籠もった目でシウを見る。

火竜の革をどこで手に入れたのか、あるいはまだ持っているのならと考えているのだろう。

シウは申し訳なさそうに「たまたま少量、手に入っただけなんです」と答えた。

実際は火竜の死骸ごと持っている。ただ、おいそれと表に出せない。出せば市場が荒れるし、代替品の価格も暴落するだろう。それよりも恐れているのは、誰が狩ったのかバレることだった。火竜を倒せると知られたら目立つという問題ではない。安穏とした生活が送れなくなる。

オーナーは残念そうではあったが「そうですよねぇ」と納得し、マネジャーともども「貴重な品を見せてくださってありがとうございます」と頭を下げた。

いろいろあったが親切な店だった。組み合わせをイラスト付きで描いてくれるなど、心配りが素晴らしい。

幼児靴を売っている店も紹介してもらい、シウは待ちくたびれたと拗ねるフェレスを連れてサイラスの店を後にした。

エピローグ

The Wizard and His Delightful Friends

Epilogue

買い物に思ったより時間がかかってしまい、シウは急いで屋敷に戻った。

部屋に入ると、ロトスを中心に皆が楽しそうに走り回る姿があった。特にロトスは、口に手を当て「おぼぼぼ！」と奇声を発する。昨夜もほんの少しだけ似たようなことをしていた。原始人の真似らしい。

原始人とは、ロトスが鏡に映った自分を見て漏らした言葉だ。寝間着として渡したTシャツを彼なりに着やすく調節したところ「なんか原始人！」だと思ったらしい。

朝になっても着替えず、そのままの格好で見送ってくれた。よほど気に入ったのだろう。その姿で今も、きゃっきゃとはしゃいで走り回っている。もちろん防音しているが、一人で留守番していた時とは様子が全く違う。

楽しげな様子を眺めていると、クロが気付いて駆け寄ってくる。ブランカもハッとして動きを止めた。

何故か、ロトスはシウに見られたことがショックだったらしい。「ガーン」と言って、その場に蹲った。子供と同じように全力で遊んでいた姿が恥ずかしかったようだ。

シウは笑って、

「子供なんだから楽しく遊べばいいよ」

とロトスを慰めた。もちろん子供でなくとも遊んでいい。節度は求められるだろうが、おいおい覚えればいいことだ。


シウは早速、買ってきた服を広げた。

✦エピローグ✦

ロトスが「買いすぎだろ」と眉を顰めるが、その表情はどこか嬉しそうだ。自分のための服や靴、小物があると知って喜んでいる。その顔を見ただけで選んだ甲斐があるというものだ。

フェレスやクロ、ブランカたちにも「自分だけの物」がある。首輪やスカーフ、鞄もそうだ。山で拾った綺麗な石に、蛇の抜け殻。お土産屋さんで購入した飾りもあれば、宝石だってある。

まだ出会って一ヶ月のロトスにはそれがない。本当に必要最小限の、たとえば脱着し易い安全帯だとか、食事の際に使うお皿ぐらいだった。

これからは違う。人型になれたことで外にも出られるようになるのだ。

「ちょっと合わせてみてもいい？」

「うん」

そわそわするロトスに服を当て、ついでに着てみた姿も見たいとリクエストする。

スサたちメイドが、シウやカスパルを着せ替え人形にする気持ちが少し分かった。カスパルの場合は、主を完璧な格好にしたいからだろう。シウの場合は少しでもセンスよく見せるためだ。でも時々彼女たちは「こちらの方が可愛いのでは」と楽しそうにしていた。

そう、着せ替えは楽しい。

「可愛いね、ちっちゃい服」

シウはニコニコ笑って、次の服を手に持った。ロトスはほんの少し拗ねた風だ。

「ちがう。そーゆーときは『ロトスちゃん、かわいいね』だと、おもう」

ロトス自身を可愛いと褒めるべきらしい。たどたどしい話し方も相まって、シウはロトスの言い分に笑った。

「あはは。うん、可愛い可愛い」

「……ぜったい、おもう、ない！」

ぷんぷんと怒るフリをしても、それさえ可愛い。

シウはフェレスが生まれた時、まだ前世の自我が強かったせいか存分に甘やかすことができなかった。初めて飼う生き物に緊張もしていた。おそるおそる接していた気がする。

クロの場合は、精神が大人なので構い過ぎないようにしている。彼が求める時だけ甘えさせるやり方だ。ブランカは自ら甘えに来るので受け止めるだけでいい。

ロトスは、前世が青年だった記憶を持つのでやはり遠慮はあった。が、幼獣姿は可愛いし、時折憐れにも感じて子供扱いした。今はより一層、大事にしなければと思う。それは人型の幼児という見た目もあるのだろう。

「ちゃんと可愛いと思っているよ？」

「えー」

ロトスが疑いの目でシウを見る。

「本当だって。聖獣は人型になっても綺麗な姿でね。真っ白いから神々しさもある。幸い、ロトスは黒色が混ざって落ち着いた容貌だ。とはいえ整っているからね。今は可愛い感じかな。将来は【イケメン】になると思う」

イケメンとはロトスがよく使う言葉だ。シウが日本語で伝えると、ロトスは気を良くした。嬉しかったのか、その場ででんぐり返しだ。起き上がってからハッとした顔になる。

「あ、まちがった。おれ、いま、にんげん」

どうやら、いつもの「グルグル回る」をやろうとして縦に回ってしまったようだ。

シウが笑うと、ロトスに「わらうの、だめ」と怒られる。照れているのは分かっていたから「はいはい」と返事をしながら笑いを堪えた。


着せ替えが一段落したところで、聖獣姿に戻れるか実験しようという話になった。

「ここだと、あんしん。シウ、みてて」

服を脱ぎ、腰にタオルを巻いて宣言する。「原始人」の格好はしないようだ。

ロトスは中腰になって「ん〜」と唸った。そして。

「えい！」

なんとも言えない可愛い掛け声だ。しかし、ちゃんと子狐姿に戻っている。

（できた！　やっぱり、この姿の方が妙にしっくりくるし、落ち着く〜。だけど、俺は元人間だもんな。よし、もう一回やってみる！）

また「んーっ、えい！」と――子狐の鳴き声は「きゃんきゃん」であったが――声を上げて人型になった。

「やった、もう、かんぺき！」

ロトスは喜び、その勢いのままにでんぐり返しをした。ところが、立ち上がった時によろめく。

✦エピローグ✦

「あれれ？」

何が起こったのか分からないようだ。両手をグーパーと動かす。

シウには思い当たる節があった。

「もしかして、変身に魔力を使うんじゃない？　ロトスは幼獣だから、まだ魔力操作が上手くないのかもしれないよ」

全力で使ってしまったのではないかと思い、シウはロトスを《鑑定》した。案の定、魔力が減っている。

同じぐらいの月齢だった聖獣モノケロースの子も、一日に何度も変身はしなかった。それに、驚きすぎて獣の姿に戻れない、といった時もあった。幼獣の間はそんなものだ。

聖獣だけではない。希少獣全般が幼獣時代は魔法が上手くない。だからこそ、幼獣を大事に育てる。

成獣になれば自然と魔法も使えるようになるだろう。とはいえ、それまでに学んでおけば身に付く早さも違う。基礎がしっかりしていれば能力も上がる。

「ロトスも魔力操作を始め、魔法関係の勉強も頑張ろうね」

礼儀作法も大事だ。その前段階の幼獣教育を本格的に開始する。

「べんきょーするの、いっぱい、ありすぎ。うぇ～」

「だけど、魔法を使いたいんでしょ？」

「はーい。わかった。べんきょーする」

自分のためだ。ロトスも分かってはいるが、前世から続く勉強嫌いは治らない。

ちなみに、ロトスは変身したせいでタオルを落としている。

以前、シウが出会った聖獣もそうだった。装備変更魔法が使えないと転変の際に服が破れる。あるいは素っ裸で人型になってしまう。

今のロトスでは装備変更魔法は使えない。無属性魔法のレベルが高くないからだ。本人ができないのであれば魔道具に頼るしかない。

シウは伸縮可能な首輪に魔法を付与した。人型になった時にネックレスだと言えるようなデザインだ。更に細工し、何パターンか分の服が入る空間を作った。本来であれば装備変更魔法は一着程度が限界だ。生産魔法持ちが作れば少し増やせる。空間魔法があれば何着でも保管しておける。

シウがその場でささっと魔法を付与する姿は、ロトスのやる気を引き出したようだ。

「おれも、ふよまほー、おぼえたい！」

「覚えると便利だからね。勉強しよう」

「ううう……」

その場に蹲って泣く真似だ。幼児姿でやられると可哀想(かわいそう)に見えるのだから困る。

シウは笑ってロトスの頭を優しく撫(な)でた。

特別書き下ろし番外編

新しい子分は仲間で家族

The Wizard and His Delightful Friends

Extra story

フェレスはシウが大好きだ。

いつからかは分からない。たぶん、ずっと好きだったと思っている。

構ってほしいなと駆け寄れば遊んでくれるし、自由に飛び回ってもシウは叱らない。

他の騎獣に話を聞くと「それは普通ではない」そうだ。騎獣は希少獣の中でも特に働き者で、主と離れることがない。仕事が一番多いのも騎獣だ。だから、主が一緒に遊んでくれるのも、騎獣を自由にさせているのも「珍しい」。

フェレスは知り合う騎獣たちによくこう言われた。

「君は自由だね。主も変わっているから、主従で似たのだろうね」

それが嬉しくて、フェレスはシウにゴロゴロ鳴いて喜びを伝えた。そんな時は必ず喉をカキカキしてくれる。シウはフェレスの気持ち良いところを知っていた。いつだってフェレスが望む通りの、それ以上の嬉しいをくれる。

美味しいご飯も、お風呂の後のマッサージやブラッシングもだ。

空を飛ぶ時だって、どんなに速度を上げても許してくれた。前回より速くなったと褒めてくれる。頑張ったら頑張ったねと言ってくれるシウには「嬉しい」しかない。

とにかく、フェレスはシウが好きだった。

シウのやることを全部受け入れるぐらいに。

+特別書き下ろし番外編+

新しい子分は仲間で家族

ある日、シウが「少し遠い場所に転移するね」と言った。

子分のクロやブランカは置いていくという。いつもなら、どんな場所であろうとクロやブランカは一緒だった。もちろん、どうしても入れない場所はある。壊れ物の多い店に動き回るブランカは危険だ。人間の決めたルールもある。それは守らないといけない。でも今回は違う。キリリとした顔付きでシウが置いていくというのなら、よほど危険な場所なのだ。フェレスは本能的に厳しい場所へ行くのだと悟った。

転移してすぐ、フェレスは空気が変わったことに気付いた。むわっとした湿気、淀んだ空気だ。魔獣の気配も遠くに感じる。

フェレスが警戒していると、シウがまた転移した。

転移した途端、圧倒的な魔獣の気配に襲われる。クロとブランカを置いてきた理由がフェレスには分かった。思わず毛が逆立つ。フェレスは即座に臨戦態勢に入った。

ところが、フェレスが動く前に魔獣は消えた。シウが詠唱もなく土壁を作り上げ、見えない向こう側であっという間に魔獣を倒してしまったのだ。

すごいという気持ちと同時に、ほんの少しだけ残念に思う。フェレスも戦ってみたかったからだ。けれども、小さな魔獣ばかりとはいえ数が多い。フェレスだけでは倒しきれなかっただろう。そういう時はシウが魔法でパパッとやってしまう。

フェレスがもう少し強ければシウの手を煩わせずに済む。フェレスは自分の能力をよく知っていた。頑張ってもシウほどには強くなれない。その分を補うように、フェレスは速さや身軽さで戦ってきた。

考えることも大事らしい。シウが「他の人が戦う様子を見るだけでも勉強になるよ」と教えてくれた。この時も、もしフェレスだけであればどうやって戦うのかを考えてみた。

シウはその間に、目的を見付けたようだった。

そう言えばシウは「赤ちゃんを助けに行く」と言っていた。「ひとりぼっちで寂しい」思いをしているらしい。フェレスは思い出して「赤ちゃん」の近くに寄った。

その小さな生き物からは不思議な気配を感じる。たぶん魔力だ。フェレスはなんとなくだが、相手の強さが分かる。それは魔力の多さや、生き物が持つ本来の力を感じ取っているのだろう。ただ、あくまでも基礎能力しか分からない。

目の前の小さな生き物も本来なら強かったのだと思う。しかし、今はガリガリで弱っている。そもそも「赤ちゃん」だ。

シウが前に話していた。赤ちゃんは弱くて、皆で守って育てなければ生きていけない。

フェレス自身もそうだったという。

フェレスは改めて小さな生き物を見た。首を傾げる。赤ちゃんとは、これほど弱々しかっただろうか。小さな生き物はよろよろしているし、今にも倒れそうだ。体は細く、汚れてもいる。

シウと一生懸命話しているうちに蹲ってしまったぐらいだ。ちょっと話しただけで疲れるなんてと、フェレスはビックリした。

食事を済ませて綺麗になったら、小さな生き物――子狐――はまたお喋りを始めた。

+特別書き下ろし番外編+

新しい子分は仲間で家族

フェレスにはよく分からない話をしているので賢いのだろう。シウが言うには子狐は聖獣らしい。そうかもしれない。同じ気配を、前に出会った聖獣の子からも感じた。その子の名前は覚えていないけれど、シウが「可愛いね」と褒めていたのでムッとした覚えがある。

　可愛いとは、フェレスがシウから一番もらっていた言葉だ。他の子に使われるのが、なんとなく嫌だった。でも、よくよく思い出すとそういうことは何度もあった。それに聖獣の子も子狐よりは大きかったけれど赤ちゃんだった。守ってあげないとならない存在だ。だから、複雑な思いになりながらも「可愛い」とシウが言うのは許してあげた。

　子狐も守ってあげないとならない。シウはまだ可愛いとは言わないけれど、それはガリガリだからだろう。

　次の日、子狐は「爺様の家」で目を覚ますと暴れてシウを噛んだ。暴れたから引っ掻き傷もできた。シウは笑って「大丈夫だよ」と魔法で治したけれど、子狐は何度も謝った。

　フェレスはシウを傷付ける奴は嫌いだ。でも、子狐がやったのは仕方のないことだと分かっている。

　ブランカがもっと小さな頃は爪で何度もシウを傷付けた。フェレスが何度言い聞かせてもブランカは言うことを聞かなかった。赤ちゃんだから分からないのだ。

　子狐も赤ちゃんなのに、クロのように大人みたいな考え方をする。

　シウが子狐を宥めながら、フェレスを見た。いつもより、ちょっとだけ大人のシウだ。

シウは時々こんな顔をする。

「この子は大変な目に遭って、とても苦労したんだ。怖かった時のことを思い出してしまったんだね」

　だから傷付けたことは気にするなと、シウは言っているのだ。フェレスは分かったと頷(うなず)き、それから尻尾で子狐を撫(な)でた。

　フェレスの尻尾には魔法が宿っている。これで撫でられると皆が喜ぶのだ。シウも「フェレスの尻尾は最高だね、元気になるよ」と褒めるから間違いない。

　子狐も元気になったはずだ。


　その後、子狐はブランカに子分認定されて仲良くなった。

　クロは相手が幼獣で、しかも聖獣だというのが分かるからハラハラしていたけれど、子狐はブランカの態度を受け入れていた。

「獣だもんな〜。仕方ない」

　ということらしい。フェレスはそれが少し不思議だった。

　子狐がシウと話す時に難しい会話をするのは聖獣だからだとフェレスは思っていた。けれど、子狐は自分を人間だと思っているようだ。

　聖獣は転変とやらができるので人型にもなれる。ならない聖獣もいるのは、人間の相棒がいないからだ。相棒と同じ姿を取りたいから人型になる。

　子狐には相棒がいないし、まだ赤ちゃんだ。人型にもなれない。なのに人間だと思い込んでいる。それがフェレスにはよく分からない。

分からないけれど、シウが子狐の話す内容や人化について内緒だと言うから「わかったー」と頷いた。

「難しい話だし、余所で話されるのは困るからね」

だったら何も言わない。フェレスはシウが言うことは何だって信じるし、受け入れる。クロもだ。ブランカは違う。シウを信じていないというより、ちょっとだけ「おばか」なのだ。シウは何度も何度も「内緒だからね」とブランカに教えた。


数日後、シウが「キリクのところに行ってくる」と言って小屋を出ていった。「クロとブランカの面倒を見てくれる？　お願いね」と頼まれたフェレスは張り切った。

子狐には名前が付けられた。ロトスという。シウが名付けた。フェレスたちの名前もシウが付けてくれた。これでロトスは完全に仲間となった。フェレスもクロも喜んだけれど、一番嬉しかったのはブランカだ。

「ぎにゃ、みゃっ！」

——おまえ、ぶーたんのこぶん！

と喜ぶ。何故か、ロトスは顔を顰めた。聖獣は獣型でも人型でもあまり表情がないので珍しい。フェレスが眺めていると、ロトスが二重の声を出した。

（いや、何言ってんの。あと、俺の名前はロトスだからね？）

「きゅぃぃぃ」

（クロは謝んなくていいよ）

「みっ」

（ブランカは人の話を聞いていないな？）

きゃんきゃん鳴きながら、言葉が頭の中に響く。

同じ話し方をする聖獣を知っている。シュヴィークザームだ。シウが「聖獣の王でポエニクスとも呼ばれる偉い？　聖獣なんだよ」と教えてくれた。でも、シュヴィークザームはダラダラするのが好きな、ものぐさ聖獣だ。強いのは分かるけれど普段がだらしない。フェレスはシュヴィークザームを「偉い」とは思えなかった。ただ、王様らしいし、魔力も多い。

そんなシュヴィークザームと同じ話し方をする。もしかしてロトスも「すごい」のだろうか。（フェレスはジッとロトスを観察した。

フェレスは静かだな。ていうか、俺の話、分かる？）

「にゃ。にゃにゃにゃ？」

（分かってるのか。ていうか、話が通じるんだよなぁ。なんか、変な気分。希少獣って不思議だな）

「にゃ？」

（そうだよな、自分のことを不思議って言われても分かんないよな。俺も自分がなんでこうなのかが分からないもん）

難しい話を始めたのでフェレスは目を瞑(つむ)った。こうしていると「賢く」見えるらしい。

それにロトスのこれは、たぶん独り言だ。シウもよく独り言を呟く。考えを纏めるための行為らしい。フェレスも遊んでいる最中に「うにゃうにゃ」と歌ったり「にゃんにゃ」と喋ったりするので同じだ。

（俺、突然やってきたのに、よく受け入れてくれたよな。ありがとうな）

「……にゃ！」

（フェレス、今、寝てなかった？）

なんだよ急に返事してと、ロトスが笑う。難しい話は終わりらしい。フェレスはホッとして、遊ぼうと話を変えた。

◇◆◇◆◇

屋敷で暮らすようになると、ロトスはどんどん元気になった。痩せていたのでシウがとても気にしていたけれど、フェレスの方がもっと心配していた。何故なら、首を噛んで運ぼうにも難しいからだ。噛んだ瞬間に壊れてしまいそうで怖かった。

時々ブランカが突撃しようとするのをクロが体を張って止めるのも同じ理由だ。フェレスももちろん止めた。

ただ、ブランカが言うには「へいきー」らしい。ロトスは皆が心配するほど「やわ」じゃないようだ。もしかしたらブランカが一番、ロトスを聖獣だと分かっていたのかもしれない。

ロトスは屋敷の生活に徐々に馴染んでいった。

最初は作業部屋から出てこなかったロトスも、籐籠に入れられて鍛治小屋まで行くようになると緊張が解けたようだ。何度か通ううちに、シウの「外に出ても大丈夫だよ」を信じるようになった。

屋敷からも裏門からも見えないようにシウが結界を張ってくれている。その中でなら遊べると誘えば、おそるおそる出てきた。あとは雪が降る中を走って遊ぶ。雪は積もっていない。ここは地面が暖かくて積もらないのだそうだ。

雪に塗れたい時は端っこに限る。フェレスたちはロトスを隅に連れていき、まだ溶けずに残る新雪への飛び込みを勧めた。

ロトスは「俺が一番に踏んでもいいのか？」と遠慮していたけれど、フェレスは成獣である。クロとブランカも今までも何度も経験してきたことだ。だから一番年下の仲間に最初を譲った。

（うお！）

ずぼっと雪に入り込んだロトスを、フェレスは発掘してあげた。首を噛んで引き上げると雪塗れだ。その格好を見て、ブランカがとにかく喜んだ。クロは少しだけ心配そうに、大丈夫かと鳴く。

（足の裏が冷たいぃぃぃ）

「にゃ？」

新しい子分は仲間で家族

（冷たいって。体は毛があるから大丈夫だけど）

ロトスは軟弱らしい。クロではないが、フェレスも少し心配になる。ブランカとは違うからだ。ブランカは冷たい雪だろうと水の中だろうと入っていく。クロは鳥型だから寒さには少し弱いらしいとシウが話していたけれど、それでもロトスよりは丈夫だ。

「にゃにゃにゃにゃにゃ」

きっとまだガリガリだからだ。弱い体のまま、訓練もせずにきたから赤ちゃんより赤ちゃんなのだ。フェレスはロトスをしっかり育ててあげないといけないと決意した。

ところが、当のロトスは早々に雪遊びを止めてしまった。

（寒いし、俺はもうシウのところに戻る～。皆、元気すぎてついていけないっての）

と言って、震えながら鍛治小屋に入ってしまった。

「にゃ……」

元気も足りないらしい。フェレスは益々心配になった。シウに「ごはん、おおめにしてあげて」と頼もう。ついでにフェレスにも美味しい角牛乳を増やしてもらうのだ。

良い考えだと思ったが、その後ついつい遊びに講じてしまい、フェレスは頼むのを忘れてしまった。でも問題ない。よくよく思い返せば、シウはフェレスたちをいつもお腹いっぱいにしてくれる。そんなシウがロトスに食べさせないはずがないのだ。

ロトスの食べる量が少ないのは赤ちゃんだからだろう。数日後に思い出したフェレスは心の中で納得した。

シウの学校がある時は、フェレスたちも必ず一緒に行く。ロトスだけ留守番だ。それを可哀想に思ったシウが、休みの日にコルディス湖へ転移した。仕事は請けず、完全な遊びの日である。フェレスたちはもちろんロトスも喜んだ。

遊びといっても、仕事との区別は付きづらい。シウにとって薬草採取は仕事でもあり趣味でもあるからだ。フェレスも遊びと言いつつ山の中を走り回って訓練する。区別はない。同じことだろうと思っている。

一番嬉しいのは、ずっと我慢しなくてはならない学校に行かなくていいことだ。「嫌なら留守番しててもいいよ」とシウは言うけれど、離れるぐらいなら我慢する方がいい。

留守番は、フェレスだけでなくクロやブランカも嫌なことだった。それなのに学校の日はロトスだけが留守番しなくてはならない。だから遊びの日を作ってくれたシウは偉いと、フェレスは思った。

シウに倣い、フェレスは普段甘えていた自分の時間をロトスに少し分けてあげることにした。その間は山に入る。決して、薬草や山菜採りに飽きたからではない。時々は戻ってくるけれど、シウの顔を見たらまた山に分け入る。

山の中の様子は同じようでどこも違う。木々の生える場所や枝振り、地形、獣の種類もだ。それに合わせて訓練も変えた。ただ擦り抜けて飛べればいいのではない。枝に当たった時に跳ね返るのか折れるのか、それを覚えるのも大事だ。その枝が魔獣と戦う際の武器になる。あえてギリギリまで引き付けて枝を当てるのもいい。折れた枝が飛び散ると撹乱もできる。フェレスはそれを本能で理解し、身に着け、次に生かした。

魔獣が現れたら早速試すし、失敗してもめげない。何度も挑戦して覚える。大変だけど楽しかった。少しずつ強くなっていると感じるからだ。

戻れば、シウに報告して褒めてもらう。

この時間だけは譲れない。

シウはフェレスを目一杯に褒め、撫で、目を合わせて笑ってくれた。

ロトスが「あまえてるな～」とからかっても気にならない。ブランカが「いいな～」と邪魔しにきても尻尾であしらう。その尻尾にクロが巻き込まれても、今だけは気にしないのだ。

その代わり、あとの時間は皆に分けてあげる。

「にゃ！」

「もういいの？　じゃ、お風呂が終わったらマッサージしようか。最近すぐ寝ちゃうからブラッシングしかできてないもんね」

「にゃにゃ！」

わーい、と喜ぶとシウも嬉しそうだった。やっぱりシウもフェレスが好きなのだ。

夕食を済ませると、最近のフェレスはロトスを抱えて横になる。赤ちゃんの体温が高いせいで、ついつい寝てしまうのだ。今日は起きていようと心に刻む。

そんなある日のことだ。夕食後の流れで部屋遊びをしているうちに、全員が次々と寝た。最初はブランカだった。元気に走り回っていたかと思えばパタリと倒れ、そのまま

「すぅすぅ」と寝る。いつものことで、フェレスは気にもしなかった。寝た場所が危険であれば運んであげるが、シウの部屋だから問題ない。

続いてクロがうとうとし始め、同時にロトスも作業部屋までヨロヨロ歩いて戻った。それならと、フェレスも大欠伸でソファ下のラグの上で丸くなった。シウが戻ってきたらソファに座るだろう。そのまま手を伸ばして撫でてくれるはず、という気持ちも少しあった。

普通の、いつもの日常だった。

ところが――。

シウの声が聞こえた気がして、目が覚める。フェレスは顔を上げた。聞こえたのは、シウではなくロトスの声だった。

「きゃん……」

泣きそうな声だ。

何の話をしていたのかは分からない。ただ、甘えるような仕草でシウに体を預けている。もしかして、フェレスたちが見ているところでは甘えられなかったのだろうか。フェレスは気になって、もそりと起き上がった。

クロは起きていて、フェレスが動いたのを見ると動き出す。気配に気付いたブランカも目が覚めた。「どしたの」と、ぼんやりしながら起きてくる。

フェレスが二頭から目を離し、また作業部屋の方に目を向けるとロトスの姿はなかった。声も聞こえない。境にはシウが立っていて、言葉にし難い表情で奥の部屋を見ている。悲

◆特別書き下ろし番外編◆

新しい子分は仲間で家族

しいのだろうか。可哀想だと思っているのか。フェレスには分からないけれど、そんな顔はシウに似合わない。笑ってほしいと思う。

ロトスもだ。

フェレスは急いで作業部屋に向かった。後ろを、クロやブランカも付いてくる。

「にゃにゃにゃ」

部屋に入る時、シウがサッと頭を撫でてくれた。

「ありがとうね」

とも言う。シウはフェレスに「ロトスをお願いね」と頼んだのだろう。言葉はなくても分かる。これなら分かる。フェレスは任せてと応えた。

毛布に潜り込んだロトスを、丸ごと体で囲った。

(なんだよ、こっちで寝るのか?)

「にゃ」

「みぁ……」

(ブランカはもう寝てるな。無理すんなよ。ほら、転ぶから、早く寝ろって)

「ぎゃ」

(ブランカは寝相が悪いから、そっちな。クロは毛布に入る?)

「きゅぃ」

クロもロトスを心配している。そっと、同じ毛布に潜り込んだ。ブランカはフェレスのお尻あたりに体をくっつけて、もう寝てしまった。ブランカは誰より寝付きが良い。

「にゃにゃにゃ」

（え、大丈夫だよ？　フェレス、心配してくれたの？）

「にゃ」

（へへ、そうなのか。ありがとな）

「にゃにゃ、にゃにゃにゃにゃにゃ」

（え、甘えていいって、シウに？　いや、違うって。そういうんじゃなくてだなぁ）

「にゃふぅ」

（何だよ、その分かってるって顔。違うぞ。俺は別に今更、誰かに甘えるとかそういうのは要らないの。大人なんだからな）

「にゃ。にゃにゃにゃ」

（だから、俺は赤ちゃんじゃない……。ないんだけど、そっか、こっちの世界だと赤ちゃんでいいのか）

「にゃぅ？」

　ロトスが訳の分からない話をするのは今に限ったことではない。フェレスが首を傾（かし）げると、ロトスはふと笑った。聖獣の顔でこんな風に笑うのを、フェレスは他に知らない。

（俺、寂しかったんだ。部屋で独り、ずっと待っていただろ。なんか悪い想像ばかりして、これからどうしよう、どうしたらいいんだろうって考えたんだ。目が覚めたら誰もいなかったから余計にさ）

✦特別書き下ろし番外編✦

新しい子分は仲間で家族

シウに甘えたいのなら自分たちに気を遣わず自由にしていいのだと勧めたら「寂しかった」と言われる。フェレスは驚き、益々ロトスが心配になった。一緒にいるのに寂しいと考えるのは良くないことだ。そんな気がした。

「にゃ。にゃにゃにゃ、にゃにゃにゃ！」

（一緒にいてくれるの？　え、ずっと？　ていうか、苦しいってば！）

前にシウが言っていた。寂しい時は撫でたり抱き締めたりすればいいのだと。

留守番中に寂しくなった小さなフェレスを見て、シウがギュッと抱き締めてくれた夜。それにいつだったか、寂しそうにしている騎獣の子と遊んだことがある。あの子も甘え方が分からなくて寂しそうだった。だからだろう、シウは騎獣の子を膝に乗せて優しく撫でた。別れる時は元気になっていたけれど、ほんの少し、フェレスを羨ましそうに見ていた。

あの時のフェレスは幼獣で、よく分かっていなかった。

随分後になってから騎獣屋のリコラがフェレスに教えてくれた。

「契約相手に恵まれない騎獣は大変なんだ。それなら契約せずに働く方がいいと考える奴もいる。ここにいる騎獣たちがそうだ。中には卵石から孵したのもいるが、ほとんどは人間に対して希望を持てずに流れ着いた。騎獣屋なら対等に仕事ができるだろ？　そう思って日々を過ごしているのさ。今のお前には分かんないかもしれないが、覚えておいてやってくれ。お前は幸せだ。その幸せをちゃんと大事にするんだぞ」

寂しそうだった騎獣の子も契約相手に恵まれなかったらしい。その子は結局、別のところに引き取られていったという。

フェレスは小さく震えていた騎獣の子を思い出し、ロトスを尻尾でポンポンと撫でた。

ロトスを寂しくさせないよう、フェレスは楽しい遊びをたくさん教えてあげる。虫の探し方や木登りのコツ、巣作りも大事だ。シウの部屋には毛布やクッション、玩具がいっぱいあるから何通りもの巣が作れる。

ブランカは何も考えず、ただただ自分の気持ちの赴くままにロトスを誘っていた。一応、加減はしているようだ。何も考えていない割には、なんとなく分かっている。

どうしてなのか、フェレスは一度ブランカに聞いてみた。ブランカは、フェレスがそうだったからだと答えた。クロが横でうんうんと頷く。その仕草はシウとそっくりだった。

シウからフェレスに、フェレスから子分たちへと受け継がれているのだ。

「にゃふ」

なんだか嬉しい。フェレスはちゃんと子分を育てられているようだ。

そう思うとやる気が芽生える。

フェレスは翌日からクロに本格的な飛行訓練を始めた。ブランカにも教えたかったけれど、まだ成獣じゃないので飛べない。フェレスは飛びたいのに飛べないジレンマを知っている。だからブランカはシウに任せた。シウならきっと、宥めてくれるし慰めてくれるだ

ろう。

飛行方法は教えられなくても皆に教えてあげられることはあった。

たとえば魔獣の倒し方だ。

倒す方法というより、心構えだろうか。難しい言葉では言えないが、フェレスは自分の姿を見せればいいと分かっていた。

シウがクロとロトスを飛行板に乗せて飛んでいるのを見て、どの位置からならよく見えるか考えながら魔獣を呼び寄せて倒す。

確実に、絶対に自分が傷付かない方法で、倒すのだ。

フェレスは傷付くのは怖くない。魔獣を倒せるのなら多少の傷は平気だ。でも、怪我をしたらシウが悲しむ。シウを心配させたくないから一撃必殺で倒すのだ。

その姿を見た子分たちはフェレスを尊敬の目で見た。

（うぉぉー。すげぇ、フェレス、超カッコイイ！）

「みゃっ！」

「きゅぃ！」

魔獣を倒せたのも嬉しいけれど、子分たちが喜んでいるのがフェレスは何よりも嬉しかった。尻尾をピンと立て、シウを見る。

「よくやったね。さすがはフェレスだ」

「にゃっふぅ」

胸を張って、ルプスの上に脚を置いた。

✦特別書き下ろし番外編✦

新しい子分は仲間で家族

そうして自慢げに振る舞っていたフェレスは、そのすぐ後に気持ちが萎んだ。

遙か格上の水晶竜に出会ったからだ。

氷の中から次々と地上に出てくる水晶竜はビリビリするほど強者の威圧を放つ。

フェレスは今まで、竜種と呼ばれる生き物を何度も見てきた。魔力が多く、体も大きいため存在感もある。そんな強い相手と接する時、フェレスはいつもドキドキした。それがまるで遊んでいる時の気持ちと似ていて、楽しかった。

火竜との追いかけっこを思い出す。あの時も火竜は興奮状態で威圧をそのまま向けてきた。飛竜とは違う鋭さだった。フェレスが飛竜をおとなしく感じたのは「大繁殖期の影響を受けていなかったから」らしい。シウが教えてくれた。

目の前の水晶竜は大繁殖期の真っ最中だという。しかも火竜よりも魔力が多い。

絶対的な強者を前に、フェレスでは到底敵わないと分かる。

だからといって自分よりも弱い子分たちは守らねばならない。

ふと、子分を乗せて逃げるよりも、フェレスが囮になった方が良いのではないかと気付いた。シウにもそう告げると、褒めてもらうはずが何故か断られてしまった。

「ここで待っていて」

と言われると、仕方ない。追いかけっこができないのは少しだけ残念に思うが、シウの言い付けだ。守る。

子分たちの護衛も頼まれた。これはフェレスにしかできないことだった。任せてほしいと胸を張り、シウが地上に飛び降りるのを見守った。

ただ、やっぱり、悔しい。

水晶竜を相手に勝てないのも、シウの手助けができない力のなさもだ。もっと鍛えよう。子分たちもだ。最強の子分を作って、シウを助ける。

とはいっても、今はお守りの最中だ。しかも、団子状態のクロやブランカ、背負い袋に入ったロトスの体温に眠気を誘われる。フェレスはそのまま寝てしまった。


目が覚めれば驚くことがあった。

まず、ロトスが人型になっていた。気配は同じなのに姿が違うから、フェレスとブランカは混乱してしまった。そう言えば聖獣は人型に転変できたのだと思い出す。ブランカはしばらく分かっていなかった。クロは賢いので真っ先に気付いていた。

次に驚いたのは水晶竜がかなり減っていたことだ。

シウの強さに、誇らしい気持ちになる。同時にフェレスは、飛行訓練をもっと頑張ろうと思った。フェレスでは水晶竜に勝てない。真正面から戦えないのなら、せめてシウの手助けだ。たとえば顔の周りを飛び回ることで嫌がらせにもなる。ただし、よほど飛行が上手くなくては無理だ。水晶竜が飛ばない竜だとしても、魔法は使う。攻撃を避けるためにも自在な飛行を身に着ける。これが先決だ。

フェレスが、ふんふんと鼻息も荒く決意を胸に抱いていると、ブランカがロトスに突撃する。シウに何か言われて感情が爆発したらしい。ロトスはなんだかんだと言うものの、

+特別書き下ろし番外編+

新しい子分は仲間で家族

楽しそうだ。元気にも見える。

寂しい気持ちが少しは減っただろうか。もしかすると、ロトスは人化ができないのを気にして寂しかったのか。

フェレスは騎獣だから転変はできない。聖獣の気持ちも分からない。それが少し悲しい。聖獣のように人型になりたいとは思わないけれど、ロトスの寂しい気持ちが分からないのが悲しかった。

「にゃにゃにゃ?」

(えっ、もう寂しくないかって? いや、大丈夫だけど。あ、寒いのかって聞いた?)

「にゃぅぅ」

(なんだよ、その呆れた声は~。フェレスってば時々シウみたいだぞ)

「にゃ? にゃにゃにゃにゃにゃ!」

(シウみたいって言われて嬉しいんだ。なんだよもう。可愛いな。そんなにシウが大好きなのか)

「にゃ!」

「みゃ!」

「きゅぃ~」

(え、急に何。みんながシウを好きなのは知ってるってば)

団子になっていると、シウが笑う。

「そろそろ帰り支度をするよ」

水晶竜が地下に潜り始めたのを見て、シウが帰ると言い出した。Tシャツや布が散乱した岩場の上を片付け始める。そんなシウを横目に、フェレスはロトスにそっと近付いた。

「にゃにゃにゃにゃにゃにゃにゃ」

（……まあ、俺も感謝してるし、好きっちゃ好きだけどぉ。ていうか、みんな恥ずかしげもなくハッキリと好き好きって言い過ぎじゃない？）

もじもじするロトスにブランカがまた突撃する。クロが止めに入ろうとして巻き込まれた。フェレスはなんとなく、もう大丈夫だと思った。

聖獣は勝手に契約できないらしい。でも、契約しようがしまいが関係ない。一緒にいれば仲間だし、一緒に暮らしているから家族だ。それにシウがいる。シウがいれば、フェレスは元気になれるし楽しい。それはクロとブランカも同じだ。きっとロトスも変わりない。

ロトスがフェレスたちと同じ気持ちに早くなればいいのに。

ううん、もうなっている。

フェレスは「にゃふ」と鳴いて、団子(だんご)状態の中からロトスだけを選び、前脚で撫でたのだった。

あとがき

初めまして、もしくはお久しぶりです。小鳥屋エムと申します。この度は「魔法使いと愉快な仲間たち」をお手に取ってくださり、ありがとうございます。本作は「魔法使いで引きこもり？」シリーズの続編で、第二部として始まりました。初めましての方にもご覧いただけるかと思います。もし、以前のお話について少しでも興味を持っていただけましたなら第一部の「魔法使いで引きこもり？」もどうぞよろしくお願い申し上げます。

さて、主人公のシウは本来、モフモフが大好きな少年です。けれど、元お爺ちゃんとしての記憶が邪魔をし、素直に可愛がれないという複雑な性格。たとえばモフモフを「わしゃわしゃ」と撫で回し「くんくん」と匂いを嗅ぐ、あるいはお腹に顔を埋める可愛がり方に照れがあったのです。徐々に興味を表すようになり、可愛がってもいいのだと受け入れられるようになったのは相棒フェレスのおかげでしょうか。更にクロとブランカという希少獣が増えたことによって、シウの甘やかしが加速していきます。まだまだお腹の匂いを嗅ぐまでには至っていないけれど、大丈夫、希少獣の寿命は長いです。シウの成長も続きます。第二部は大人になるシウの物語でもあります。

そんな今巻、シウにまた新しい仲間が増えました。聖獣の子です。彼と、成長して大人っぽくなったシウ、モフモフ三頭を描いてくださったのが戸部淑先生です。

あとがき

カバーイラストを拝見して「大きくなったなぁ」と感動しました。一番の存在感は聖獣の子でしょうか。狐なのにタヌキみたいな可愛い子ちゃんになってますね。他のモノクロラフも、どれも可愛くて素晴らしい。可愛い子たちばかりでなく竜もいるのがすごい。

第一部でも素敵なイラストばかりで毎回感動していました。それは第二部でも同じ、いえ、更にパワーアップしていると思います。キャララフをもらった時にも小躍りしました。新キャラのロトスの可愛さときたらなかったです。

戸部先生に、第二部も担当していただけると知った時のあの嬉しさは今でも忘れられません。いつも素晴らしいイラストをありがとうございます。

拙作をお手にとってくださった皆様にもお礼申し上げます。こうして第二部の一巻が出せましたのも、応援してくださる皆様のおかげです。ありがとうございます。

校正さんにも引き続き担当していただけました。もちろん編集さんを始め、多くの方々のご尽力にも感謝申し上げます。新デザインも格好良いですよね！

次巻も出せるよう精一杯頑張って参りますので、どうぞお付き合いくださいますようお願い申し上げます。

小鳥屋エム

魔法使いと愉快な仲間たち
～モフモフから始めるリア充への道～

2023年10月30日　初版発行

著　者　小鳥屋エム
イラスト　戸部 淑
発行者　山下直久
発　行　株式会社KADOKAWA
〒102-8177 東京都千代田区富士見2-13-3
電話 0570-002-301（ナビダイヤル）

編集企画　ファミ通文庫編集部
デザイン　モンマ蚕（ムシカゴグラフィクス）
写植・製版　株式会社オノ・エーワン
印　刷　TOPPAN株式会社
製　本　TOPPAN株式会社

●お問い合わせ
https://www.kadokawa.co.jp/（「お問い合わせ」へお進みください）
※内容によっては、お答えできない場合があります。
※サポートは日本国内のみとさせていただきます。
※Japanese text only

 ISBN978-4-04-737673-1 C0093　　定価はカバーに表示してあります。

ソードマン
[バスタード・ソードマン]

科学よ、これが
ファンタジー（理不尽）だ!!!!!

腹ペコ要塞は異世界で大戦艦が作りたい

[Author]
てんてんこ
[Illustrator] 葉賀ユイ

STORY

気がつくと、SFゲームの
拠点要塞ごと転生していた。
しかも、ゲームで使っていた
女アバターの姿で。
周りは見渡す限りの大海原、
鉄がない、燃料がない、
エネルギーもない、なにもない！
いくらSF技術があっても、
資源が無ければ何も作れない。
だと言うのに、
先住民は魔法なんて
よく分からない技術を使っているし、
科学のかの字も見当たらない。
それに何より、栄養補給は
点滴じゃなく、食事でしたい！
これは、超性能なのに
甘えん坊な統括AIと共に、
TS少女がファンタジー世界を
生き抜く物語。

腹ペコ要塞は異世界で大戦艦が作りたい

てんてんこ

B6判単行本　KADOKAWA/エンターブレイン 刊

魔法使いで引きこもり？
He is wizard, but social withdrawal?
Author 小鳥屋エム
Illust 戸部 淑
重版、続々!!!
チート能力を持て余した
少年とモフモフの
異世界のんびり
スローライフ！
女神により転生することになったお爺ちゃん。
望んだのは「健康な体」だけだったのに、
チート能力までも与えられてしまう！
転生後にその力を持て余していた少年は、
女神の「冒険者になって人生を楽しみなさい」
という助言により、冒険者として王都へ赴く。
様々な人々との出会いを通して、
彼の世界は広がっていく――。
好評発売中!!!
eb!
enterbrain